L'île des secrets

NORA
ROBERTS

L'île des secrets

Titre original : THE RIGHT PATH

Traduction française de ANDREE JARDAT

HARLEQUIN®
est une marque déposée par le Groupe Harlequin

Photos de couverture
Vague : © GETTY IMAGES/NATIONAL GEOGRAPHIC CREATIVE
Rochers : © HARALD BRAUN, BERLIN/GETTY IMAGES
Ciel : © AARON FOSTER/GETTY IMAGES

83-85, boulevard Vincent-Auriol 75646 PARIS CEDEX 13.

Service Lectrices — Tél. : 01 45 82 47 47
www.harlequin.fr

ISBN 978-2-2802-1795-8

Chapitre 1

Le ciel était bleu, d'un bleu presque éblouissant de pureté. Une légère brise soufflait entre les roses du jardin, parfumant l'air d'une fragrance lourde et sucrée. Au loin, les montagnes profilaient leur silhouette massive. Accoudée à la balustrade de son balcon, Morgan jouissait avec bonheur du spectacle merveilleux que la nature lui offrait.

Elle avait du mal à croire que la veille encore, elle se trouvait dans son bureau, en haut d'une des immenses tours de verre et d'acier de New York. Bureau qu'elle avait déserté pour se rendre, en cette fraîche matinée d'avril, à l'aéroport. Une journée. Comment était-il possible de se rendre à l'autre bout du monde en moins d'une journée ?

Et pourtant, elle était là, sur la terrasse d'une splendide villa de l'île de Lesbos, où la grisaille du ciel new-yorkais n'avait pas sa place. Il régnait en ces lieux une quiétude rare qui contrastait étrangement avec la frénésie et l'agitation auxquelles elle était quotidiennement confrontée. « Si j'étais peintre, songea-t-elle, je peindrais cet endroit exactement tel qu'il est et je l'intitulerais : *Silence et Paix*. »

Des coups frappés à sa porte la tirèrent de ses

rêveries. Elle poussa un soupir et s'arracha à regret à sa contemplation.

— Entrez.

Liz, sorte de fée blonde et gracile, venait de faire son apparition, suivie d'une domestique chargée du plateau du petit déjeuner.

— Déjà prête ? s'étonna Liz.

— Quel service parfait ! plaisanta Morgan avant d'adresser un sourire de remerciement à la jeune fille qui venait de placer le plateau sur une table de verre. Il va falloir que je m'habitue à vivre dans le luxe.

Elle huma avec délice les arômes des plats que la domestique venait de découvrir.

— Tu m'accompagnes ?

— Oui, mais juste pour un café.

Liz s'installa sur une chaise et lissa les plis de son déshabillé en dentelle de soie. Puis elle se mit à observer attentivement la jeune femme qui avait pris place face à elle.

De longues boucles blondes aux reflets de miel balayaient ses épaules nues. Ses yeux, d'un bleu presque transparent, paraissaient démesurément grands dans son visage fin que rehaussaient des pommettes saillantes. Une bouche délicatement ourlée, un nez droit et un menton fièrement pointé conféraient à l'ensemble une beauté singulière dont auraient rêvé bien des modèles. Si elle avait seulement été douée du minimum de patience qu'exigeait le métier de mannequin, elle serait devenue la coqueluche des plus grands photographes.

« Un peu de hâle et ce sera parfait », songea Liz en notant le teint diaphane de son amie.

— Oh, Morgan, tu es superbe ! Je suis si heureuse que tu te sois enfin décidée à venir !

— Maintenant que je suis ici, répliqua Morgan, l'œil irrésistiblement attiré par l'extérieur, je regrette d'avoir si longtemps différé mes vacances. *Efkharisto,* remercia-t-elle tandis que la servante remplissait sa tasse de café.

— Frimeuse ! la taquina Liz avec une moue dédaigneuse. Tu sais combien de temps il m'a fallu pour simplement pouvoir dire : « Bonjour, comment allez-vous ? » Enfin, peu importe.

Elle eut un geste de la main visant à empêcher son amie d'objecter et qui fit briller de mille feux les pierres précieuses de son alliance.

— Trois ans que je vis entre Athènes et Lesbos, poursuivit-elle, et je ne suis pas capable d'aligner correctement deux mots de grec. Merci, Zena, ajouta-t-elle en congédiant d'un sourire sa jeune employée.

L'appétit aiguisé, Morgan mordit à belles dents dans un toast beurré.

— C'est parce que tu n'as pas envie d'apprendre, voilà tout, jugea cette dernière, la bouche pleine. Si tu t'ouvrais réellement à cette perspective, les mots couleraient d'eux-mêmes.

Liz plissa le nez.

— Evidemment, c'est facile pour toi qui parles une douzaine de langues différentes !

— Cinq, rectifia Morgan.

— C'est déjà beaucoup plus que le commun des mortels.

— Peut-être, mais moi, je suis interprète, lui rappela

la jeune femme en plongeant une mouillette dans son œuf à la coque. Et si je n'avais pas parlé grec, je n'aurais jamais rencontré Alex et tu ne serais pas aujourd'hui *Mme* Elizabeth Theoharis. Que veux-tu, c'est le destin, ce phénomène aussi étrange que merveilleux !

— Tu fais de la philosophie au petit déjeuner maintenant ? murmura Liz, le nez dans sa tasse. C'est vrai, j'avais oublié. En fait, je déteste imaginer ce qu'aurait été ma vie si je n'avais pas été en transit chez nous le jour où Alex est venu te voir. Tu ne nous aurais jamais présentés l'un à l'autre.

Elle s'interrompit pour recouvrir un toast d'une fine couche de confiture.

— Et je serais probablement encore en train de servir des plateaux-repas à huit mille mètres d'altitude.

— Liz, mon chou, insista Morgan en découpant une tranche de bacon, ce qui doit arriver arrive. J'aimerais bien m'attribuer le mérite de votre bonheur, mais je n'ai été qu'une intermédiaire, je ne suis en rien responsable de la passion qui a suivi et qui vous unit toujours.

Elle leva les yeux sur son amie et lui adressa un sourire débordant d'affection.

— Quoi qu'il en soit, j'ai perdu ma colocataire en l'espace de trois semaines à peine. Je n'avais encore jamais vu les choses se faire aussi vite !

— Alex et moi avions décidé de faire plus ample connaissance après notre mariage.

Le visage de Liz se fendit d'un large sourire.

— Et nous y sommes parvenus !

— Et où se trouve la perle rare ce matin ?

Liz haussa légèrement les épaules et reposa son toast intact sur son assiette.

— En bas, dans son bureau. En train de concevoir un nouveau bateau, j'imagine.

Morgan éclata de rire.

— Tu m'annonces ça comme s'il s'agissait de maquettes quelconques ! Ne serais-tu pas en train de devenir une épouse blasée, comme toutes les femmes d'armateur milliardaire ?

— Certainement pas ! dit distraitement Liz en vidant sa tasse d'un trait. En tout cas, il va être horriblement occupé dans les semaines à venir, et c'est une raison supplémentaire de me réjouir de ta présence.

— Tu as trouvé la partenaire idéale pour jouer au bridge !

Liz réprima un petit sourire moqueur.

— J'en doute. Si j'ai bonne mémoire, tu es la pire joueuse que je connaisse.

Morgan leva un sourcil sceptique.

— Ah, oui ?

— A moins que tu n'aies progressé..., concéda Liz en dissimulant son amusement derrière sa tasse vide. Quoi qu'il en soit, et sans vouloir me montrer ingrate envers ma patrie d'adoption, je suis quand même bien contente d'accueillir ma meilleure amie, qui plus est une de mes compatriotes, chez moi.

— *Spasibo.*

— En anglais, s'il te plaît, insista Liz. En outre, je te rappelle que tu es ici en vacances pour quatre longues semaines. Alors, oublie l'ONU et tes traductions simultanées.

Elle se pencha en avant et posa les coudes sur la table.

— Dis-moi la vérité, Morgan, demanda-t-elle sur le ton de la confidence. Ne t'est-il jamais arrivé d'être terrifiée à l'idée de te tromper d'une nuance qui pourrait être à l'origine de… je ne sais pas, une troisième guerre mondiale, par exemple ?

Morgan écarquilla de grands yeux étonnés.

— Moi ? Pas du tout ! Il suffit de penser dans la langue dont on se fait l'interprète. Rien de plus facile !

— Evidemment, commenta Liz, manifestement peu convaincue.

Elle se rejeta en arrière pour ajouter :

— Mais à partir de maintenant, tu es en vacances, tu as donc pour consigne de ne penser qu'en anglais… A moins que tu n'aies des reproches à faire au cuisinier, conclut-elle en regardant son amie engloutir le reste de ses œufs.

— Absolument aucun, affirma Morgan en mastiquant de bon cœur.

— Comment va ton père ?

— Il se porte à merveille, comme toujours.

Détendue, repue, Morgan remplit de nouveau sa tasse vide. A quand remontait la dernière fois où elle avait pris le temps de boire une seconde tasse de café au petit déjeuner ? « En vacances », avait dit Liz. Morgan se promettait bien de suivre le conseil de son amie et d'en profiter au maximum.

— Il m'a chargée de t'embrasser, précisa-t-elle. Et de lui rapporter une bonne bouteille d'ouzo.

— Je ne veux même pas penser à ton départ, trancha Liz en se levant pour se diriger vers la terrasse.

Morgan regarda le bas de sa robe aérienne effleurer les tommettes.

— D'ailleurs je vais tout mettre en œuvre pour te trouver le compagnon idéal et t'obliger ainsi à t'installer en Grèce.

— Je te suis très reconnaissante de prendre les choses en main à ma place, commenta Morgan, pince-sans-rire.

— Ne me remercie pas, répliqua Liz à qui le ton sarcastique de cette dernière avait échappé. Les amis sont faits pour ça, non ?

Elle se pencha en avant sur la rambarde, comme Morgan l'avait fait quelques minutes plus tôt.

— Dorian me paraît être un candidat tout à fait approprié. C'est l'un des bras droits d'Alex ; tu verras, il est extrêmement séduisant. Blond comme les blés, le teint hâlé, son profil pourrait figurer sur une médaille de l'Antiquité. Tu feras sa connaissance demain.

— Dois-je prévenir mon père pour qu'il prépare mon trousseau ? railla Morgan.

— Morgan ! Je suis très sérieuse !

Liz croisa les bras sur sa poitrine et soutint sans ciller le regard ironique de son amie.

— Je ne te laisserai pas repartir sans avoir mis toutes les chances de ton côté ! décréta-t-elle. Je me fais fort de remplir tes journées de choses parfaitement futiles que tu accompliras avec des hordes d'éphèbes tous plus beaux les uns que les autres. Je te parie que d'ici peu, tu auras oublié jusqu'à l'existence même de New York et de l'ONU.

— J'ai déjà oublié… tout au moins pour les quatre semaines à venir.

Morgan rejeta la lourde masse de ses cheveux derrière ses épaules.

— Fais comme tu voudras, je jure de t'obéir. Quel est le programme de ce matin ? Tu as décidé de me traîner à la plage et de me forcer à rester allongée sous les rayons impitoyables du soleil, jusqu'à ce qu'un fabuleux bronzage doré ait remplacé ma blancheur citadine ?

— Exactement, acquiesça Liz. Change-toi, je te retrouve en bas dans quelques minutes.

Une demi-heure plus tard, Morgan commençait à apprécier les méthodes de relaxation préconisées par Liz. Du sable blanc, une eau turquoise. Elle flottait paresseusement, les vaguelettes caressant son corps alangui et les paroles de son père lui revinrent à la mémoire : « Tu te laisses trop absorber par ton travail ; ce n'est pas lui qui doit mener ta vie, mais toi, Morgan. »

Morgan ferma les yeux, roula sur le dos. Entre la pression due à ses fonctions et sa rupture avec Jack, elle ressentait un besoin impérieux de paix intérieure.

Jack faisait partie du passé désormais. Mais, pour être tout à fait honnête, elle devait reconnaître que l'amour qui les unissait ne devait rien à la passion amoureuse, mais plutôt à l'habitude. Chacun d'eux avait puisé dans cette relation raisonnable ce après quoi il courait. Elle y avait trouvé le compagnon brillant dont elle avait toujours rêvé, et lui, la femme séduisante et cultivée qui pouvait servir la carrière politique dans laquelle il s'était lancé.

Si elle l'avait vraiment aimé, se demandait-elle, songerait-elle à lui de manière aussi objective, aussi… détachée ? Elle n'éprouvait aucune souffrance, aucun sentiment de solitude. Juste un soulagement intense. Et l'impression étrange d'être inutile. Quelque chose qu'elle n'avait jamais ressenti jusque-là et qui la laissait désemparée.

L'invitation de Liz était tombée à pic. Et ce qu'elle découvrait en ouvrant les yeux était sans nul doute un avant-goût du paradis. Le soleil, le sable, les rochers, les fleurs, tout lui soufflait qu'elle était dans le domaine des dieux et des déesses de l'Antiquité. La Turquie, aux accents mystérieux, était toute proche, seulement séparée de l'île par l'étroit golfe d'Edremit. Morgan ferma de nouveau les yeux, bercée par ce moment de pure félicité.

Elle se serait certainement assoupie si la voix de Liz ne l'avait brutalement ramenée sur terre.

— Morgan ! Il est l'heure d'aller déjeuner !

— Tu ne penses donc qu'à ton estomac, riposta mollement la jeune femme.

— Non, je pense à ta peau aussi. Tu vas griller, si tu restes une minute de plus dans l'eau. Tu peux sauter un repas si tu le souhaites, mais tu n'éviteras certainement pas le coup de soleil magistral qui te guette.

— D'accord, maman, dit Morgan d'une voix de petite fille obéissante.

Elle regagna le rivage à la nage et sortit de l'eau en courant.

— Je me demande comment tu fais pour traînasser des journées entières au soleil et donner quand même l'impression que tu es prête à te rendre à une soirée mondaine.

— Question d'habitude, expliqua Liz en tendant un paréo à son amie. Allons-y, le déjeuner est le seul moment où Alex daigne lever le nez de ses bateaux.

Qu'il doit être facile de s'habituer au luxe ! se disait Morgan après le repas, alors qu'elle et ses hôtes sirotaient un café glacé sur la terrasse. Elle nota que le mariage n'avait en rien entamé la séduction naturelle d'Alexander Theoharis. Il était toujours aussi beau que lorsqu'elle l'avait rencontré à New York, trois ans auparavant. Oubliant les propos qu'elle avait tenus à son amie le matin même, elle ressentit une immense fierté à l'idée d'être pour quelque chose dans leur histoire d'amour. Un couple parfaitement assorti, songeait-elle en admirant le charme très « Vieux Continent » d'Alex. Un visage au teint mat. Un front haut marqué d'une légère cicatrice. Un nez aquilin. Une taille bien au-dessus de la moyenne qui lui donnait une allure aristocratique. Décidément, il était le complément idéal à la beauté blonde et tout en délicatesse de son épouse.

— Je me demande comment tu fais pour t'arracher d'ici, lui dit Morgan. Si je vivais dans un endroit pareil, je crois que rien ne pourrait me forcer à le quitter.

Alex la regarda suivre des yeux la ligne des montagnes qui semblaient émerger de la mer.

— Lorsque je reviens, je suis encore plus conscient de la chance que j'ai de vivre dans un lieu aussi privilégié. Et de retrouver la femme que j'aime, ajouta-t-il en portant la main de Liz à ses lèvres. Le paradis se mérite.

— Tu as certainement raison.

— Alex, annonça Liz en enlaçant ses doigts à ceux de son mari, je ne te l'ai pas encore dit, mais j'ai l'intention d'établir une liste des hommes de la région susceptibles de correspondre à Morgan.

— Tu n'as pas de frère, Alex ? s'enquit Morgan en riant.

— Malheureusement non, je n'ai que des sœurs. Désolé.

— Alors, laisse tomber, Liz.

— Il n'en est pas question. Mais si toutefois je ne parvenais pas à mes fins, Alex pourrait te trouver sans difficulté un poste d'interprète à Athènes.

Alex haussa négligemment les épaules.

— Je n'ai pas réussi à la débaucher il y a trois ans. Pourtant ce n'est pas faute d'avoir essayé.

— Cette fois, nous avons un mois pour la faire changer d'avis, décida Liz.

Elle jeta à son mari un bref coup d'œil complice.

— Nous pourrions faire une sortie en mer demain, qu'en penses-tu ?

— Excellente idée, approuva spontanément Alex. Cela te plairait-il, Morgan ?

— Puisque vous insistez, ironisa la jeune femme en affichant une moue faussement blasée, je ferai l'effort de cacher l'ennui que cette sortie m'inspire.

— Quelle amie formidable, n'est-ce pas, chéri ? murmura Liz, sur le mode de la confidence.

*
* *

Il était un peu plus de minuit lorsque Morgan prit de nouveau le chemin qui menait à la plage. Elle reçut comme une bénédiction cette insomnie qui lui permettait de jouir de la douceur printanière de la nuit.

Le croissant de la lune baignait le paysage d'une douce clarté, éclaboussant les cyprès qui bordaient les marches du sentier d'une lumière argentée. Le parfum des fleurs, lourd et entêtant durant la journée, semblait plus léger, plus exotique au clair de lune.

Elle entendit au loin le bruit d'un moteur. Probablement un pêcheur retardataire, songea-t-elle en souriant. Quelle merveilleuse aventure ce devait être que de pêcher à la faveur de la nuit !

La plage s'ouvrait en un large demi-cercle. Morgan alla poser sa serviette et son peignoir sur un rocher et courut vers la mer. L'eau était si douce, si soyeuse sur sa peau qu'elle eut envie de retirer son maillot. Mais l'idée de quelque fantôme de dieu antique rôdant autour d'elle l'en dissuada. « Inutile de tenter le diable », songea-t-elle en riant. Elle résista également à l'envie de partir explorer les innombrables criques qui bordaient le rivage. Elles seraient toujours là demain, et certainement moins inquiétantes au grand jour.

Morgan nageait paresseusement, se donnant juste l'impulsion nécessaire qui lui permettait de flotter. Elle n'était pas venue pour battre des records de vitesse. Même les premiers frissons qui lui parcouraient l'échine ne pouvaient la décider à sortir de l'eau. Elle était si bien, la tête dans les étoiles, à écouter le silence. Un silence exceptionnel. Elle réalisa à cet instant précis à quel point, sans le savoir vraiment, elle en avait éprouvé le besoin.

New York et sa frénésie lui semblaient si loin tout à coup ! A des années-lumière d'ici. De ce lieu paradisiaque où elle se surprenait à rêver à des dieux antiques, à des chevaliers téméraires et à des pirates intrépides. Elle se mit debout dans l'eau en riant. Dieux, chevaliers, pirates… Vers lequel de ces héros tendrait son cœur, si elle devait choisir ? Elle jugea les premiers trop assoiffés de sang, les deuxièmes trop chevaleresques, quant aux troisièmes… Oui, un pirate, pourquoi pas ?

Morgan secoua la tête, se demandant ce qui avait bien pu la pousser à de pareilles divagations. L'influence de Liz, sans doute. Car elle était bien déterminée à ne laisser aucun homme, pas même le plus séduisant des pirates s'il se présentait, entrer de nouveau dans sa vie.

Elle poussa un soupir et se redressa. Laissant l'eau caresser ses chevilles, elle resta quelques instants immobile, ses cheveux s'égouttant sur sa peau. Elle avait froid, mais elle estimait que c'était un froid revigorant qui ne pouvait nuire à sa santé. Délaissant son peignoir, elle s'assit sur un rocher et passa dans ses boucles emmêlées le peigne qu'elle avait pris soin d'emporter. La lune, le sable, la mer. Que demander de plus ? L'espace d'un bref instant, elle se sentit en parfaite harmonie avec la nature qui l'entourait.

C'est alors qu'une main s'abattit fermement sur sa bouche. Elle tenta désespérément de se débattre, mais le bras qui lui enserrait la taille entravait chacun de ses mouvements. Elle sentait le contact d'un tissu rugueux contre sa peau nue. Ainsi plaquée contre un torse puissant, elle se laissa entraîner elle ne savait où. La question fusa dans son esprit, terrifiante, angoissante : allait-il la violer ? Une onde de panique la submergea. Elle donna des coups de pied à l'aveuglette tandis que son agresseur la tirait sans ménagement sous la couverture des arbres, dans la partie la plus sombre de la plage. Mue par l'énergie du désespoir, ivre de peur, Morgan se démenait sauvagement, griffant le moindre bout de peau qui se trouvait à sa portée, ne s'arrêtant que pour mieux reprendre des forces.

— Pas un bruit.

L'ordre avait été donné en grec, d'une voix dure, autoritaire.

Alors qu'elle était sur le point de se démener une nouvelle fois, son sang se glaça dans ses veines. Elle avait eu le temps d'apercevoir, juste avant que son agresseur ne la plaque brutalement au sol, la lame d'un couteau.

— Espèce de tigresse, l'entendit-elle marmonner. Tenez-vous tranquille et je ne vous ferai aucun mal. Vous comprenez ce que je dis ?

Muette de terreur, Morgan opina d'un léger mouvement de tête. Les yeux rivés sur la lame étincelante, elle restait parfaitement immobile. « Pour le moment, je ne peux pas me défendre, se dit-elle, mais je jure que je saurai qui est ce type. Et il devra payer. »

Morgan avait beau s'exhorter au calme, elle tremblait de tous ses membres. Durant ce qui lui sembla une éternité, l'inconnu resta ainsi couché sur elle, sans bouger, sans dire un mot. Tout était si calme ! Elle entendait, à quelques mètres d'eux, le clapotis des vagues venues lécher le sable du rivage. Au-dessus de sa tête, à travers les feuilles des arbres, elle entrevoyait les étoiles qui scintillaient. C'était un cauchemar, rien de tout cela n'était vrai ! Le poids de l'homme qui la tenait plaquée au sol était malheureusement là pour lui rappeler l'affreuse réalité.

La main collée sur sa bouche l'empêchait de respirer normalement. Des papillons se mirent à danser devant ses yeux. La voix de son agresseur, s'adressant à quelqu'un qu'elle ne voyait pas, l'empêcha de justesse de s'évanouir.

— Tu entends quelque chose ?

— Non, rien pour le moment.

La voix qui venait de lui répondre était sèche et âpre.

— Qui est-ce ? demanda le nouveau venu.

— Aucune importance. Je m'en occupe.

Les oreilles de Morgan se mirent à bourdonner, sa tête à tourner. « Je m'en occupe », avait-il dit. La peur, la panique s'emparèrent de nouveau de la jeune femme.

Elle entendit le complice de son agresseur pester à voix basse contre les femmes, puis cracher rageusement par terre.

— Ouvre bien les oreilles, c'est tout ce que je te demande, ordonna l'agresseur à son comparse.

— Compris.

Morgan sentit le corps de l'étranger se raidir. Elle ne pouvait détacher le regard de la lame menaçante, des doigts qui s'agrippaient un peu plus fort sur le manche en ivoire.

Elle entendit soudain des bruits de pas. Ils résonnaient

sur les marches qui menaient à la plage. Avec la force que peut donner la peur mêlée au désespoir, Morgan tenta une nouvelle fois de se débattre. L'homme lui donna un ordre bref et la plaqua un peu plus fermement au sol. Une faible odeur d'embruns se dégageait de lui. Alors qu'il relevait légèrement la tête, elle aperçut, à la faveur d'un rayon de lune, une bouche sévère et des yeux sombres dans un visage aux traits anguleux. Il émanait de l'ensemble une impression de dureté et de froideur qui fit frissonner Morgan. C'était le visage d'un homme prêt à tuer. *Pourquoi ?* se demanda la jeune femme. *Je ne le connais même pas.*

— Suis-le, commanda l'homme à son complice. Moi, je reste ici avec elle.

Les yeux de Morgan s'écarquillèrent d'horreur tandis que planait toujours sur elle la menace du couteau. Un goût de fer lui emplit la bouche, tout se mit à tourner avant qu'un voile noir ne s'abatte sur elle.

Lorsque Morgan rouvrit les yeux, les étoiles scintillaient dans le ciel, comme autant de diamants éternels. La mer chuchotait. Les grains de sable incrustés dans sa chair lui piquaient désagréablement le dos. Elle se releva sur un coude et essaya de retrouver ses esprits. Avait-elle réellement perdu connaissance ? Ou tout cela n'était-il qu'un mauvais rêve ? Elle massa ses tempes douloureuses, se demandant si ses divagations sur les pirates n'étaient pas responsables des hallucinations dont elle venait d'être la victime.

Un bruit la fit se relever brusquement. Ainsi donc, elle n'avait pas rêvé. Il revenait. Morgan, ivre de rage, se rua sur la silhouette qui s'approchait. Car si, quelques minutes plus tôt, elle avait accepté la fatalité sans se battre, elle était fermement déterminée cette fois à mettre toutes les chances de son côté pour s'en sortir indemne.

L'homme grogna faiblement sous la pluie de coups qui s'abattait sur lui avant de capturer sa victime en la plaquant une nouvelle fois dans le sable rugueux.

— Tenez-vous tranquille, répéta-t-il d'une voix furieuse tandis que Morgan tentait de lui griffer le visage.

— Sûrement pas ! rétorqua cette dernière tout aussi furibonde.

Elle rassembla toutes ses forces pour lutter du mieux qu'elle pouvait. Pourtant, avec une facilité déconcertante, l'homme la cloua au sol, bras en croix. Haletante, ivre de rage, elle releva le menton et le défia du regard.

L'inconnu la fixa, sceptique.

— Vous n'êtes pas grecque.

Il avait parlé dans un anglais parfait, quoique teinté d'un fort accent étranger.

— Qui êtes-vous ?

Morgan tenta vainement de libérer ses poignets prisonniers.

— Ça ne vous regarde pas, siffla-t-elle entre ses dents.

— Arrêtez de gigoter comme ça, lui intima l'homme en resserrant son emprise. Que faisiez-vous sur cette plage au beau milieu de la nuit ?

— Je venais de me baigner, cracha Morgan. N'importe quel abruti s'en serait rendu compte !

Il égrena un chapelet d'injures, puis se plaqua un peu plus contre elle pour l'empêcher de bouger.

— Tenez-vous tranquille, bon sang !, commanda-t-il une nouvelle fois.

Puis ses sourcils s'arquèrent, son visage exprimant un certain scepticisme.

— Vous baigner, répéta-t-il en plissant les yeux.

Il l'avait vue sortir de l'eau. Peut-être disait-ellc la vérité, après tout. En outre, elle était américaine. N'avait-il pas entendu dire que les Theoharis attendaient la visite d'une de leurs amies vivant aux Etats-Unis ? On pouvait dire qu'elle tombait bien, celle-là !

— Vous n'êtes pas grecque, répéta-t-il à mi-voix.

— Vous non plus, riposta Morgan en serrant les dents.

— A moitié seulement.

Il avait répondu machinalement, mais son esprit était ailleurs. Elle était bien l'invitée que les Theoharis attendaient et elle était effectivement sortie pour prendre un bain de minuit. Il allait falloir qu'il joue serré, s'il ne voulait pas avoir à payer très cher son erreur.

Sans paraître réaliser l'incongruité de la situation, il adressa soudain un large sourire à Morgan.

— Vous m'avez bien eu ! J'espère que vous comprendrez…

— Je comprends parfaitement que vous ne pourrez pas me violer aussi facilement, maintenant que vous n'avez plus de couteau à me brandir sous le nez !

— Vous violer ?

Il la fixa un instant, cloué par la surprise, puis éclata d'un rire sonore.

— J'avoue que cette idée ne m'a même pas effleuré. De plus, belle Aphrodite, le couteau ne vous était pas destiné.

— Alors pouvez-vous m'expliquer pourquoi vous l'avez pointé sur moi ? Et pourquoi vous m'avez traînée jusqu'ici pour, ensuite, m'étouffer à moitié ?

La colère était salvatrice et elle y donna libre cours avec satisfaction.

— Laissez-moi partir !

Elle tenta de le repousser de toutes ses forces. En vain. Il ne bougeait pas d'un millimètre.

— Dans un moment, dit-il aimablement.

Il regardait la lune jouer sur sa peau nue. S'attarda sur son visage magnifique. Une femme probablement habituée à susciter l'admiration des hommes. Il souhaita vivement lui faire oublier le caractère pour le moins… particulier de cette première rencontre.

— La seule chose que je peux vous dire, c'est que j'ai agi ainsi pour vous protéger.

— Me protéger !

— Croyez-moi, belle inconnue, l'heure n'était pas aux civilités. Toutes mes excuses, si le procédé vous a paru un peu… cavalier.

Le ton de sa voix semblait indiquer que Morgan ne pouvait que comprendre les raisons pour lesquelles il avait agi ainsi.

— Mais, dites-moi, pourquoi étiez-vous seule ici, telle Lorelei sur son rocher ?

Il avait parlé d'une voix chaude, sensuelle, si différente de celle avec laquelle il lui avait ordonné de se taire.

— Mêlez-vous de ce qui vous regarde !

Les yeux sombres s'étaient adoucis. Morgan avait du mal à croire que c'étaient les mêmes dont elle avait capté la rudesse quelques minutes auparavant. Mais les marques sur sa chair meurtrie étaient là pour en témoigner.

— Je vais me mettre à hurler, si vous ne me laissez pas partir tout de suite, menaça-t-elle.

Il se leva et haussa les épaules. Maintenant que le danger était écarté, il aurait aimé prendre le temps de contempler ce corps parfait. Mais sa mission était loin d'être achevée.

— Toutes mes excuses pour le désagrément, répéta-t-il.

— C'est me faire trop d'honneur, railla Morgan. Vraiment.

Enfin libre, elle se redressa en titubant et se mit à essuyer le sable qui lui collait à la peau.

— Vous ne manquez pas de culot ! Me traîner comme vous l'avez fait dans ces buissons, me flanquer par terre, me menacer avec un couteau ! Et tout ce que vous trouvez à faire, c'est vous excuser comme si vous m'aviez simplement marché sur les pieds !

Un frisson la parcourut. Elle s'enveloppa de ses bras.

— Qui êtes-vous au juste ? Et à quoi rime tout ce cirque ?

Pour toute réponse, l'homme se baissa pour ramasser le peignoir de Morgan.

— Tenez. J'étais allé le chercher, mais j'ai dû m'en débarrasser pour me défendre de vos attaques.

En souriant, il la regarda se couvrir. Dommage de dissimuler une pareille merveille.

— Qui je suis, reprit-il, n'a pas grande importance. Quant au reste… (Il haussa de nouveau négligemment les épaules.) Je ne peux rien dire.

— Et vous croyez pouvoir vous en tirer aussi facilement ?

Morgan hocha la tête avant de tourner le dos à l'inconnu, pour prendre la direction du sentier.

— Nous verrons bien ce qu'en pense la police.

— Si j'étais vous, je n'irais pas la trouver.

Le ton était impérieux. Morgan hésita quelques secondes puis se retourna.

Elle l'observa en silence, semblant tout à coup découvrir sa grande taille. La clarté de la lune lui révélait un visage tantôt séduisant, tantôt diabolique. Pour l'heure, il avait plutôt les traits de Lucifer. Le souvenir de ses muscles saillants contre elle lui revint à la mémoire.

Il se tenait immobile, les mains dans les poches de son jean, et elle décida que l'air autoritaire qui accompagnait son petit sourire en coin lui allait à merveille. Sales pirates ! songea-t-elle avec un vague sentiment de honte. Il fallait être folle pour trouver du charme à un type qui venait de vous malmener ! Elle cacha sa soudaine vulnérabilité sous des airs bravaches.

— Vraiment ?

Elle releva crânement le menton et se dirigea vers lui.

— Vraiment, confirma l'homme. A moins que, contrairement à moi, vous ne cherchiez des complications. Je suis un homme simple, vous savez ?

Il dévisagea encore une fois ce visage angélique. Elle, en revanche, ne devait pas être quelqu'un de simple, jugea-t-il. Il la maudit intérieurement tout en poursuivant sa conversation faussement badine.

— On va vous poser d'innombrables questions, vous devrez remplir et signer des tonnes de paperasse… Et puis, même si vous connaissiez mon nom…

Il s'interrompit pour lui adresser un sourire démoniaque.

— … personne ne vous croirait, Aphrodite. Personne.

Morgan ne voulait se fier ni à son sourire irrésistible ni à la façon unique qu'il avait de prononcer le nom de la déesse de l'Amour dont il l'avait affublée. Pourtant, elle ne pouvait lutter contre le feu qui s'était mis à couler dans ses veines.

— Je n'en suis pas si sûre, commença-t-elle.

Mais elle s'interrompit pour le regarder combler d'une démarche souple de félin la distance qui les séparait.

— En outre, poursuivit l'inconnu, je ne vous ai pas violée.

Il passa ses mains dans les cheveux de la jeune femme et les rejeta derrière ses épaules. Ses mains ne s'enfonçaient plus douloureusement dans sa chair, mais s'attardaient à la caresser doucement. Elle avait les yeux d'une ensorceleuse dans un visage de déesse. Il lui restait trop peu de temps pour le gâcher.

— Mais là, j'avoue que je ne peux résister plus longtemps à l'urgence de vous embrasser.

Sa bouche se posa sur celle de Morgan, chaude et étonnamment douce. Par réflexe, plus que par conviction, la jeune femme tenta de résister. En voilà un qui avait l'art et la manière de savoir s'y prendre avec les femmes ! se dit-elle en le repoussant mollement. Cette fois, il n'avait pas eu à recourir à la force pour l'attirer contre lui.

Morgan avait conscience d'une puissante odeur d'iode et d'un courant de chaleur qui l'enveloppait tout entière. Elle ne savait au juste s'il émanait de son corps ou de l'air particulièrement doux de cette soirée pas comme les autres. Elle entendait leurs cœurs battre à l'unisson tandis que la langue de l'homme, audacieuse, franchissait le barrage de ses dents. Ses mains, caressantes, se faufilaient sous les manches trop larges du peignoir pour remonter jusqu'au creux de son épaule.

Sentant Morgan s'abandonner, il se mit à mordiller sensuellement l'ourlet de ses lèvres, comme pour en savourer sans fin le goût fruité. Son baiser était doux comme une caresse. Morgan craignit un instant de s'évanouir de nouveau entre ses bras.

— Un baiser, murmura-t-il contre sa bouche, n'est pas un crime puni par la loi.

Elle était douce, beaucoup plus douce que ce qu'il avait imaginé. Et beaucoup plus dangereuse aussi, s'il tenait compte du désir intense qui le submergeait.

— Alors, Aphrodite, je vais prendre le risque de vous embrasser encore.

— Non !

Reprenant ses esprits, Morgan s'écarta vivement de lui.

— Vous êtes fou ! Comment pouvez-vous imaginer une seule seconde que je vais laisser ce moment d'égarement se reproduire. Je suis…

Elle s'interrompit tandis qu'elle passait une main

fébrile sur son cou. La chaîne qu'elle portait toujours n'y était plus. Morgan jeta un coup d'œil par terre, puis darda sur l'inconnu un regard furibond.

— Qu'avez-vous fait de ma médaille ? demanda-t-elle d'une voix sourde. Rendez-la-moi immédiatement !

— J'ai bien peur de ne pas l'avoir, Aphrodite.

— Rendez-la-moi, répéta Morgan en haussant le ton.

Blême de rage, elle s'approcha si près de lui qu'elle pouvait sentir son souffle sur sa joue.

— Vous n'en tirerez rien. Quelques drachmes tout au plus.

Les yeux de l'homme s'étrécirent.

— Je ne vous ai rien pris, affirma-t-il sèchement. Je ne suis pas un voleur. Et si c'était le cas, je ne perdrais pas mon temps à voler ce genre de pacotille.

Ses yeux lançant des éclairs, Morgan leva la main pour le gifler. Mais l'inconnu lui saisit fermement le poignet, rajoutant ainsi la frustration à la colère.

— Vous semblez attacher beaucoup d'importance à ce bijou. Serait-ce un cadeau de votre amant ?

— Il m'a été offert par quelqu'un que j'aime beaucoup, rétorqua froidement Morgan. Mais je doute qu'un homme comme vous puisse comprendre ce genre d'attachement sentimental.

D'un geste brusque, elle libéra son poignet.

— Croyez bien que je ne vous oublierai pas, promit-elle avant de s'enfuir en courant.

L'homme la suivit des yeux jusqu'à ce que les ténèbres l'engloutissent. Puis il partit dans la direction opposée.

Chapitre 2

Le soleil éblouissant faisait scintiller des myriades de petites étoiles à la surface de l'eau. Morgan somnolait, bercée par la légère houle qui balançait le yacht.

Etait-il possible qu'elle ait rêvé les événements de la veille ? Les couteaux menaçants, les mains brutales, les baisers arrachés au clair de lune, tout cela était du domaine de la fiction. Du domaine du rêve, qu'il lui arrivait parfois d'appeler de toutes ses forces lorsque la pression du quotidien devenait trop forte. Elle avait toujours considéré cela comme une soupape de sécurité, un simple moyen d'évasion. Quelque chose qu'elle tenait secret, dont elle n'avait jamais parlé à Jack ni à aucun de ses proches.

Si la perte de sa médaille et les légères égratignures qui griffaient ses bras n'avaient pas été là pour témoigner de la réalité, elle aurait pu croire qu'elle avait été victime de son imagination débordante.

Elle soupira, s'allongea sur le dos, la tête reposant sur ses bras repliés. Sa peau luisait de l'huile solaire dont elle s'était généreusement enduite.

Pourquoi n'avait-elle rien dit à Liz et Alex ? Parce qu'ils auraient probablement été horrifiés d'apprendre qu'elle avait été agressée. Alex lui aurait infligé la présence d'un garde du corps armé, jusqu'à la fin de son séjour sur l'île. Il se serait assuré qu'une enquête était menée, lente, compliquée, et qui serait probablement restée infructueuse. Morgan se dit que l'inconnu avait raison et le détesta encore plus pour cela.

Effectivement, si elle avait décidé de porter plainte, de quoi aurait-elle bien pu l'accuser ? Il ne l'avait pas blessée, ni agressée sexuellement. Elle ne pourrait se plaindre d'aucune menace à son encontre et ne pourrait même pas évoquer le moindre mobile. Car, en réalité, que s'était-il passé ? Un homme l'avait traînée, contre son gré, dans des fourrés, lui avait imposé le silence, certes par la force et sans raison apparente, mais pour la laisser repartir quelques instants plus tard sans la moindre blessure.

Evidemment, la police grecque ne retiendrait pas le baiser comme un délit criminel. Et pour conclure, elle n'avait aucune preuve que cet homme lui avait dérobé sa médaille. D'ailleurs il n'avait pas vraiment le profil d'un voleur à la petite semaine. Non, ce genre d'homme devait viser plus gros. Beaucoup plus gros.

Que faire ? Si toutefois la police parvenait à mettre la main sur l'inconnu, ce serait sa parole contre la sienne. D'instinct, elle sut qu'elle ne gagnerait pas la partie.

Elle en conclut en toute objectivité qu'elle en avait été quitte pour une grosse frayeur et une blessure d'amour-propre. Pas de quoi aller inquiéter Liz et Alex. Ce ne serait qu'une péripétie de plus dans la vie déjà bien agitée de Morgan James. Lorsqu'elle entendit Alex gravir les marches qui menaient au pont supérieur, elle décida que cette affaire était définitivement classée.

Elle mit sa main en visière sur son front et sourit

à son ami. Dans un transat à côté d'elle, Liz semblait plongée dans un profond sommeil.

— Le soleil a eu raison d'elle, commenta Alex en s'installant auprès de son épouse.

— Il a failli aussi avoir raison de moi, avoua Morgan en bâillant.

Elle s'étira paresseusement puis, après s'être relevée, mit son fauteuil en position assise.

— Mais j'ai lutté. Je ne voulais rien rater de ce fabuleux spectacle.

Elle se perdit un instant dans la contemplation d'une île qui se profilait au loin. Forme fantasmagorique noyée dans une légère brume de chaleur, elle semblait flotter sur la mer.

— L'île de Chios, précisa Alex en suivant son regard. Et là-bas, ajouta-t-il en pointant du doigt une bande de terre, ce sont les côtes turques.

— Elles semblent si proches, murmura Morgan, pensive. On pourrait presque y aller à la nage.

Alex alluma le bout d'une longue cigarette noire. Il en exhala une bouffée de fumée qui avait pour Morgan un léger parfum d'exotisme.

— En mer, les distances sont trompeuses. Il faudrait être un sacré bon nageur pour aller jusque là-bas. En bateau, en revanche, c'est l'affaire de quelques minutes à peine. D'ailleurs, certains ont bien compris les bénéfices qu'ils pouvaient tirer d'une telle proximité.

Il éclata de rire devant la mine perplexe de Morgan.

— Tu n'as jamais entendu parler de contrebande ? C'est monnaie courante ici malgré les sanctions.

— De la contrebande, répéta Morgan, effarée.

Instantanément ce mot se superposa à celui de « pirates ». Voilà qui n'avait rien de romantique dans un décor aussi idyllique. Elle fronça les sourcils, tout à coup soucieuse.

Alex indiqua la côte d'un geste large de la main, son élégante cigarette fermement tenue entre ses longs doigts fins.

— Il y a ici une quantité infinie de petites baies, de criques, d'îlots qui sont autant de cachettes introuvables. En outre, l'accès est on ne peut plus simple entre la mer et l'intérieur des terres.

Morgan opina d'un hochement de tête. Mais ils n'étaient pas en train de parler de petits trafics d'alcools ou de cigarettes. Non, il s'agissait de trafics beaucoup plus graves.

— Cocaïne ? s'enquit-elle.

— Entre autres.

L'apparente désinvolture d'Alex lui fit froncer un peu plus les sourcils. Les notions très tranchées qu'elle avait du bien et du mal la poussèrent à réagir vivement.

— Cela ne t'ennuie pas ?

— Pourquoi cela m'ennuierait-il ? questionna Alex, sincèrement surpris.

Médusée, Morgan se redressa un peu plus dans son siège.

— Tu ne te sens pas concerné ? Il existe un trafic de drogue à deux pas de chez toi et cela te laisse indifférent ?

Alex écarta les mains en signe d'impuissance. Son alliance se mit à étinceler sous les rayons du soleil.

— Morgan, que je me sente concerné ou pas ne

changera rien au problème ! Ces trafics existent depuis des siècles et des siècles, tu comprends ?

— Mais enfin, cela se passe quasiment sous tes fenêtres ! s'offusqua la jeune femme.

Puis elle s'arrêta, consciente de la vanité de son indignation. Ne se passait-il pas la même chose, chez elle, dans les rues de Manhattan ?

— Je voulais dire par là que tu dois être ennuyé.

Une petite lueur amusée passa dans le regard d'Alex, puis il haussa les épaules.

— Je laisse aux autorités locales le soin de régler ce genre d'ennuis. Dis-moi plutôt si ton séjour parmi nous te plaît ?

Morgan renonça à aborder de nouveau ce sujet qui la chagrinait. Manifestement, il n'était pas dans les habitudes de son hôte de discuter de choses déplaisantes avec ses invités.

— Tout est si beau ici, Alex ! Je comprends maintenant pourquoi Liz est tombée amoureuse de ce pays !

Alex eut un sourire satisfait et tira longuement sur sa cigarette.

— Elle aimerait tellement que tu viennes t'installer ici ! Tu lui manques beaucoup, tu sais ? Quelquefois je me sens coupable de ne pas venir te voir plus souvent en Amérique.

Morgan mit ses lunettes de soleil et commença à se détendre. Après réflexion, Alex avait raison. Tout cela ne la regardait pas.

— Tu n'as pas à culpabiliser, Alex. Liz est heureuse, c'est le principal.

— Elle le serait encore plus si tu vivais ici.

— Alex, protesta Morgan avec un petit sourire indulgent, malgré toute l'affection que je porte à Liz je ne me vois pas emménager ici pour le seul but de lui tenir compagnie.

— Toujours dévouée à ton poste à l'ONU, n'est-ce pas ?

Le ton d'Alex avait changé pour devenir plus sérieux, plus professionnel.

— J'adore mon métier, c'est vrai. Ainsi que le défi permanent qu'il représente.

— Je sais me montrer généreux envers les employés dont les capacités professionnelles…

Il observa la jeune femme en silence, à travers un léger voile de fumée.

— Je t'ai déjà proposé de venir travailler pour moi il y a trois ans, reprit-il. Et j'avoue que si je ne m'étais pas laissé distraire…

Il jeta un regard énamouré à Liz, toujours endormie.

— … J'aurais consacré plus de temps à essayer de te convaincre.

— « Distraire » ?

Liz abaissa ses lunettes sur le bout de son nez pour fixer son mari d'un air faussement offusqué, tandis que Morgan prenait l'un des verres qu'un serveur en uniforme venait de poser sur une table devant eux.

— Il semble que les murs ont des oreilles, ironisa cette dernière en reniflant légèrement. Mais il est vrai que tes manières ont toujours laissé à désirer.

— Tu as encore plusieurs semaines pour y réfléchir, insista Alex, qui n'entendait pas renoncer aussi facilement.

« Une main de fer dans un gant de velours. » Telle avait toujours été la devise de ce brillant homme d'affaires.

— Mais je te préviens, si tu n'acceptes pas ma proposition, Liz s'acharnera un peu plus à te trouver un prétendant digne de ce nom.

Il haussa les épaules et prit un verre à son tour.

— D'ailleurs, je suis d'accord avec elle : une femme a besoin d'un homme pour la protéger.

— Je reconnais bien là ton machisme, commenta sèchement Morgan.

Indifférent à la flèche que venait de lui décocher son amie, Alex poursuivit en souriant.

— Je crains que l'un des prétendants en question ne te soit présenté avec un peu de retard. Dorian, puisque c'est de lui qu'il s'agit, ne pourra pas nous rejoindre avant demain. Il viendra avec ma cousine, Iona.

— J'en trépigne d'impatience, railla Morgan.

Une nouvelle fois, le trait de sarcasme de la jeune femme échappa à Alex.

— Liz ne l'aime pas beaucoup, mais, que veux-tu, elle fait partie de ma famille.

Morgan surprit le regard que les jeunes époux s'échangèrent et qui semblait signifier que le sujet les avait souvent divisés.

— J'ai donc des responsabilités vis-à-vis d'elle.

Liz poussa un soupir résigné, puis se pencha pour prendre le verre qui restait.

— *Nous* avons des responsabilités, rectifia-t-elle. Iona est donc la bienvenue chez nous, mon chéri.

Un sourire vint fleurir sur les lèvres d'Alex, si

radieux que Morgan ne put réprimer un petit grognement moqueur.

— Il ne vous arrive donc jamais de vous disputer ? Une telle entente peut se révéler malsaine à la longue, vous savez !

Liz regarda son amie par-dessus son verre.

— Cela nous arrive, bien sûr. La semaine dernière je suis restée fâchée contre lui au moins… quinze minutes !

— C'est écœurant, déclara Morgan, morte d'envie.

— D'après toi, intervint Alex, il faut qu'un homme et une femme se disputent pour maintenir un certain équilibre dans leur couple ?

Morgan éclata de rire.

— Je crois qu'en fait je parlais pour moi.

— Morgan, tu n'as pas mentionné Jack une seule fois depuis ton arrivée. Il y a un problème ?

— Liz !

Alex avait parlé sur un ton lourd de reproche.

— Laisse, Alex, ça n'a pas d'importance.

Son verre à la main, la jeune femme se leva et alla s'appuyer contre le bastingage.

— Ce n'est pas un problème, précisa-t-elle lentement. Du moins, je l'espère.

Elle s'interrompit pour contempler le fond de son verre, comme si elle n'était pas certaine de son contenu.

— En fait, je m'étais engagée sur une voie bien tracée, bien définie. Une voie que je connaissais si bien que j'ai fini par avoir des œillères.

Cheveux au vent, la jeune femme émit un petit rire cristallin.

— Et puis brusquement, un matin, j'ai réalisé que cette voie n'était qu'une ornière qui se creusait un peu plus chaque jour. Alors j'ai décidé d'en sortir avant qu'elle ne devienne un fossé trop profond.

— Tu as toujours préféré les courses d'obstacles, murmura Liz sans toutefois cacher la satisfaction que cette nouvelle lui procurait.

Morgan détourna les yeux de l'écume qui bouillonnait dans le sillage du bateau.

— Ce n'est pas parce que j'ai rompu avec Jack que je vais me jeter aux pieds de ce Dorian, Liz, prévint-elle. Ni aux pieds de quiconque, d'ailleurs.

— Je n'en espérais pas tant, de toute façon, commenta Liz avec humour. Cela manquerait singulièrement de piquant.

Morgan poussa un soupir où se mêlaient étroitement affection et exaspération, puis elle se replongea dans la contemplation du paysage.

Les monts austères de Lesbos, auréolés d'un parfum d'éternité, semblaient jaillir de l'eau. La villa des Theoharis se dessinait au loin, éclatante de pureté et de blancheur, telle une offrande aux dieux de l'Olympe. Elle distingua, surplombant celle-ci, une vaste demeure en béton gris qui paraissait taillée à même la roche. Ainsi accrochée à la falaise, elle faisait face à la mer, splendide d'arrogance et véritable défi permanent au dieu Poséidon. Les vignobles qui l'entouraient n'adoucissaient en rien la sévérité de son apparence, mais lui conféraient une beauté singulière.

Les deux constructions, l'une élégante, l'autre

sauvage, dominaient le village, composé de petites maisons blanches blotties les unes contre les autres.

— A qui appartient cette maison ? cria Morgan par-dessus son épaule. Elle est vraiment incroyable !

Liz suivit le regard de son amie, puis se leva pour la rejoindre, un sourire aux lèvres.

— J'aurais dû me douter qu'elle ne te laisserait pas indifférente. Quelquefois même, on jurerait qu'elle est vivante ! Elle appartient à Nicholas Gregoras, des huiles du même nom, et qui s'est lancé récemment dans une affaire d'import-export.

Elle étudia attentivement le profil de son amie avant d'ajouter :

— Je pensais le mettre sur ma liste d'invités de demain soir. Bien que je ne pense pas qu'il soit ton type d'homme.

Morgan leva un sourcil perplexe.

— Et quel est mon type d'homme, d'après toi ?

— Quelqu'un à combattre. Qui serait en quelque sorte ce parcours d'obstacles dont je parlais tout à l'heure.

— Mmm. Tu me connais décidément trop bien, railla Morgan.

— En ce qui concerne Nick, il a la réputation d'être un charmeur qui sait parler aux femmes.

Pensive, elle pianota du bout des ongles sur le bastingage.

— D'une beauté moins évidente que celle de Dorian, mais qui dégage un érotisme torride. Un brin bon vivant et…

Elle s'interrompit, cherchant le terme qui le qualifierait le mieux.

— Quelque peu… bizarre. En fait, cette maison lui correspond tout à fait. Elle est aussi étrange que lui. Il a à peine trente ans, mais dirige déjà l'empire familial dont il a hérité il y a une dizaine d'années. Depuis peu, il s'est lancé dans l'import-export international et réussit à merveille dans ce domaine. Alex l'apprécie beaucoup, ils se connaissent depuis l'enfance.

— Liz, je voulais simplement savoir à qui appartenait cette maison, je ne te demandais pas de me faire la biographie complète de son propriétaire.

— Cela fait partie du service, répliqua Liz en allumant une cigarette. Il est indispensable que tu aies une idée très précise des gens que je vais te présenter.

— Tu n'aurais pas un berger parmi tes connaissances ? demanda Morgan, mi-figue, mi-raisin. Je me verrais bien dans un petit cottage blanc, à cuisiner du pain dans mon propre four.

— Je vais voir ce que je peux faire.

— J'imagine qu'il ne vous est pas venu une seconde à l'esprit, à toi et à Alex, que j'adorais être célibataire. Et que j'étais heureuse d'être la femme moderne et indépendante que je suis devenue, capable de changer une roue toute seule, de se servir d'un tournevis…

— Tu te défends trop pour être honnête.

— Liz…

— Je me soucie de toi, Morgan…

La jeune femme porta son verre à ses lèvres.

— Va au diable, Liz, murmura-t-elle.

— Allez ! Laisse-moi m'amuser un peu, la pressa

Liz avec une petite moue puérile destinée à l'amadouer. D'ailleurs, tout n'est qu'une affaire de destin, tu l'as dit toi-même.

— Prise à mon propre piège si j'ai bien compris, grommela Morgan. Très bien, je me rends. Je t'autorise à me présenter à tous les Dorian, Nick et Lysander de la Terre.

— Lysander ? !

— Joli nom pour un berger, non ?

Liz éclata de rire.

— Il faudrait d'abord que j'en trouve un.

— Liz…

Morgan hésita un instant, puis finit par demander avec une désinvolture feinte :

— La plage où nous sommes allées hier est-elle très fréquentée ?

— Mmm ? demanda Liz, qui, distraite, tentait de maintenir derrière son oreille une mèche de cheveux qui lui chatouillait la joue. Oh, pas vraiment. A part nous et les Gregoras, personne n'y va jamais. Tiens, tu me fais penser qu'il faudra que je demande à Alex à qui elle appartient. En fait, la baie est fermée et n'est accessible que par l'escalier en pierre privé, commun aux deux propriétés. Ainsi qu'au cottage que possède Nick et qu'il loue occasionnellement. D'ailleurs, je crois me souvenir qu'il est occupé par un Américain en ce moment. Quelqu'un du nom de Stevens… Non, rectifia-t-elle aussitôt, Stevenson, Andrew Stevenson. Il est poète, ou peintre, je ne sais plus. Je ne l'ai pas encore rencontré.

Elle regarda fixement son amie avant d'ajouter :

— Pourquoi me poses-tu cette question ? Tu as l'intention de faire du bronzage intégral ?

— Non, simple curiosité.

Morgan tenta de reprendre ses esprits. Puisqu'elle avait décidé que l'affaire était classée, il fallait qu'elle cesse d'y penser. Elle pointa la maison grise du doigt.

— J'aimerais la voir d'un peu plus près. Elle est vraiment exceptionnelle ! L'architecte qui l'a dessinée devait être un peu fou, lui aussi.

— Use de ton charme auprès de Nick, suggéra Liz. A mon avis, il sera enchanté de te faire visiter les lieux.

— Pourquoi pas ?

Elle contempla une dernière fois l'énorme bâtisse, se demandant si les pas qu'elle avait entendus dans les buissons la veille au soir étaient ceux de Nicholas Gregoras.

— Tu as raison, c'est exactement ce que je vais faire, murmura-t-elle comme pour elle-même.

Cette nuit-là, Morgan laissa la baie vitrée de sa chambre ouverte. Elle avait envie de sentir la douceur de l'air et le parfum des fleurs. La grande horloge de l'entrée résonna soudain dans la quiétude de la nuit, lui indiquant qu'il était 1 heure du matin. Pour la deuxième fois consécutive, elle n'arrivait pas à trouver le sommeil. Les gens, contrairement à elle, dormaient-ils pendant leurs vacances ? se demanda-t-elle. Elle estimait, quant à elle, que c'était une perte de temps.

Elle alla s'asseoir au petit bureau de bois de rose qui se trouvait dans la pièce et se mit à écrire une lettre. Quelque part, entre la maison et la mer, une chouette hulula. Morgan posa son stylo et tendit l'oreille, espérant l'entendre encore déchirer le silence de la nuit. En vain. Comment pourrait-elle décrire les émotions que suscitaient la vue d'un îlot rocheux semblant surgir de la mer, cette force, cette beauté inaltérable, presque effrayante ?

Elle haussa les épaules et fit du mieux qu'elle put pour tenter d'expliquer à son père ce qu'elle ressentait. Il comprendrait, se dit-elle en pliant sa lettre. Qui, mieux que l'homme qui les lui avaient transmises, pourrait comprendre les idées fantasques qui quelquefois lui traversaient l'esprit ? Et qui, mieux que son père, pourrait rire avec elle de la folle détermination de Liz à vouloir la voir se marier et s'installer en Grèce ?

Elle se leva, s'étira paresseusement et, en se retournant, se heurta à un torse puissant. La main qui lui couvrit la bouche le fit avec plus de douceur que la première fois et les yeux noirs qui la fixaient se plissèrent d'amusement.

Son cœur bondit dans sa poitrine.

— *Kalispera,* Aphrodite. Donnez-moi votre parole que vous ne crierez pas, et je vous relâche.

Instinctivement, elle tenta de se débattre, mais il la maintenait si fermement que ses efforts inutiles le firent sourire. Elle lutta une dernière fois puis se résigna, vaincue. Bien à contrecœur, elle opina d'un signe de tête. L'homme relâcha son étreinte sur-le-champ.

Morgan refoula péniblement le cri qui lui restait dans la gorge et poussa à la place un soupir chargé de frustration. Elle avait donné sa parole.

— Comment êtes-vous entré ici ? questionna-t-elle.

— Le lierre qui grimpe sur cette façade est très résistant.

— Vous voulez dire que vous avez escaladé le mur ?

Morgan s'était exprimée avec une incrédulité teintée d'admiration. Les murs étaient lisses, la hauteur vertigineuse.

— Vous êtes complètement fou !

— C'est possible, commenta l'intrus en affichant un petit sourire suffisant.

Il ne semblait pas le moins du monde affecté par l'acrobatie périlleuse qu'il venait d'effectuer. Il était certes échevelé, mais tout autant que la veille au soir. Une barbe naissante ombrait ses joues ; aucune trace de fatigue n'altérait son regard dans lequel Morgan décela même une pointe d'amusement qu'elle trouvait, bien malgré elle, irrésistible. Elle découvrit, à la faveur de la lampe de son bureau, que ses traits n'étaient pas aussi durs qu'elle avait cru, ni sa bouche aussi sévère. Elle le trouva même très séduisant, ce qui eut pour effet de la contrarier profondément.

— Que voulez-vous ?

Il sourit de nouveau, laissant courir sur le corps de la jeune femme, à peine voilé d'une nuisette de soie ivoire, un regard teinté d'une insolence qu'elle devina chez lui toute naturelle. Il restait immobile, faisant de son corps un rempart entre elle et le déshabillé qu'elle avait négligemment jeté sur son lit. Crânement, elle releva le menton et le défia du regard.

— Comment avez-vous réussi à me retrouver ?

— Disons que cela fait, en quelque sorte, partie de mon boulot, répondit-il, énigmatique.

Il délaissa les formes de ce corps harmonieux pour admirer le courage dont elle faisait preuve.

— Morgan James, reprit-il. En visite chez son amie Elizabeth Theoharis. Américaine, vit à New York. Célibataire. Interprète à l'ONU. Parle couramment le grec, le français, l'anglais, l'italien et le russe.

Morgan essaya de cacher la stupéfaction que cette intrusion dans sa vie privée avait déclenchée.

— Résumé assez sommaire, commenta-t-elle avec raideur.

— Disons plutôt succinct.

— Puis-je savoir en quoi tout cela vous concerne ?

— Je ne l'ai pas encore décidé.

Il se mit à l'observer en silence, semblant tout à coup réfléchir au problème. Il pourrait en effet utiliser ses talents d'interprète et sa position privilégiée. Une tête bien pleine dans un corps bien fait : il ferait ainsi coup double.

— Votre séjour parmi nous se passe bien ?

A son tour, Morgan le dévisagea puis, lentement, secoua la tête. Non, décidément, il n'avait rien d'un brigand et encore moins d'un violeur. Elle était sûre de ce dernier point. Et s'il était un voleur, mais en cela elle réservait son jugement, il n'était pas un voleur ordinaire. En d'autres circonstances, elle aurait même pu tomber amoureuse de lui. Tomber sous le charme de son aisance à s'exprimer, de la grâce féline avec laquelle il se déplaçait, de ce mélange d'arrogance et de perspicacité qui lui donnait une séduction hors du commun.

— Vous avez un culot incroyable !

— Vous me flattez.

— Parfait, décida Morgan, qui, lèvres pincées, se dirigea d'un pas sûr vers la baie vitrée. Je vous ai donné ma parole que je ne crierais pas et je n'ai pas crié. Mais je n'ai nullement l'intention de rester là, à faire la conversation à un fou furieux !

D'un geste de la main, elle lui indiqua la sortie.

— Dehors !

Au lieu de lui obéir, l'inconnu lui adressa son sourire horripilant, puis il alla s'asseoir sur le bord du lit.

— J'ai une grande admiration pour les femmes qui tiennent leurs promesses, finit-il par dire après avoir observé Morgan quelques minutes en silence.

Il allongea négligemment ses longues jambes devant lui et les croisa.

— Oui, vraiment, je vous admire, Morgan. Hier soir, vous avez fait preuve de courage et de bon sens, deux qualités de plus en plus rares de nos jours.

— Pardonnez-moi de ne pas être bouleversée.

Le trait de sarcasme n'échappa pas à l'inconnu, pas plus que le changement d'expression dans les yeux clairs de la jeune femme. Ils n'exprimaient plus la colère malgré tout le mal qu'elle se donnait pour tenter de lui faire croire le contraire.

— Il me semble pourtant m'être excusé, lui rappela-t-il en souriant.

Morgan poussa un soupir exaspéré. Elle aurait tant aimé le détester. Mais qui se cachait donc derrière cet homme insupportable, qui n'était ni un violeur ni un cambrioleur ? Oui, qui diable pouvait-il bien être ? Morgan dissipa ses pensées, préférant rester dans l'ignorance.

— Vraiment ? J'ai du mal à croire qu'il s'agissait d'excuses.

— Si je vous demandais une nouvelle chance, demanda-t-il avec une sincérité si désarmante que les lèvres de Morgan se mirent à trembler, accepteriez-vous de me la donner ?

La jeune femme lutta pour rester de marbre face à son sourire diabolique.

— Si j'accepte, partirez-vous enfin ?

— Pourtant je trouve votre compagnie fort agréable, éluda-t-il.

Une lueur amusée passa dans le regard de Morgan.

— Allez au diable !

— Aphrodite, vous me peinez beaucoup !

— Vous me donnez envie de vous étriper de mes propres mains. Allez-vous sortir à la fin ?

— Bientôt.

Il se leva de nouveau en souriant. Quel était donc ce parfum dont elle s'était enveloppée ? Suave, sans être écœurant. Du jasmin. Oui, c'était cela, du jasmin sauvage. Qui s'accordait à merveille avec son caractère rebelle. Il alla jusqu'à la coiffeuse, déplaça machinalement le miroir à main qui se trouvait dessus.

— Demain, annonça-t-il négligemment, vous ferez la connaissance de Dorian Zoulas et de Iona Theoharis.

Devant la mine stupéfaite de Morgan, il prit soin d'ajouter :

— Tout le monde se connaît sur cette île, vous savez ?

— Manifestement, commenta sobrement Morgan sans toutefois pouvoir dissimuler la curiosité qui pointait sous ce mot.

— Peut-être, une autre fois, me parlerez-vous de l'impression qu'ils vous ont faite.

Morgan secoua énergiquement la tête.

— Je serais très étonnée qu'il y ait une autre fois, et si cela se produisait, sachez que je n'ai nullement l'intention de me répandre en ragots sur les uns et les autres en votre compagnie. Je ne vois vraiment pas pourquoi…

— Pourquoi pas ? l'interrompit l'inconnu.

— Tout simplement parce que je ne vous connais pas ! Pas plus que je ne connais ce Dorian et cette Iona, d'ailleurs ! Et je ne comprends pas pourquoi vous vous acharnez à…

— Vous avez raison, la coupa-t-il une nouvelle fois, n'en parlons plus. Vous connaissez bien Alex ?

Morgan passa une main nerveuse dans ses cheveux. Comment en était-elle arrivée à échanger des banalités avec un parfait étranger dans sa chambre, à une heure indue et vêtue quasiment de sa seule dignité ?

— Ecoutez-moi bien, monsieur… Je ne vais vous parler ni d'Alex ni de qui que ce soit d'autre. Je voudrais juste que vous partiez.

— Très bien. De cela aussi nous parlerons une autre fois, décida-t-il en s'approchant d'elle. J'ai quelque chose pour vous.

Il fouilla dans sa poche et en retira une petite médaille en argent dont il agita la chaîne sous le nez de la jeune femme.

— Oh ! C'est vous qui l'aviez !

Elle se jeta sur la main de l'inconnu, mais avant qu'elle ne se saisisse du précieux bijou, il l'avait mis hors de sa portée, ses yeux brûlant d'une colère contenue.

— Je vous ai déjà dit que je n'étais pas un voleur.

Devant le ton menaçant de l'étranger, Morgan fit machinalement un pas en arrière.

Semblant regretter de l'avoir effrayée, il reprit d'un ton radouci :

— Je crains qu'elle ne soit abîmée.

Les yeux fixés sur Morgan, il lui tendit de nouveau la chaîne. La jeune femme la prit et s'empressa de la passer autour de son cou.

— Vous êtes un agresseur bien attentionné !

— Croyez-vous que cela m'a fait plaisir de vous bousculer comme je l'ai fait ?

Les mains de Morgan hésitèrent sur sa nuque. Elle considéra en silence l'homme qui se tenait devant elle et qui venait de lui parler sans la moindre trace d'ironie, délaissant même momentanément ses airs supérieurs. Il était tel que lors de leur première rencontre. Capable de passer de la colère à la douceur la plus extrême.

— Vous croyez vraiment que j'ai pris plaisir à vous terroriser au point de vous faire perdre connaissance ; que j'ai fait exprès de vous laisser croire que j'allais vous tuer ? Et ces marques sur vos bras, pensez-vous que je me réjouisse de savoir que j'en suis la cause ?

Il se détourna d'elle et se mit à arpenter la pièce comme un ours en cage.

— Il n'est pas dans mes habitudes de maltraiter les femmes.

— Comment aurais-je pu le savoir ? questionna posément Morgan.

L'homme s'arrêta devant elle et la fixa de nouveau. Elle paraissait parfaitement décontractée à présent. Elle était belle. D'une beauté capable de lui faire oublier qu'il ne pouvait se permettre aucune futilité amoureuse.

— Je ne sais pas qui vous êtes, ni à quoi vous êtes mêlé, reprit Morgan en attachant enfin le système de fermeture de sa chaîne.

Sa voix, calme et hautaine, ne laissait rien deviner du tremblement qui agitait ses mains.

— Et franchement je m'en fiche, pourvu que vous quittiez cette pièce immédiatement. En d'autres circonstances, je vous aurais remercié de m'avoir rapporté cette médaille, mais je pense que, dans le cas présent, ce serait parfaitement grotesque. Je ne vous retiens pas, vous connaissez la sortie.

Il l'aurait volontiers étranglée, cette Morgan à demi nue qui, pour la troisième fois de la soirée, venait de le congédier sans ménagement. Cette situation l'aurait probablement amusé s'il n'avait eu à lutter contre la vague de désir qui tout à coup le submergeait.

Mais, après tout, pourquoi lutter ? se demanda-t-il. Cette femme qui le défiait ouvertement, effrontément, ne méritait pas un tel sacrifice.

— Le courage vous va bien, gronda-t-il d'une voix sourde. Nous devrions bien nous entendre.

Il s'approcha d'elle jusqu'à pouvoir caresser la médaille nichée entre ses seins, puis il l'épingla de son regard de braise. Il ne décela aucune crainte dans les yeux d'un bleu profond qu'elle posa sur lui. Juste une pointe de dédain teintée de mépris. Une femme pareille pouvait rendre un homme fou d'amour ou le faire dépérir à petit feu. Mais, bon sang, elle en valait sacrément la peine !

— Je vous ai dit de partir, répéta Morgan d'un ton glacial, en parfaite contradiction avec les battements accélérés de son cœur.

Des battements qui n'étaient à mettre ni sur le compte de la peur ni sur celui de la colère, comme elle aurait voulu s'en convaincre.

— Et moi, je vous ai dit que j'allais le faire, murmura-t-il en laissant la médaille retomber sur la peau brûlante de Morgan. Mais avant, et bien que vous ne m'y ayez pas invité, je vais me permettre de vous embrasser.

Une nouvelle fois, elle se retrouva entre ses bras. Ce n'était pas le baiser tendre et sensuel de la veille, mais un baiser passionné, avide de sensations. Jamais aucun homme ne l'avait embrassée de cette façon, jusqu'à lui donner l'impression de violer chacun de ses secrets les plus intimes. Le flot de désir qui s'insinua en elle était si fort, si dévastateur, qu'elle n'était pas de taille à l'endiguer. Comment pouvait-elle désirer si fort cet homme ? se demanda-t-elle à travers les limbes d'une raison qui l'abandonnait déjà. Par quel miracle souhaitait-elle de toute son âme qu'il la touche, la caresse, la possède, même ? Elle laissait sa langue jouer avec la sienne, ses mains caresser ses épaules, sans lui opposer la moindre résistance.

— Tes lèvres ont un goût de miel, Morgan, lui

susurra-t-il à l'oreille. Un goût si fruité qu'on ne peut se résoudre à les quitter.

Lentement, ses mains descendirent le long de son dos, glissant voluptueusement sur la soie lisse. Elles étaient puissantes, calleuses et pourtant aussi lestes et légères que celles d'un musicien.

Déjà bien loin des rivages de la réalité, Morgan prit le visage de l'inconnu entre ses longs doigts fins qu'elle passa ensuite dans ses épaisses boucles brunes. Il la serra un peu plus fort contre lui, marmonnant en grec quelque chose que Morgan soupçonna ne pas être une déclaration d'amour.

Elle avait l'étrange impression de connaître ce corps depuis toujours. Long, souple et pourtant si athlétique ! Elle se grisait de la subtile odeur d'embruns qui se dégageait de lui, répondait avec ferveur à ses baisers de plus en plus ardents.

Elle laissa échapper un petit gémissement, s'abandonnant au tourbillon de volupté qui l'emportait. Peu lui importait à ce moment précis qui il était, car seul comptait ce plaisir dense qu'il lui procurait. Mais, soudain, elle sentit ce corps en fusion résister, pour finalement s'écarter d'elle.

L'homme détestait les battements désordonnés de son cœur, ainsi que la passion qui troublait chacune de ses pensées. Il n'avait pas le droit de tout compliquer. Et de faire prendre le moindre risque à Morgan James. Bien à contrecœur, il s'écarta un peu plus, caressa doucement les bras de la jeune femme.

— Beaucoup plus satisfaisant que des remerciements, lança-t-il avec désinvolture.

Puis, fixant le lit avec un sourire entendu, il ajouta :

— Vas-tu mc prier de rester ?

Morgan sembla soudain reprendre ses esprits. Ce diable d'homme devait posséder aussi des talents d'hypnotiseur, décida-t-elle. Car elle ne trouvait aucune explication rationnelle à ce moment d'égarement.

— Une autre fois, peut-être, parvint-elle à dire d'un ton dégagé.

Une lueur amusée éclaira le visage de l'inconnu.

— J'attendrai ce moment avec impatience, Aphrodite.

Puis il se dirigea vers la terrasse, enjamba la rambarde et lui adressa un sourire radieux avant d'entamer sa descente. Incapable de s'en empêcher, Morgan se précipita, le cœur battant, pour le regarder glisser habilement le long du mur.

Silhouette sombre se détachant étrangement sur la façade claire, il se déplaçait avec la grâce et la souplesse d'un félin. Lorsque enfin il sauta à terre, il courut se réfugier sous la couverture des arbres. Sans un regard en arrière.

Morgan pivota sur ses talons puis, après avoir regagné sa chambre, prit bien soin de fermer sa porte vitrée à double tour.

Chapitre 3

Morgan fit tourner distraitement son verre entre ses doigts. Elle était beaucoup trop préoccupée pour savourer le vin local fruité qu'on lui avait servi. Elle se trouvait sur la terrasse principale, qui surplombait la mer d'un bleu profond, ponctuée d'un archipel d'îlots minuscules. Elle regardait sans les voir les innombrables yachts qui, de son poste d'observation, semblaient autant de petits points mouvants. Son esprit tout entier tendait à comprendre les messages cryptés que son visiteur n'avait cessé de lui envoyer la veille au soir. De temps en temps, néanmoins, elle parvenait à émerger de ses pensées pour saisir des bribes de conversation auxquelles elle n'avait pas envie de se mêler.

Dorian Zoulas était exactement tel que Liz le lui avait décrit : d'une beauté classique, avec un teint parfaitement hâlé et une allure très sophistiquée. Dans son costume crème impeccablement coupé, il était l'incarnation même d'un Apollon, bien dans son époque. Il était intelligent et cultivé, mais si Morgan n'avait vu passer dans son regard un éclair de malice, elle ne lui aurait probablement manifesté qu'une politesse de rigueur. Elle avait alors réalisé que Dorian n'était pas dupe des manigances de Liz, mais qu'il avait décidé de jouer le jeu. La lueur de défi qu'elle avait lue dans ses yeux l'avait rassurée, et c'est ainsi qu'elle s'était pliée de bonne grâce à un badinage mutuel que tous deux savaient sans conséquence.

Quant à Iona, la cousine d'Alex, Morgan la trouvait beaucoup moins sympathique. Les regards sombres dont cette dernière la gratifiait étaient aussi surprenants qu'embarrassants. Aucune note d'humour dans ses grands yeux de biche, ni dans les moues faussement puériles de sa bouche sensuelle. Morgan la trouvait semblable à un volcan en éruption. Brûlante, vaporeuse, dangereuse.

Des caractéristiques qui lui rappelèrent instantanément son visiteur nocturne. Elles lui correspondaient aussi bien qu'elles correspondaient à Iona Theoharis et pourtant… si elle les admirait chez l'homme, elle ne pouvait s'empêcher de les trouver déplaisantes chez la femme. Se pourrait-il qu'il y ait deux poids, deux mesures ? se demanda-t-elle. Non, c'était juste que cette énergie semblait aussi destructrice chez Iona qu'elle était fascinante chez l'inconnu. Ennuyée de se fourvoyer dans de telles considérations, Morgan cessa de contempler la baie pour reporter toute son attention sur Dorian.

— Vous devez trouver cette île incroyablement calme, après la frénésie d'une grande ville comme Athènes.

Dorian se retourna sur sa chaise et fixa attentivement Morgan. Le sourire qu'il lui adressa lui donna l'illusion d'être son seul centre d'intérêt.

— Lesbos est un endroit merveilleusement tranquille. Mais j'aime tout autant le tourbillon des grandes villes. Vous qui vivez à New York, vous devez me comprendre.

— Parfaitement, et j'avoue qu'en ce moment c'est la quiétude de cet endroit magique dont j'ai besoin.

Appuyée contre la rambarde, elle sentait la douce chaleur du soleil lui caresser le dos.

— Je me contente de ne rien faire, si ce n'est paresser toute la journée. Je n'ai encore même pas eu l'énergie de partir explorer la région.

Dorian sortit de sa poche un étui à cigarettes en or qu'il ouvrit et présenta à Morgan. Après que cette dernière eut refusé d'un signe de tête, il en alluma une et se renfonça dans son siège, affichant une décontraction teintée d'une certaine réserve.

— Eh bien, lorsque vous vous sentirez assez reposée, n'hésitez pas à aller en quête des trésors dont regorge cette île. Il y a ici quantité de grottes, de criques, d'oliveraies qui sont autant de trésors à découvrir. Sans compter les innombrables petites fermes isolées, si pittoresques. Les villages ici ont tous gardé leur charme et leur authenticité.

— C'est exactement ce dont je rêvais, commenta Morgan en commençant à siroter son vin. Me laisser aller au rythme lent de cette île. J'ai bien l'intention d'enrichir ma collection de coquillages et de trouver un fermier qui voudra bien m'initier à la traite de ses chèvres.

— Vaste programme, railla gentiment Dorian.

— Liz vous le dira, renchérit Morgan sur le même ton, j'ai toujours été téméraire.

Dorian la considéra un instant avec un intérêt manifeste qui n'échappa pas à la jeune femme.

— Je vous aiderais volontiers à ramasser vos coquillages, reprit-il. Les chèvres, en revanche…

La voix rauque de Iona interrompit brutalement leur tête-à-tête.

— Je suis surprise que des occupations aussi futiles vous intéressent.

Morgan regarda la nouvelle venue lui adresser un sourire contrit.

— N'oubliez pas que je suis avant tout une touriste. En tant que telle, j'ai envie de découvrir votre île. En outre, les vacances sont pour moi une occasion de me ressourcer, pas de passer frénétiquement d'une activité à l'autre.

— Morgan ne fait strictement rien depuis deux jours, intervint Liz, venue rejoindre le petit groupe. Un véritable record !

— Je n'aspire qu'au repos, murmura Morgan. *Et à la paix*, ajouta-t-elle mentalement en repensant soudain à son étrange visiteur.

— Lesbos est l'endroit parfait pour cela, assura Dorian en exhalant un nuage de fumée. Calme, rustique.

Songeuse, Iona passa un doigt parfaitement manucuré sur le bord de son verre.

— Les apparences sont parfois trompeuses, dit-elle, énigmatique.

Morgan vit les sourcils de Dorian s'arquer en signe d'incompréhension, tandis que ceux d'Alex marquaient une franche désapprobation.

— En tout cas, nous allons faire de notre mieux

pour assurer à Morgan un séjour paisible, déclara Liz. Elle le mérite bien, elle qui ne reste jamais longtemps au même endroit.

Morgan émit un petit grognement et plongea le nez dans son verre. Paisible ! Si seulement Liz savait !

Dorian se leva pour aller chercher une carafe en cristal.

— Un peu plus de vin, Morgan ?

Iona pianotait à présent du bout des ongles sur le bras de son siège en fer forgé.

— Quand je pense qu'il y a des gens qui aiment s'ennuyer ! déplora-t-elle.

— Il s'agit de se détendre, pas de s'ennuyer, riposta Alex avec une pointe d'impatience.

Liz se mit à caresser doucement la main de son mari, dans un geste visant à calmer sa colère naissante.

— Le travail de Morgan est épuisant, expliqua-t-elle d'une voix douce. Elle est confrontée en permanence à des exigences contraignantes.

Dorian, lui, n'avait pas attendu l'approbation de la jeune femme pour remplir de nouveau son verre.

— Je suis sûr qu'elle doit avoir un tas d'histoires fascinantes à raconter, dit-il en lui souriant.

Morgan le regarda, perplexe. Cela faisait bien longtemps qu'un homme ne lui avait pas adressé un sourire purement admiratif, dénué de toute tentative de séduction. Elle songea qu'elle pourrait y prendre goût.

— J'en ai quelques-unes, en effet.

C'était l'heure où le soleil plongeait à l'horizon. La porte-fenêtre restée ouverte laissait entrer à flots les derniers rayons incandescents qui baignaient la chambre d'une lumière flamboyante.

Ses deux premiers jours à Lesbos étaient bien loin des vacances paisibles auxquelles Liz avait fait allusion, mais Morgan ne voulait plus y penser. Elle entendait bien laisser tout cela derrière elle. Avec un peu de chance, et si elle s'en donnait les moyens, il n'y avait aucune raison pour que sa route croise une nouvelle fois celle de cette espèce d'irrésistible fou.

Lorsque Morgan surprit dans le miroir le sourire béat qui flottait sur ses lèvres, elle s'empressa de l'effacer pour afficher une expression qu'elle jugeait plus digne. Une fois de retour à New York, elle irait voir un psychiatre. Car lorsqu'on commençait à être attirée par des fous c'était le signe que l'on n'était pas loin de l'être soi-même. « Oublie-le », se dit-elle en se dirigeant vers le placard. Il y avait des choses beaucoup plus importantes auxquelles penser. Comme, par exemple, choisir sa tenue pour la soirée que ses hôtes donnaient en son honneur.

Après un rapide inventaire, elle opta pour une robe blanche fluide, en crêpe de Chine. Dorian lui avait donné l'envie d'exhiber sa féminité. Jack, lui, la préférait plus sobre, en tailleur strict. Il s'était souvent mêlé de lui donner un avis qu'elle ne lui demandait pas, trouvant la garde-robe de la jeune femme frivole ou de mauvais goût. Il ne comprenait pas que les jupes gitanes bariolées qui voisinaient sans complexe avec les tailleurs les plus chic reflétaient parfaitement la personnalité de sa compagne. Mais ce n'était là qu'une des nombreuses différences qui avaient fini par les séparer définitivement.

Mais, ce soir, elle était bien décidée à s'amuser, se disait-elle en boutonnant les petites perles qui fermaient sa robe. Il y avait trop longtemps qu'elle n'avait pas flirté avec un homme. Le visage ténébreux de l'inconnu s'imposa alors à elle. Elle revit avec une émotion inattendue les boucles emmêlées, la barbe naissante… « Allons, sois raisonnable, cela n'avait rien d'un simple flirt. » Elle alla fermer la porte puis la verrouilla soigneusement. Voilà qui n'allait pas lui faciliter les choses, s'il avait dans l'idée de revenir la surprendre, se dit-elle avec une pointe de satisfaction.

En parfaite maîtresse de maison, Liz passait inlassablement d'un invité à l'autre. Morgan pouvait faire son entrée à présent, on ne pourrait que la remarquer !

Derrière des airs d'apparente fragilité, Liz était douée d'une rare détermination. La loyauté était sa principale qualité. Lorsqu'elle aimait, c'était pour la vie. Elle voulait tant que Morgan soit heureuse ! Qu'elle connaisse, comme elle, une relation qui lui apporterait bonheur et équilibre.

Un sourire satisfait aux lèvres, elle jeta un dernier coup d'œil circulaire à la salle de réception. Les lumières étaient tamisées et la pièce était parfumée des senteurs d'été qui s'infiltraient par les fenêtres ouvertes. Les vins, qu'elle avait elle-même soigneusement sélectionnés pour accompagner le dîner, apporteraient la touche finale, en grisant légèrement les esprits. Restait à prier pour que Morgan veuille bien se montrer coopérative.

Elle se dirigea, mains tendues, vers le retardataire qui venait d'arriver.

— Nick, je suis si heureuse que tu aies pu te joindre à nous ! Pour une fois que nous nous trouvons tous sur l'île en même temps !

— C'est toujours un grand plaisir de te retrouver, Liz, répliqua le nouveau venu en adressant à son hôtesse un sourire renversant de charme. Et un grand soulagement de quitter Athènes pour quelques semaines.

Il se courba légèrement sur l'une des mains de Liz pour l'effleurer de ses lèvres. Puis il darda sur elle son regard de braise.

— Permets-moi de te dire que je te trouve chaque fois plus belle.

Liz éclata d'un petit rire cristallin, puis passa son bras sous celui de son invité.

— Je devrais t'inviter plus souvent, décréta-t-elle en le guidant vers le bar. Laisse-moi te remercier encore pour ce merveilleux buste d'Indien que tu m'as déniché. Je l'adore !

Nick lui tapota gentiment la main.

— Tant mieux. Je suis heureux d'avoir trouvé exactement ce que tu voulais.

— Je n'en ai jamais douté une seconde. Contrairement à Alex, qui n'aurait même pas fait la différence entre art indien et art sumérien.

Nick éclata de rire.

— A chacun sa spécialité.

— Ton travail doit être passionnant, non ? poursuivit

Liz en lui servant un cocktail. Tous ces trésors et tous ces endroits exotiques que tu visites !

— Il m'arrive de penser que c'est plus excitant de rester chez soi.

Liz leva sur lui un regard sceptique.

— J'ai du mal à le croire. Tu profites si rarement de ta maison ! Où étais-tu le mois dernier ? A Venise ?

— Une ville merveilleuse ! commenta sobrement Nick.

— J'adorerais y aller ! Si seulement je pouvais entraîner Alex loin de ses bateaux !

La jeune femme plissa soudain les yeux avant de pousser un soupir excédé.

— Je crois que Iona est une nouvelle fois en train d'ennuyer mon mari. Je vais encore devoir aller jouer les diplomates, ajouta-t-elle en se forçant à sourire.

— Tu y parviens toujours à merveille. Alex a vraiment beaucoup de chance.

— Je te suggère de le lui rappeler de temps en temps, plaisanta Liz. Et de lui faire comprendre que rien n'est jamais définitivement acquis. Ah ! voilà Morgan. Je vais lui demander de s'occuper de toi pendant que je vais accomplir mon devoir.

Nick suivit le regard de Liz et vit Morgan faire son apparition.

— Elle va être ravie, murmura-t-il en admirant la robe aérienne qui laissait deviner les courbes harmonieuses de la jeune femme.

Ses cheveux, qu'elle avait laissés cascader librement sur ses épaules, la rendaient encore plus lumineuse.

Nick avait toujours eu un petit faible pour la beauté sous toutes ses formes.

Morgan venait à peine de saluer Dorian que déjà Liz la prenait par le bras pour l'entraîner à sa suite.

— Je te charge de distraire Nick le temps que je remplisse ma mission. Morgan James. Nicholas Gregoras.

Après ces présentations sommaires, Liz planta là ses deux invités pour voler au secours de son mari.

Abasourdie, incapable de dire un mot, Morgan regardait Nick fixement. Ce dernier en profita pour baiser la main de la jeune femme.

— Vous ! parvint à dire Morgan dans un souffle.

— Aphrodite, tu es magnifique ! Même habillée, ajouta-t-il perfidement.

Tout en effleurant les doigts de Morgan de ses lèvres, il levait sur elle ses yeux noir de jais, qui pétillaient d'une lueur malicieuse.

Morgan, qui avait recouvré ses esprits, tenta de dégager sa main prisonnière. En vain. L'étreinte se resserra un peu plus.

— Prends garde, Morgan, chuchota-t-il. Ton comportement singulier pourrait alarmer Liz. Et nécessiter des explications…

Il s'interrompit pour lui adresser ce sourire qui la faisait chavirer.

— … qui pourraient faire douter de ta santé mentale.

— Lâchez ma main, siffla Morgan en affichant un rictus qui se voulait un sourire. Ou je jure de me venger.

Nick esquissa une courbette pleine de grâce avant de lui obéir.

— Tu es vraiment magnifique, répéta-t-il. Sais-tu que tes yeux lancent de véritables éclairs lorsque tu es en colère ?

— J'en suis enchantée. Et j'espère que l'un d'eux a atteint votre cœur, *monsieur* Gregoras !

— Je t'en prie, appelle-moi Nick, dit-il avec une politesse exagérée. Après les… péripéties que nous avons partagées, je crois que nous avons largement dépassé le stade des formalités d'usage.

Contre toute attente, Morgan lui adressa un sourire resplendissant.

— Très bien, *Nick*. Sale crétin, ajouta-t-elle entre ses dents. Dommage que les circonstances ne s'y prêtent pas. Je vous aurais dit à quel point je vous trouve détestable.

Nick inclina légèrement la tête.

— Nous nous ménagerons d'autres occasions, affirma-t-il avec aplomb. Très bientôt. Mais pour le moment, si tu me le permets, je vais aller nous chercher quelque chose à boire.

Liz surgit soudain entre eux, satisfaite des sourires dont elle avait été témoin de loin.

— Eh bien, vous m'avez l'air de vous entendre à merveille, tous les deux !

— J'étais en train de dire à M. Gregoras que j'avais trouvé sa maison sublime, dit Morgan en fusillant ce dernier du regard.

— C'est exact, renchérit Liz. Elle était vraiment fascinée. Mais Morgan est ainsi, elle a toujours préféré ce qui se distingue par une certaine originalité, si tu vois ce que je veux dire.

— Tout à fait, acquiesça Nick, qui ne pouvait lâcher la jeune femme des yeux.

Un homme pourrait se damner pour des yeux pareils, songea-t-il. Mieux valait rester vigilant. Très vigilant.

— D'ailleurs, Mlle James a accepté de venir la visiter demain après-midi.

Il lui souriait, semblant prendre beaucoup de plaisir à voir la jeune femme écarquiller de grands yeux surpris.

— Excellente idée ! exulta Liz. Tu verras, la maison de Nick est une véritable caverne d'Ali Baba, remplie de trésors provenant des quatre coins du monde.

Morgan afficha un sourire grinçant, maudissant intérieurement celle qu'elle qualifiait à présent de « prétendue meilleure amie ».

— Je meurs d'envie de voir ça !

Tout au long du dîner, Morgan n'eut de cesse d'épier le comportement de Nick. L'homme courtois, distingué, aux manières exquises, qui se trouvait à leur table n'était pas le rustre qu'elle connaissait.

Nicholas Gregoras. Import-export d'huile d'olive. Effectivement, elle reconnaissait à présent les signes extérieurs de richesse, l'autorité naturelle qui sont autant de révélateurs d'une réussite professionnelle éclatante.

Elle le regardait rire et plaisanter avec ses hôtes, son élégant verre en cristal à la main. Le costume sombre impeccablement coupé qu'il avait endossé lui allait aussi bien que la tenue décontractée qu'il portait lors de leurs deux premières rencontres. Tous les angles vifs de sa personnalité paraissaient avoir été gommés pour céder la place à un homme plus sophistiqué, plus stylé. Aucune trace non plus de la fébrilité dangereuse ni de l'arrogance affichée qu'elle lui avait vues.

Etait-il possible que cet homme soit celui qui l'avait menacée d'un couteau et qui avait escaladé son mur en pleine nuit, comme un vulgaire cambrioleur ?

Lorsque Nick lui tendit un verre de vin, elle fronça les sourcils. Oui, il s'agissait bien du même homme. Mais à quel jeu se livrait-il donc ? Leurs yeux se croisèrent. Les doigts de Morgan se crispèrent sur le pied de son verre. Elle venait de voir, l'espace de quelques secondes, l'homme véritable. Elle se mit à siroter une gorgée de vin dans l'espoir de calmer ses nerfs mis à rude épreuve. A quel jeu sadique jouait-il donc ? Elle décida fermement qu'elle ne se laisserait pas entraîner sur une pente aussi dangereuse.

Elle se tourna vers Dorian, abandonnant Nick aux filets de Iona. Intelligent, spirituel, dénué des zones d'ombre d'un Nicholas Gregoras, il était le voisin de table idéal. Morgan se laissa porter par la conversation et commença, enfin, à se détendre.

— Dites-moi, Morgan, s'enquit Dorian, ne vous arrive-t-il pas de mélanger toutes ces langues étrangères que vous pratiquez ?

L'estomac noué, Morgan chipotait dans son assiette sans pouvoir avaler une bouchée de la moussaka qui, en d'autres occasions, aurait aiguisé son appétit. Par quel miracle cet étranger était-il parvenu à la priver de ce plaisir ?

— Non, chacune d'elles est bien rangée dans un

coin de mon cerveau. Du coup, je pense dans une langue à la fois.

— Vous êtes trop modeste. Vous pouvez être fière des exploits que vous accomplissez. Des exploits que l'on pourrait même qualifier de pouvoirs.

— De pouvoirs ? répéta Morgan, sceptique.

Elle sembla réfléchir quelques secondes, puis la réponse s'imposa, évidente.

— Peut-être avez-vous raison, bien que je ne l'aie jamais envisagé sous cet angle. Car je n'y vois personnellement qu'un fantastique moyen de communiquer.

— Vous devez vous sentir à l'aise dans chacun des pays où vous allez.

— En effet, ne connaissant pas le barrage de la langue, je me sens partout chez moi.

— Alex m'a confié qu'il aimerait vous embaucher.

Il porta un toast à la jeune femme et enchaîna en souriant :

— J'avoue que votre présence dans ma société immobilière me serait très bénéfique.

Le rire hystérique de Iona parvint jusqu'à eux.

— Oh, Nicky ! minaudait-elle. C'est la chose la plus ridicule que j'aie jamais entendue !

Un spasme nauséeux souleva le cœur de Morgan. *Nicky.* Elle l'appelait *Nicky.*

— Prenez garde, parvint-elle à dire dans un sourire, je pourrais vous prendre au mot.

— Emmenez-moi faire un tour sur votre bateau demain, Nicky, poursuivait Iona, provocatrice. J'ai besoin de m'amuser un peu.

— Je suis désolé, Iona, mais demain ce n'est pas possible. Un autre jour, peut-être.

Morgan regarda la main de Nick se poser sur celle de la jeune femme. Cette dernière esquissa une petite moue qui se voulait mutine.

— Mais je vais mourir d'ennui, d'ici là !

Morgan entendit Dorian pousser un profond soupir et lancer à Iona un regard exaspéré.

— Iona m'a dit qu'elle était tombée sur Maria Papagos la semaine dernière à Athènes, dit-il d'une voix pourtant douce. Elle lui a dit qu'elle avait… quatre enfants, c'est bien ça, Iona ?

Il la traitait comme une gamine, songeait Morgan avec une certaine répugnance. Une enfant gâtée et capricieuse, une petite chose fragile qu'elle n'était pas.

Durant le reste du repas et ensuite dans le salon où ils avaient été priés de se rendre pour boire le café, Morgan n'avait cessé d'épier les moues variées qui animaient le visage de Iona. Apparemment habitué à ses manœuvres de séduction, ou trop bien éduqué pour les relever, Dorian faisait comme s'il ne voyait rien. Bien que rechignant à l'admettre, elle constata que Nick agissait de même. Quant à Alex, elle nota dans un élan de compassion que plus la soirée avançait, plus il semblait nerveux. A mesure que sa cousine remplissait son verre, toujours vide, il la mettait en garde d'une voix contenant mal la colère qu'il éprouvait. La jeune femme secouait simplement la tête, indifférente à ses menaces, avant de vider son verre d'un trait et de lui tourner le dos.

Lorsque Nick se leva pour partir, Iona insista pour

le raccompagner jusqu'à sa voiture. Elle lança un coup d'œil victorieux par-dessus son épaule tandis qu'ils quittaient la pièce bras dessus, bras dessous. Morgan se demanda si ce sourire lui était adressé. Elle haussa les épaules, bien déterminée à ne pas laisser ce genre d'interrogations gâcher la fin de sa soirée. Elle aurait bien le temps de tenter d'y répondre lorsqu'elle serait seule dans sa chambre.

Morgan avait l'impression de flotter. Elle bougea langoureusement, à demi consciente d'une caresse sur sa peau, aussi légère qu'une aile de papillon. Elle effleurait ses lèvres, les quittait, revenait. La jeune femme s'étira de nouveau. Son corps était souple, lascif. Tandis que la caresse se faisait plus pressante sur sa bouche, elle entrouvrit les lèvres, attirant à elle son amant imaginaire.

L'excitation s'infiltrait en elle, aussi grisante que le vin qu'elle avait bu et qui lui brouillait encore l'esprit. Elle passa les bras autour du cou du fantôme qui avait pris des airs de pirate. Il murmurait son nom, abaissait lentement le drap qui couvrait sa splendide nudité. Des mains carrées, presque familières, faisaient frissonner sa peau brûlante. Un corps trop lourd, trop puissant pour n'être que celui d'un fantasme, écrasait le sien. Peu à peu, les images se précisaient, jusqu'à devenir presque tangibles. Un visage se dessina, encadré d'une masse de cheveux noirs, percé d'un regard de braise. Une bouche sensuelle lui souriait.

Son corps en fusion s'enflamma. Elle laissa la passion déferler sur elle, poussant de petits gémissements de plaisir. Les caresses se firent alors plus précises, l'éloignant encore plus des rivages de la réalité, dans un tourbillon de plaisir et de volupté. Une voix chaude et grave lui soufflait des mots d'amour à l'oreille.

Soudain les limbes de la rêverie s'effilochèrent. Le poids sur son corps devint réel, presque douloureux. Familier. Morgan se débattit comme elle put.

— La déesse se réveille. Quel dommage !

En l'apercevant à la faveur d'un rayon de lune, elle eut soudain la certitude qu'il était à l'origine de son émoi. Elle avait encore le goût de ses lèvres sur les siennes, la sensation exquise de ses mains sur elle. Le souffle court, le cœur battant, elle s'exhorta au calme.

— Que faites-vous ici ! vociféra-t-elle, hors d'elle. Vous dépassez vraiment les bornes, monsieur Gregoras ! Si vous vous imaginez que je vais rester tranquillement assise à vous regarder, alors que vous avez tenté de vous glisser dans mon lit pendant mon sommeil !

— Je dois dire que le spectacle était charmant.

— Vous êtes ignoble !

Nick lui caressa l'oreille du bout des doigts. Il pouvait sentir les battements désordonnés de son cœur sous la chair encore palpitante.

— Tu étais très réceptive, murmura-t-il. Et tu avais l'air d'apprécier mes caresses. Tout comme j'ai adoré les tiennes.

Sa voix s'était faite encore plus basse, plus envoûtante. Morgan se raidit, sur la défensive.

— Sortez de là, vous m'étouffez ! ordonna-t-elle.

— Ma douce Morgan…

Indifférent aux protestations de la jeune femme, il

se mit à lui mordiller les lèvres. Il les sentit frémir sous les siennes, avides de sensations. Il lui serait si facile de la faire flancher ! Facile mais trop risqué. A regret, il s'écarta d'elle et lui adressa un sourire qui se voulait amical.

— Tu ne fais que différer l'inévitable.

Morgan le fixa tout en essayant de reprendre son souffle. Elle savait qu'il disait vrai.

— Je n'ai pas promis de ne pas crier cette fois, lança-t-elle d'un ton provocant.

Nick leva un sourcil sceptique qui en disait long sur l'absurdité d'une telle éventualité.

— Il pourrait être intéressant, en effet, de tenter d'expliquer la… situation à Liz et Alex. Je pourrais leur dire que j'ai été subjugué par ta beauté. Ce qui, d'ailleurs, ne serait pas éloigné de la vérité. Mais, de toute façon, je sais que tu ne crieras pas.

— Vous êtes bien sûr de vous !

Nick roula sur le côté.

— Si tu avais eu l'intention d'alerter la population, tu l'aurais déjà fait, ou du moins aurais-tu déjà tenté de le faire.

Enfin libérée, Morgan s'assit et rejeta ses cheveux derrière ses épaules. Aurait-il donc toujours raison ? se demanda-t-elle avec humeur.

— Que voulez-vous ? Et comment êtes-vous entré cette fois ? J'avais verrouillé…

Elle s'interrompit, interdite, les yeux fixés sur la baie vitrée grande ouverte.

— Croyais-tu vraiment qu'un simple verrou allait m'arrêter ?

Il lui caressa l'arête du nez en riant.

— Tu as encore beaucoup à apprendre.

— Et vous, vous allez m'écouter une bonne fois pour toutes !

— Garde tes récriminations pour plus tard. De toute façon, tu as raison, elles sont justifiées.

Il enroula distraitement une boucle autour de ses doigts.

— Mais sache que je suis juste venu m'assurer que tu ne prétexterais pas une migraine imaginaire pour te dispenser de venir chez moi demain. En outre, il y a deux ou trois choses dont je voudrais discuter avec toi.

— Et moi, il y a des tonnes de choses que j'aimerais savoir, siffla la jeune femme. Par exemple, ce que vous faisiez sur la plage cette nuit-là ? Et qui… ?

— Plus tard, Aphrodite. Je n'ai pas vraiment la tête à ça pour le moment. Non, je préfère m'enivrer de ton parfum. Il est si…

Il l'épingla de son regard de braise.

— Si excitant.

— Arrêtez !

Morgan ne voulait pas se laisser prendre dans les filets de cette voix envoûtante. Elle ne devait pas faire confiance à cet homme.

— Pouvez-vous me dire à quoi rime ce petit jeu stupide ?

Nick écarquilla les yeux.

— Un jeu ? répéta-t-il, manifestement surpris. Mais Morgan, mon amour, de quel jeu parles-tu ? Je suis parfaitement sincère.

— Je me fiche bien de votre prétendue sincérité !

— Ne sois pas désagréable, Aphrodite, dit-il avec douceur.

— J'ai des raisons de l'être, non ?

Comment pouvait-il rester aussi séduisant dans de telles circonstances ?

— Vous avez été parfait ce soir, poursuivit-elle en écartant la main de Nick, qui, à présent, jouait négligemment avec la bretelle de sa nuisette. Un invité plein de charme…

— Merci.

— Et tout ce qu'il y a de plus hypocrite.

— Pas du tout, protesta Nick. Je me suis adapté à la situation, voilà tout.

— Effectivement, cela aurait été du plus mauvais effet que vous sortiez votre arme dans une occasion pareille.

Ses doigts se crispèrent légèrement sur l'épaule de la jeune femme. Elle ne lui pardonnerait jamais de l'avoir terrorisée au point de lui faire perdre connaissance. Lui, de son côté, n'était pas prêt non plus à oublier ce corps inerte entre ses bras.

— Peu de gens m'ont vu autrement que tel que j'étais ce soir, murmura-t-il. Disons que ce n'est pas de chance que ce soit tombé sur toi.

— Peu importe ! A partir de maintenant, considérez que je n'ai plus l'intention de vous voir, sous quelque jour que ce soit.

Une lueur de malice passa dans le regard de Nick.

— Menteuse. Je passerai te chercher demain à 13 heures.

Morgan lâcha en italien un juron auquel Nick répondit en riant de bon cœur.

— Sache que mes affaires m'amènent régulièrement à traiter avec des Italiens.

— C'est parfait. Vous avez donc compris ce que je voulais dire.

— Sois prête, éluda Nick. Tu verras, tout sera beaucoup plus facile au grand jour et…

Il balaya ostensiblement du regard le corps à moitié nu de la jeune femme.

— Avec une tenue plus appropriée.

— Je vous l'ai dit, répliqua vertement Morgan, je n'ai absolument pas l'intention de vous revoir. Ni de poursuivre cette comédie ridicule en acceptant votre invitation.

— Et moi, je crois, au contraire, que tu viendras.

Il la fixait avec un aplomb qui eut le don d'amplifier la colère de Morgan.

— Comment expliquer ton refus auprès de ton amie, alors que tu as manifesté tant d'intérêt pour ma maison ? A ce propos, qu'est-ce qui t'a donc tant attirée dans cette bâtisse ?

— L'aberration de l'architecture, répliqua Morgan du tac au tac.

Nick éclata de nouveau d'un rire sonore.

— J'apprécie le compliment. Je t'adore, Aphrodite. Allons, embrasse-moi pour me souhaiter une bonne nuit.

Morgan s'écarta vivement de lui, sourcils froncés.

— Certainement pas !

D'un mouvement leste, il s'étendit une nouvelle fois sur elle, la clouant bras en croix sur le lit.

Les injures dont elle l'abreuva ne firent que redoubler son hilarité.

— Ensorceleuse, lui chuchota-t-il à l'oreille. Quel mortel pourrait résister à tes charmes ?

D'un baiser il scella les protestations de Morgan. Petit à petit, celle-ci s'abandonna, jusqu'à donner libre cours à la passion qui couvait en elle. Ses lèvres, ardentes, répondaient à celles de Nick. La petite plainte qu'elle laissa échapper fit comprendre à ce dernier qu'elle était totalement consentante entre ses bras. Comme un signal qu'il attendait pour se détendre totalement, pour savourer le goût des lèvres de Morgan sans retenue. Longtemps il se souviendrait de ce baiser fruité. Chaque parcelle de peau que touchaient ses doigts lui donnait l'envie de la posséder tout entière. Mais pas maintenant. Il y avait trop de choses en jeu. Entamer une relation serait trop risqué, il était déjà allé si loin avec elle ! Et pourtant le goût de sa bouche…

Il fallait qu'il se raisonne. Il ne pouvait pas courir le risque de se rendre vulnérable, même l'espace d'un moment aussi précieux que celui-ci. Même pour se perdre en elle. Si elle n'avait pas été sur la plage cette nuit-là… S'il ne s'était pas dévoilé à elle… Les choses auraient-elles été différentes ? Plus simples ? S'ils s'étaient rencontrés pour la première fois ce soir, l'aurait-il désirée aussi ardemment, aussi désespérément ?

Il passa les mains dans les cheveux de Morgan. Sa bouche à présent effleurait sa gorge offerte. Il émanait d'elle un mélange d'odeurs, sauvages et animales, qui le rendaient fou de désir. Lui, qui avait l'habitude de côtoyer le danger, et de s'en réjouir, se trouvait totalement désarmé face à la force des sentiments qu'il sentait naître en lui.

Il brûlait d'arracher la fine pellicule de soie, dernier rempart à la pudeur de la jeune femme ; de mordre dans cette chair incandescente. Mais il n'osait pas franchir ses propres limites, ses propres faiblesses. Il maudit le destin qui lui avait fait la rencontrer à un moment où il ne pouvait se permettre aucune faiblesse.

Comme en réponse aux doutes de Nick, Morgan glissa ses mains sous son T-shirt, caressa les muscles saillants de son torse. Une onde de désir le submergea, si violente qu'elle en devenait douloureuse et qu'il dut lutter de toutes ses forces pour ne pas y céder. Il s'écarta légèrement de Morgan et attendit qu'elle ouvre enfin ses yeux mi-clos, encore voilés d'un plaisir frustré. Il ouvrit la paume de sa main, découvrant soudain la médaille de la jeune femme, que dans la force de son désir il avait agrippée sans s'en rendre compte. Il se donna quelques secondes pour recouvrer un semblant d'assurance et dire d'une voix faussement désinvolte :

— Dors bien, Aphrodite. A demain.

— Vous…, commença Morgan avant de renoncer, le souffle court.

— A demain, répéta Nick en portant sa main à ses lèvres.

Elle le regarda franchir le balcon puis disparaître dans la nuit. Le cœur battant à tout rompre, elle se demanda dans quelle galère elle s'était embarquée.

Chapitre 4

La maison était fraîche et paisible à cette heure de la matinée. Morgan accepta avec soulagement l'invitation de Liz à profiter de la plage. Ainsi, elle n'aurait pas à affronter la morgue de Iona ni, même si elle rechignait à l'admettre, les commentaires de Liz sur le dîner de la veille. Cette dernière n'aurait certainement pas manqué de lui demander son avis sur Nick, dernier sujet qu'elle avait envie d'aborder. Quant à Dorian, il avait à discuter affaires avec Alex, ce qui lui évitait d'avoir à subir sa compagnie.

Morgan avait besoin de solitude. Elle réfléchissait mieux lorsqu'elle était seule. Et il lui était arrivé tant de choses au cours des deux derniers jours ! Livrée à elle-même, elle allait pouvoir tenter d'y voir plus clair.

Que faisait donc Nicholas Gregoras sur cette plage cette nuit-là ? Sa peau était salée, ce qui laissait supposer qu'il avait été en contact avec la mer. Elle se souvint brusquement d'avoir entendu le bruit d'un moteur. Elle avait alors pensé qu'il s'agissait d'un pêcheur rentrant chez lui. Hypothèse rapidement écartée : Nick n'était pas pêcheur. Ne s'était pas comporté comme tel. Et s'était senti en danger au point de brandir un couteau dont il n'aurait pas hésité une seconde à se servir. Elle le savait, elle revoyait très nettement l'expression de son visage à ce moment-là.

Cette prise de conscience dérangea vivement la jeune femme. Elle envoya une pierre rouler violemment au bas des marches avant de reprendre le cours de ses réflexions.

Qui était cet homme à qui Nick avait parlé et qui avait suivi ses ordres sans protester ? Et cette troisième personne qui avait descendu l'escalier tandis qu'il la retenait prisonnière dans les buissons. Qui était-elle ? Alex ? Le locataire de Nick ? Frustrée par tant de questions restées sans réponse, Morgan retira ses chaussures et foula le sable tiède de ses pieds nus. Quelle raison pouvait être assez grave pour que Nick soit prêt à tuer qui l'aurait surpris ?

Trop d'interrogations se bousculaient dans sa tête. Elle décida de les traiter les unes après les autres. En premier lieu, se demanda-t-elle, était-il plausible d'imaginer que les pas qu'elle avait entendus aient pu être ceux d'un homme venant de la mer ? Oui, décida-t-elle. Et, oui, cette personne se dirigeait vers une des deux villas, ou vers le cottage de Nick. Sinon, pourquoi aurait-elle emprunté cette plage en particulier ? Cette conclusion lui paraissait tenir la route. Restait à savoir pourquoi Nick était si farouchement déterminé à ne pas se faire repérer.

Contrebande. Le mot s'imposa à son esprit en ébullition. Cela lui apparut soudain comme une évidence. Logique. Elle réalisa au même moment qu'elle avait inconsciemment rejeté cette réalité, refusant de croire que Nick pouvait tremper dans un trafic aussi odieux.

Car, bien que tiraillée entre la colère et le ressentiment, elle éprouvait pour lui un sentiment sur lequel elle ne parvenait pas à mettre de nom. Il se dégageait de lui une force qui faisait penser à Morgan qu'entre ses bras une femme devait se sentir en sécurité. Qu'il était le genre d'homme sur lequel on pouvait compter, se reposer. Elle avait besoin d'y croire. Elle ne savait pas pourquoi, mais c'était ainsi.

Etait-il réellement un contrebandier ? Pensait-il qu'elle avait été témoin de quelque chose qui devait rester secret ? La ronde infernale des interrogations reprenait, ne lui laissant aucun répit. Les pas qu'elle avait entendus étaient-ils ceux d'une patrouille ? Ou d'un membre d'une bande rivale ? S'il avait vu en elle une menace, pourquoi alors ne l'avait-il pas éliminée ? S'il pouvait tuer quelqu'un de sang-froid… Morgan secoua la tête, repoussant cette idée de toutes ses forces. Non, Nick ne pouvait pas être un meurtrier.

Elle ferma les yeux, tentant de dissiper le malaise que cette éventualité lui procurait. Puisque la seule personne à pouvoir répondre à ses questions était Nick, elle se fit la promesse de lui en parler l'après-midi même. Après tout, c'était bien sa faute, si elle était impliquée dans cet imbroglio ! En venant ici, elle ne souhaitait rien d'autre qu'oublier ses propres problèmes et passer des vacances paisibles dans cette île de rêve. Elle se laissa tomber mollement sur le sable et remonta ses genoux sur sa poitrine.

— Ah, les hommes ! se lamenta-t-elle à haute voix.

— Je refuse de le prendre pour moi.

Morgan tourna la tête et se trouva face à un large

sourire. L'inconnu se rapprocha. Il était grand et mince, son visage, tanné par trop de soleil, encadré d'une foison de boucles blondes.

— Bonjour. Bien que vous sembliez en vouloir à l'ensemble de mes congénères, je prends le risque de me présenter. Je m'appelle Andrew Stevenson.

Toujours souriant, il se laissa tomber à côté de Morgan.

— Oh, dit Morgan, qui venait de se rappeler à qui elle avait affaire. Poète ou peintre ? Liz n'était pas très sûre.

— Poète, annonça-t-il dans une grimace. Du moins ai-je la prétention de le croire.

Morgan nota le carnet tout corné et noirci d'écriture qu'il tenait à la main.

— J'ai interrompu votre travail. Je suis désolée.

— Au contraire, vous êtes une source d'inspiration pour moi. Permettez-moi de vous dire que vous êtes d'une beauté remarquable.

— J'imagine qu'il s'agit d'un compliment.

— Belle inconnue, votre beauté est celle dont rêvent tous les poètes.

Il la dévisagea quelques secondes.

— Avez-vous un nom ou allez-vous disparaître d'un seul coup, telle l'apparition que vous semblez être ?

Le style pour le moins ampoulé du jeune homme fit rire Morgan de bon cœur.

— Je m'appelle Morgan. Morgan James. Etes-vous un grand poète, Andrew Stevenson ?

— La modestie n'étant pas une de mes plus grandes qualités, je serais enclin à répondre oui.

Il la fixait toujours avec une certaine candeur.

— Vous avez évoqué Liz. J'imagine que c'est de Mme Theoharis qu'il s'agit. Vous séjournez chez elle ?

— Oui, pour quelques semaines. Et vous, seriez-vous le locataire de Nicholas Gregoras ?

— Tout à fait. Mais en fait je ne loue pas.

Il posa son carnet à côté de lui et se mit à écrire sur le sable.

— Nous sommes cousins.

En voyant la surprise se peindre sur le visage de Morgan, le jeune homme élargit son sourire.

— Par nos mères.

— Ah ! sa mère est donc américaine. Je comprends mieux sa facilité à parler notre langue.

— Oui, elle est de San Francisco. Elle s'est remariée avec un Français après la mort du père de Nick et vit en Provence depuis quelques années.

— Ainsi, vous profitez de la présence de votre cousin ici pour visiter l'île ?

— A vrai dire, Nick m'a gentiment offert l'hospitalité quand il a su que je me lançais dans l'écriture d'un poème épique. Un peu genre « Homère », vous voyez ?

Ses yeux étaient bleus, d'un bleu plus profond que ceux de Morgan, et il n'avait aucun scrupule à les river franchement à ceux de la jeune femme. Elle avait beau chercher, elle ne lui trouvait aucune ressemblance avec Nick.

— Son invitation est tombée à pic, compte tenu du fait que c'est ici que j'avais l'intention de venir chercher l'inspiration. Lesbos. La patrie de Sapho. J'ai toujours été fasciné par les légendes et par la poésie.

— Sapho…, répéta Morgan. Ah, oui ! La poétesse.

— C'était la dixième des Muses. Elle vivait ici, à Mitilini très exactement.

Soudain rêveur, il se mit à balayer la plage du regard.

— J'aime l'idée que la maison de Nick se trouve sur la falaise d'où elle s'est jetée par désespoir, pour l'amour de Phaon.

— En effet, c'est intéressant, commenta pensivement Morgan, en fixant le seul pan de mur visible de l'endroit où ils se trouvaient. J'imagine que son âme plane sur la maison, à la recherche de son amour perdu.

Jugeant l'idée séduisante, Morgan esquissa un petit sourire.

— La maison se prête merveilleusement à ce genre de fantasmagorie poétique, ajouta-t-elle, à son tour rêveuse.

— L'avez-vous déjà visitée ? s'enquit Andrew, toujours plongé dans ses pensées lyriques. Elle est vraiment fabuleuse !

— Pas encore, mais j'ai droit à une visite privée cet après-midi.

Elle se maudit intérieurement au moment même où elle prononçait ces mots. En effet, la nouvelle étonna Andrew au point qu'il sembla soudain revenir parmi les mortels.

— Une visite privée ? Vous avez dû faire grande impression à Nick ! Mais c'est normal. Lui aussi s'est toujours montré sensible à la beauté.

Morgan lui adressa un sourire distrait. Comment aurait-il pu savoir que ce privilège n'était pas dû qu'à sa simple séduction ?

— Cela vous arrive souvent de venir écrire sur cette plage ? Moi-même, j'adore cet endroit.

Elle hésita quelques secondes avant d'enchaîner :

— Il y a deux jours, je suis même venue y prendre un bain de minuit.

Aucune trace d'inquiétude ne pointa dans le regard du jeune homme.

— Je regrette d'avoir raté ça ! dit-il simplement en lui souriant. En fait, je déambule un peu partout dans ce coin de l'île. Je vais au gré de mon humeur.

Morgan songea avec nostalgie à l'heure de solitude qu'elle avait eu l'intention de mettre à profit pour explorer les petites criques du coin.

— J'ai bien l'intention de partir moi-même à la découverte de cet endroit un de ces jours.

— Je peux vous servir de guide, si vous le souhaitez.

Il posait de nouveau sur elle son regard franc et bienveillant.

— Je connais cette partie de l'île comme ma poche. Alors si vous avez envie de compagnie, n'hésitez pas. Vous me trouverez toujours quelque part par là, ou bien au cottage. Il n'est pas loin d'ici.

— Merci. Je m'en souviendrai, répondit Morgan, une lueur amusée au fond des yeux. Vous n'auriez pas un troupeau de moutons par hasard ?

— Un… ? Non.

L'expression médusée d'Andrew la fit éclater de rire.

— Ne cherchez pas à comprendre, lui conseilla-t-elle en lui tapotant la main. Je dois vous laisser à présent. Il est temps que j'aille me préparer pour ma visite guidée.

Andrew se leva en même temps qu'elle et prit sa main entre les siennes.

— Nous nous reverrons, affirma-t-il sans paraître douter un instant de ce qu'il avançait.

— Bien sûr, répondit gentiment Morgan. L'île est si petite !

Andrew lui sourit avant de lui relâcher la main.

— Minuscule, même.

Il prit le temps de regarder la jeune femme s'éloigner, puis regagna son rocher, face à la mer.

Nicholas Gregoras se révéla la ponctualité même. Il était à peine 13 heures lorsque Liz, au comble de l'enthousiasme, s'apprêtait à refermer la porte sur les deux jeunes gens.

— Amuse-toi bien, ma chérie, et surtout prends ton temps. Je suis certaine que tu vas adorer cette maison ! Tous ces corridors en plein air et cette vue fantastique sur la mer ! Tu verras, Nick, c'est une femme très courageuse, n'est-ce pas, Morgan ?

— Absolument, grommela celle-ci tandis que sur les lèvres de Nick flottait un sourire goguenard.

— Eh bien, sauvez-vous vite et amusez-vous bien, répéta Liz en les poussant dehors comme s'ils étaient deux écoliers rechignant à rejoindre leurs classes.

— Il faut que je vous prévienne, dit Morgan en se glissant sur le siège du côté passager, Liz vous considère comme le prétendant idéal. Je crois qu'elle est désespérée de me voir toujours vieille fille.

Nick s'installa derrière le volant et prit la main de Morgan entre les siennes.

— Aphrodite, il n'y a pas un homme au monde capable de te considérer comme une vieille fille ! assura-t-il gentiment.

Refusant de se laisser charmer, Morgan retira sa main et fixa son attention sur le paysage.

— Ce matin sur la plage, j'ai rencontré votre cousin, le poète.

— Andrew ? C'est un charmant garçon. Comment l'as-tu trouvé ?

— Ce n'est pas un « garçon », comme vous dites, mais un homme très séduisant.

— Tu as raison, dit Nick en haussant légèrement les épaules. J'oublie toujours que nous n'avons que cinq ans d'écart. Il a beaucoup de talent. Je suppose que tu ne l'as pas laissé indifférent.

— Disons plutôt que je l'ai « inspiré », selon ses propres termes, répondit Morgan.

— Je l'aurais deviné, riposta Nick, un sourire en coin. Le romantisme appelle le romantisme, c'est bien connu.

— Je ne suis pas romantique, protesta trop vivement Morgan.

La conversation prenait une tournure personnelle qu'elle n'avait pas prévue et qui la contrariait au plus haut point.

— Au contraire, j'ai un esprit très rationnel.

— N'essaie pas de t'en défendre, Morgan, insista Nick, que la réaction de la jeune femme avait l'air de beaucoup amuser. Je sais, moi, que tu es une incorrigible romantique. Une femme qui, comme toi, se coiffe au clair de lune, porte des nuisettes de soie et chérit des souvenirs lointains n'est rien de moins qu'une indécrottable romantique.

Mal à l'aise d'être ainsi percée à jour, Morgan riposta d'une voix qui se voulait indifférente.

— Je collectionne aussi les bons de réduction et je surveille mon taux de cholestérol.

— Admirable ! feignit de s'extasier Nick.

Morgan refoula la colère qui montait dangereusement en elle.

— Nicholas Gregoras, vous êtes le roi des crétins !

— Oui. Comme en toute chose, je préfère être le premier.

Morgan se renfonça dans son siège, n'oubliant sa rancune que lorsque la maison se dressa devant elle dans son imposante beauté.

— Oh, Seigneur ! Elle est superbe !

La bâtisse donnait l'impression d'une forteresse, massive autant qu'austère, dont le premier étage se détachait, tel un bras tendu surplombant les flots. Même de près, elle ne perdait rien de la puissance qui émanait d'elle, depuis la mer. Des bouquets d'arbustes en fleurs judicieusement plantés çà et là s'emmêlaient aux vignes et conféraient à l'ensemble l'illusion d'un jardin à l'abandon. « Le château de la Belle au bois dormant », songea Morgan.

— Quel endroit magnifique ! s'exclama-t-elle en se tournant vers Nick, tandis que celui-ci garait la voiture devant l'entrée. Je n'ai jamais rien vu de pareil !

— C'est la première fois que tu m'adresses un sourire sincère, dit Nick, que cette soudaine prise de conscience semblait agacer.

Car il venait de réaliser à quel point il avait attendu ce chaleureux élan de spontanéité sur son visage. Face à ce miracle, il ne savait trop comment réagir. Il se maudit intérieurement et sortit de la voiture.

Sans dire un mot, Morgan sortit à son tour et tenta d'avoir une vue d'ensemble de la propriété.

— Vous savez à quoi elle me fait penser ? demanda-t-elle comme pour elle-même. A une œuvre de Zeus, qui aurait décoché un éclair en direction de la falaise pour donner naissance à cette maison.

— Théorie intéressante, jugea Nick en prenant la jeune femme par la main pour la guider vers l'escalier en pierre. Si tu avais connu mon grand-père, tu aurais réalisé à quel point tu es proche de la vérité.

Dès qu'ils eurent franchi le seuil, toutes les bonnes résolutions de Morgan volèrent en éclats. Elle, qui s'était promis de jouer les indifférentes, préféra renoncer devant ce qu'elle découvrait.

Le hall était vaste et d'un blanc lumineux, ponctué çà et là des couleurs vives des tableaux primitifs que Nick y avait accrochés. Un des murs disparaissait à demi sous une collection de lances entrecroisées. Des armes faites pour tuer, jugea Morgan, mais chargées de tant d'histoire qu'elle ne pouvait que les admirer. L'escalier en colimaçon menant aux étages supérieurs était protégé d'une rampe de bois brut et conférait à l'ensemble un savant dosage d'élégance et d'originalité.

Morgan pivota sur elle-même pour faire face à Nick.

— Nicholas, c'est vraiment superbe. On s'attendrait presque à voir débouler un cyclope ! N'y aurait-il pas quelque centaure caché dans le jardin ?

— Nous pourrons aller vérifier, si tu veux.

Morgan lui rendait la tâche difficile. Car si elle persistait à jouer de son charme comme elle le faisait, cela changerait sacrément la donne ! Il la prit par la main pour l'entraîner à travers la maison.

Morgan estima que la comparaison qu'avait faite Liz avec la caverne d'Ali Baba était parfaitement justifiée. Chaque pièce regorgeait de trésors inestimables : miroirs vénitiens, miniatures de Fabergé, masques africains, poteries indiennes, vases Ming. Tout était stocké, pêle-mêle, dans un joyeux mélange culturel. Ce qui aurait pu n'être qu'un musée sinistre et poussiéreux se révélait en fait un amoncellement de merveilles. A mesure que la visite avançait, la fascination de Morgan augmentait. Elle allait de surprises en surprises, découvrant avec toujours plus de ravissement et d'extase les objets d'art que recélait la maison. Ici, des vases en cristal voisinaient avec des arbalètes du XVIIe ; là, des têtes réduites de tribus primitives côtoyaient de délicates porcelaines.

L'architecte qui avait conçu la maison devait être complètement fou, décida la jeune femme lorsqu'elle découvrit une frise sculptée de têtes de loup alternant avec des elfes malicieux. Merveilleusement fou ! Car sur cette maison soufflait un vent de folie qui donnait l'impression qu'elle avait été projetée dans un monde imaginaire.

Mais Morgan n'était pas au bout de ses surprises. Lorsqu'ils longèrent le couloir du premier étage, une immense baie vitrée lui donna l'illusion d'être suspendue à la falaise. Elle jeta un coup d'œil en bas, à la fois exaltée et terrifiée.

Nick l'observait en silence. Il avait envie de la posséder, de la prendre tandis qu'elle affichait ce sourire bravache, défiant le danger. En homme habitué à obtenir tout ce qu'il voulait, il désirait ardemment la faire plier.

Morgan se tourna vers lui, les yeux encore brillants d'excitation.

— Andrew m'a confié qu'il pensait que c'est de cette falaise que Sapho s'était jetée dans la mer. Je suis sûre qu'il a raison.

— Andrew ne manque pas d'imagination.

— Vous non plus. Il en faut beaucoup pour avoir choisi de vivre ici.

— Tes yeux sont comme deux lacs, murmura-t-il soudain. Du même bleu-vert sublime et limpide. Je devrais t'appeler Circé plutôt qu'Aphrodite.

D'un geste brusque, il attrapa Morgan par les cheveux et lui tira la tête en arrière, la forçant à le fixer.

— Car tu as beaucoup plus de l'ensorceleuse que de la déesse.

Morgan le regardait sans ciller. Aucune lueur d'ironie ou d'arrogance cette fois au fond de ces prunelles sombres posées sur elle. Juste un profond désir. Et le désir, bien plus que la passion, l'aimantait.

— Nicholas, je ne suis qu'une femme, s'entendit-elle dire.

Les doigts de Nicholas se crispèrent un peu plus dans l'épaisse chevelure. La jeune femme sentit que son humeur avait changé lorsqu'il lui prit le bras plutôt que la main pour lui faire poursuivre la visite.

— Viens, descendons boire un verre.

Lorsqu'ils pénétrèrent dans le salon, Morgan avait changé son fusil d'épaule et du même coup ses priorités. Il lui fallait des réponses à ses questions et elle entendait bien les obtenir. Elle ne laisserait pas quelques mots tendres, chuchotés à son oreille, et une paire d'yeux sombres lui faire oublier la seule raison pour laquelle elle avait accepté de venir ici. Mais avant qu'elle ait pu dire un mot, un homme s'était glissé dans la pièce.

Bien que de taille moyenne, il impressionnait par sa corpulence massive. Morgan lui trouva l'aspect d'un char d'assaut que rien ni personne ne pourrait arrêter. D'épais cheveux gris encadraient son visage cuivré. Quant à la moustache épaisse dont les extrémités effilées lui balayaient le menton, elle était un véritable chef-d'œuvre. L'homme lui adressa un sourire à demi édenté.

— Bonjour, mademoiselle, dit-il avec déférence.

Intriguée, Morgan lui répondit sans sourire.

— *Yassou.*

— Stephanos, je te présente Mlle James. Stephanos est… mon garde du corps, si l'on peut dire.

Un nouveau sourire accueillit les paroles de Nick.

— Votre serviteur, mademoiselle, dit le nouveau venu en esquissant une courbette. Puis se tournant vers Nick :

— Le sujet qui nous préoccupe a été débattu, monsieur Gregoras. Vous avez reçu des messages d'Athènes.

— Merci. Je verrai cela plus tard.

— Comme vous voudrez.

Le serviteur se retira, laissant Morgan sceptique. Quelque chose dans le bref échange que venaient d'avoir les deux hommes lui échappait et l'intriguait. Elle secoua la tête et fixa son attention sur Nick, qui s'affairait à leur préparer des cocktails. Après tout, elle se fichait pas mal des relations que Nick entretenait avec son serviteur. Puis, décidant que la meilleure attaque était de foncer droit au but, elle demanda à brûle-pourpoint :

— Que faisiez-vous sur la plage l'autre soir ?

— Je suis venu pour t'agresser. Ton opinion n'est-elle pas déjà faite à ce sujet ?

Il s'était exprimé d'une voix douce qui déstabilisa la jeune femme.

— En admettant que ce soit vrai…

Elle s'interrompit pour rassembler tout son courage.

— … cela ne me dit pas si vous trempez dans une affaire de contrebande ou pas.

Nick sembla hésiter une fraction de seconde. Comme il tournait le dos à Morgan, celle-ci ne vit pas son visage passer de la surprise à la plus grande considération. Cette femme était redoutable. Beaucoup plus qu'il ne l'avait imaginé.

Il se retourna et lui tendit un verre plein.

— Puis-je savoir ce qui t'a conduite à une conclusion aussi fantaisiste ?

— Ne jouez pas à ce petit jeu avec moi ! fulmina Morgan en lui arrachant presque son verre des mains. Je sais très bien ce que je dis !

Elle alla s'asseoir et l'épingla du regard. La bouche de Nick esquissa une petite moue narquoise.

— Quelle façon simpliste d'interpréter les choses, tu ne crois pas ?

— Je ne vois pas ce qu'il y a de simpliste à vous demander si vous êtes un contrebandier.

Nick alla s'asseoir face à elle, se donnant le temps d'étudier les différentes possibilités qui s'offraient à lui.

— D'abord, dis-moi ce qui te fait penser une telle chose.

— Vous sortiez de l'eau. Je l'ai nettement senti sur votre peau.

Nick baissa les yeux sur son verre avant d'en siroter une gorgée.

— C'est pour le moins curieux d'imaginer que, parce que je venais de la mer, je suis forcément un contrebandier.

Morgan serra les dents devant tant de sarcasme, mais poursuivit néanmoins :

— Si vous reveniez d'une partie de pêche, je ne vois vraiment pas pourquoi vous m'auriez traînée dans les buissons en brandissant un couteau comme vous l'avez fait.

— Et pourtant, murmura Nick comme pour lui-même, dans un certain sens j'étais réellement à la pêche.

— D'après Alex, insista la jeune femme, les côtes de Turquie sont facilement accessibles depuis cette partie de l'île. Il paraît que la contrebande est monnaie courante par ici.

— Alex ? répéta Nick, qui parut tout à coup préoccupé. Et que pense-t-il de ce problème ?

Morgan hésita à répondre, semblant peser ses mots.

— Il paraissait… comment dire ? Résigné. Il m'en a parlé comme d'une fatalité.

Nick se renfonça dans son siège et fit tourner son verre dans sa main.

— Je vois. Est-ce qu'Alex et toi avez également débattu de la façon dont les trafiquants s'y prennent pour faire leur sale boulot ?

— Bien sûr que non ! aboya Morgan, furieuse de voir les rôles s'inverser. Alex n'y connaît rien ! Contrairement à vous ! ajouta-t-elle perfidement.

Un sourire amusé flotta sur les lèvres de Nick.

— Eh bien ? s'entêta Morgan.

— Eh bien quoi ?

— Vous continuez à nier ?

Elle s'acharnait, souhaitant pourtant de toute son âme qu'il nie ce qui lui apparaissait à elle comme une évidence.

Nick la considéra un instant en silence.

— De toute façon, finit-il par dire, tu ne me croirais pas, n'est-ce pas ?

A présent, même ses yeux souriaient. Il semblait beaucoup s'amuser de la situation.

— Que ferais-tu si j'avouais ?

— J'irais vous dénoncer à la police, assura Morgan en vidant la moitié de son verre.

Nick explosa d'un rire sonore qui se répercuta dans toute la maison.

— Morgan, quelle délicieuse femme tu fais ! Délicieuse et décidément très courageuse.

Il se pencha vers elle et lui prit la main.

— Tu ne me connais pas encore très bien, mais je peux t'assurer que ma réputation est telle que les policiers te prendraient pour une folle si tu allais les trouver.

— Je pourrais prouver…

— Quoi ? questionna-t-il plus durement.

Peu à peu le vernis craquait, révélant l'homme implacable qu'il pouvait être.

— Tu ne peux pas prouver ce que tu ignores, Morgan.

— Je sais que vous n'êtes pas celui que vous prétendez être ! affirma la jeune femme en tentant vainement de dégager sa main.

Nick l'observa un long moment, déchiré entre la contrariété et l'admiration.

— Qui que je sois, ça n'a de toute façon rien à voir avec toi, conclut-il d'une voix légèrement radoucie.

— Si vous pouviez avoir raison !

Luttant contre le flot d'émotions contradictoires qui le submergeait, Nick la regarda par-dessus son verre.

— Tu disais donc que tu n'hésiterais pas à me dénoncer à la police, reprit-il. Crois-moi, cela ne serait pas une décision très sage.

— Je m'en fiche ! Je ne ferais que mon devoir.

Morgan inspira profondément puis lâcha d'un trait ce qui lui torturait l'esprit depuis cette fameuse nuit.

— Le couteau, vous l'auriez utilisé ?

— Contre toi ?

Sa voix était aussi imperméable que son regard.

— Contre n'importe qui.

— Je ne peux donner de réponse précise à une question aussi vague.

— Nicholas ! Pour l'amour du ciel !

Nick reposa son verre et croisa les doigts. Ses traits se durcirent, son regard s'assombrit.

— Si j'étais réellement aussi mauvais que tu le dis, tu serais bien téméraire ou, disons-le, complètement inconsciente de rester là, tranquillement assise à bavarder avec moi.

— Que pourriez-vous contre moi ? demanda la jeune femme en haussant les épaules. Tout le monde à la villa sait que je suis ici avec vous.

— Cette fois, d'accord. Mais je pourrais attendre un moment plus propice pour t'empêcher de parler.

Une fois encore, il admira le sang-froid dont la jeune femme faisait preuve. Car, mis à part l'imperceptible tressaillement qu'il avait surpris, rien ne laissait supposer qu'elle avait peur.

— Je saurais me défendre !

— Vraiment ? murmura-t-il, tandis que son humeur changeait de nouveau. De toute façon, enchaîna-t-il d'une voix plus enjouée, je n'ai pas l'intention de gâcher tant de beauté alors que mon but est d'en tirer profit. Tes talents pourraient même m'être très utiles.

Morgan releva fièrement le menton.

— Et moi, je n'ai pas l'intention de me laisser manipuler. Le trafic de drogue est le pire trafic qui soit ! Les magouilles des petits trafiquants d'alcool ou de cigarettes paraissent bien inoffensives en comparaison.

— Des pirates borgnes qui écouleraient leur marchandise à la faveur de nuits embrumées, se moqua Nick. C'est ainsi que ton *esprit pratique* voit les choses, Morgan ?

La jeune femme ouvrit la bouche pour rétorquer vertement, mais elle y renonça.

— Je ne vous aime pas, Nicholas Gregoras, soutint-elle en lui souriant.

— Je ne t'en demande pas autant, Morgan. D'ailleurs, ce mot ne fait pas partie de mon vocabulaire, il est beaucoup trop fade à mon goût.

A présent manifestement très détendu, il se pencha en avant pour reprendre son verre.

— Tu n'aimes pas ? s'enquit-il en voyant la jeune femme reposer le sien.

— Nicholas, dit-elle posément sans le quitter des yeux, je veux juste une réponse. J'estime le mériter. Quoi que vous me disiez, et contrairement à ce que j'affirmais tout à l'heure, je n'irai pas trouver la police. Je vous en fais le serment, vous n'avez rien à craindre de moi.

Quelque chose comme de la bienveillance passa fugacement dans le regard de Nick. Il hésita longuement, semblant peser soigneusement sa décision.

— Tu as raison, finit-il par admettre, je suis en quelque sorte concerné par ce trafic. Et j'aimerais que tu m'informes de tout ce que tu pourras entendre à ce sujet.

Sourcils froncés, Morgan se leva de son siège et se mit à arpenter nerveusement la pièce. En lui demandant d'oublier les voies du bien et du mal, Nick lui rendait les choses difficiles. D'autant plus difficiles que les sentiments s'en mêlaient. Des sentiments ! Morgan coupa court à ce qu'elle jugeait comme un excès de sentimentalisme. Il n'était pas question d'éprouver quoi que ce soit pour cet homme !

— Qui était avec vous ce soir-là ?

Il fallait coûte que coûte s'en tenir à sa décision. Des questions qui appelaient des réponses. L'heure n'était certes pas à l'introspection.

— Je vous ai entendu donner des ordres à quelqu'un, enchaîna-t-elle.

— Dommage ! Je te croyais trop terrorisée pour l'avoir remarqué, dit Nick en continuant de siroter son verre.

— Vous parliez à quelqu'un, répéta Morgan avec autorité. Quelqu'un qui a exécuté vos ordres sans poser la moindre question ? Qui était-ce ?

Nick pesa le pour et le contre avant de répondre. De toute façon, la logique implacable de la jeune femme ainsi que l'instinct dont elle était douée l'amèneraient tôt ou tard à découvrir qui était son comparse.

— Stephanos.

— Cette espèce de vieillard ?

Morgan cessa de faire les cent pas pour venir se planter face à Nick. Stephanos ne correspondait pas vraiment à l'idée qu'elle se faisait d'un dangereux contrebandier.

— Ce *vieillard*, comme tu dis, connaît la mer comme personne.

Un sourire fleurit sur ses lèvres devant l'air incrédule de Morgan.

— En outre, il possède la qualité rare d'être loyal et enfin il m'accompagne depuis ma plus tendre enfance.

— Tout cela est en effet bien pratique pour des agissements aussi répréhensibles !

Tout à coup déprimée, Morgan lui tourna le dos pour aller regarder par la fenêtre. Enfin, elle avait les réponses à ses questions ! Malheureusement, ce n'étaient pas celles qu'elle aurait souhaité entendre.

— Une belle maison bien située, un complice zélé, un rituel bien rodé… Qui est la personne qui est passée près de nous et que vous vouliez éviter à tout prix ?

Décidément, nota Nick avec colère, même dans la terreur, aucun détail ne semblait lui avoir échappé.

— Cela ne te regarde pas, dit-il avec raideur.

Morgan se retourna brusquement.

— Vous m'avez entraînée dans cette histoire, j'ai le droit de savoir.

Nick se leva à son tour, au comble de l'impatience.

— Ton droit s'arrête là où je le décide, trancha-t-il. Ne me pousse pas à bout, Morgan. Tu risquerais de le regretter. Je t'ai dit tout ce que je pouvais te dire. Il va falloir que tu t'en contentes.

Morgan recula de quelques pas, se maudissant intérieurement de s'être laissé impressionner. Son mouvement n'avait pas échappé à Nick, qui se rapprocha d'elle et la prit par les épaules.

— Bon sang, Morgan ! Je n'ai pas l'intention de te faire de mal. Si cela avait été le cas, j'aurais déjà eu l'occasion de le faire, non ? Mais qu'est-ce que tu t'imagines ? demanda-t-il en la secouant brutalement. Que je vais te trancher la gorge ou te pousser de la falaise ?

Le regard de Morgan, franc et direct, exprimait à présent plus de colère que de crainte.

— Je ne sais pas.

Il réalisa soudain qu'il lui faisait mal. Il relâcha son emprise, se détestant de s'être laissé aller à un tel mouvement d'humeur. Il devait se ressaisir, rester indifférent à ce qu'elle pouvait bien penser de lui.

— Je n'attends pas de toi que tu me fasses confiance, dit-il avec une infinie douceur. Mais sois raisonnable, ton implication dans cette histoire n'a été qu'un malheureux concours de circonstances. Je ne te veux aucun mal, Morgan. Il faut que tu me croies.

Intriguée par ce revirement d'humeur, la jeune femme se mit à observer Nick en silence. Il paraissait sincère.

— Vous êtes un homme étrange, Nicholas. Je ne sais pas pourquoi, je n'arrive pas à vous imaginer dans un trafic aussi sordide.

— Serais-tu devenue intuitive tout à coup ? railla gentiment Nick.

Il passa ses mains dans les cheveux de la jeune femme. Ils étaient aussi doux que dans son souvenir.

— Qu'est devenu ton fameux sens de la réalité ?

— Nicholas…

— Non, la coupa-t-il. Une question de plus et tu me mettras dans l'obligation de faire diversion. Et comme tu as pu t'en rendre compte… (Un sourire renversant éclaira son visage), je suis très sensible à ta beauté, ainsi qu'à ton intelligence plus que vive. Je ne suis pas sûr de pouvoir résister à la combinaison des deux.

Il fit tourner entre ses doigts la médaille que Morgan portait autour du cou, puis il la laissa retomber délicatement avant de s'écarter légèrement d'elle.

— Dis-moi, Morgan, que penses-tu de Dorian et de Iona ?

— Tout cela me déplaît fortement, Nicholas, dit-elle en s'éloignant un peu plus de lui.

Elle ne lui reconnaissait pas le droit de la perturber comme il le faisait. C'était si facile pour lui de l'atteindre, puis de s'esquiver, inconscient du trouble qu'il provoquait !

— Je suis venue à Lesbos pour fuir les pressions et les complications de ma vie quotidienne.

— Quels genres de pressions ?

Elle revint se planter devant lui, ses yeux lançant des éclairs.

— Cela ne vous regarde pas ! Mais tout ce que je peux dire, c'est que j'avais une vie avant de descendre sur cette fichue plage et de vous y rencontrer.

— Je n'en doute pas une seconde, répondit Nick en s'emparant une nouvelle fois de son verre.

— Tout à coup, je me retrouve mêlée à une mauvaise série B et je n'aime pas ça du tout !

— Il est bien dommage, en effet, que tu n'aies pas eu la bonne idée de rester sagement couchée cette nuit-là, déplora Nick, en faisant négligemment tourner son verre. La part grecque qui est en moi me souffle que ce sont les dieux qui en ont décidé ainsi, ajouta-t-il. Quoi qu'il en soit, nos deux sorts sont liés et il n'y a rien que nous puissions faire pour le moment.

Il fut surpris par la main que Morgan posa sur son

torse. Et détesta sentir son cœur s'emballer à ce contact. Il ne voulait pas céder aux sentiments. Au désir que l'on satisfait aussi facilement qu'on l'oublie, oui, mais pas aux sentiments, que l'on ne pouvait contrôler.

— Puisque vous semblez croire à la fatalité, pourquoi ne pas répondre simplement à ma question ?

— Je n'ai pas le choix.

Il la regardait fixement, et Morgan lut dans ses yeux le reflet de son propre désir pour lui.

— Prends-moi tel que je suis, Morgan.

La jeune femme laissa retomber sa main, effrayée par la puissance des émotions qu'elle ressentait.

— Je n'ai pas l'intention de vous prendre du tout, lâcha-t-elle d'une voix faussement désinvolte.

Nick la pressa contre lui, jouissant avec une pointe de perversité de la résistance qu'elle lui opposait.

— Vraiment ? Laisse-moi te prouver le contraire, Aphrodite.

A peine avait-il pris ses lèvres qu'elle s'abandonna entre ses bras. Tout était si confus dans son esprit ! Jusqu'à ne plus faire la moindre distinction entre le bien et le mal. Elle se fichait pas mal de savoir qui il était et ce qu'il faisait. Seul comptait le désir physique qui la submergeait.

Elle noua ses bras autour du cou de Nick et se plaqua un peu plus contre lui. Elle l'entendit lui murmurer quelque chose à l'oreille, puis leurs bouches se joignirent en un baiser chargé de tant de passion qu'elle se demanda si elle n'avait pas éprouvé ce sentiment intense à la seconde même où elle l'avait rencontré. Elle s'accrochait désespérément à lui, lui témoignant l'urgence de son désir. Quelque chose en elle s'était ouvert, brisant tous les tabous, déchirant les frontières. Elle se cambra, provocante, le poussant à plus d'audace.

Elle savait que leurs deux corps parfaitement imbriqués se chercheraient toujours, encore et encore, contre leur volonté, contre toute raison. Cette prise de conscience, au lieu de l'effrayer, la rendit encore plus avide de lui.

— Morgan, susurra Nick dans un souffle, tu me rends fou. Je te veux. Reste avec moi ce soir. Ici nous serons seuls au monde.

Sa bouche ardente dévorait la gorge de la jeune femme. Il la sentit prête à céder. Tout son corps tendait à lui dire oui. Pourtant, elle s'écarta de lui.

— Non, dit-elle enfin.

Nick l'observa en silence, une lueur amusée au fond des yeux.

— Tu as peur ?

— Oui, répondit-elle spontanément.

La sincérité de la jeune femme avait beau le toucher profondément, un immense sentiment de frustration l'envahit.

— Tu es vraiment exaspérante ! grommela-t-il en allant remplir de nouveau son verre vide. Tu mériterais que je te charge sur mon épaule pour te fourrer dans mon lit et voilà, le tour serait joué !

Les jambes encore flageolantes, Morgan mit un point d'honneur à cacher son émotion.

— Qu'est-ce qui t'en empêche ? demanda-t-elle

d'une voix égale qui eut le don de mettre Nick hors de lui.

Il se retourna brusquement vers elle.

— Probablement le fait que tu sois du genre à dîner aux chandelles et à apprécier les promesses d'amour. Même si tu ne crois pas à ces fadaises.

Il but son verre d'un trait et le reposa bruyamment.

— C'est ce que tu attends de moi ?

Morgan le fixait posément. Seules ses mains tripotant sa médaille trahissaient son extrême nervosité.

— Non. Et je n'attends pas non plus de toi que tu me fasses l'amour.

— Ne me prends pas pour un imbécile, Morgan, gronda Nick d'une voix menaçante.

Il fit un pas vers elle et s'arrêta, conscient du danger qu'il y avait à combler la distance entre eux.

— Ton corps te trahit chaque fois que je te touche.

— Cela n'a rien à voir, assura calmement la jeune femme. Je te répète que je ne veux pas que tu me fasses l'amour.

Nick se mordit la lèvre et attendit que s'apaise le mélange de colère et de frustration qui l'étouffait presque.

— Pourquoi ? Parce que tu t'imagines que je suis un trafiquant de drogue ?

— Non, répondit Morgan, à la grande surprise de Nick.

Elle eut soudain l'impression que les forces allaient lui manquer, puis elle se ressaisit et s'appliqua à lui dire la vérité :

— Parce que je ne souhaite pas n'être dans ta vie qu'un agréable passe-temps.

Nick fourra les mains dans ses poches.

— Je vois. Eh bien, je crois qu'il vaut mieux que je te ramène avant que tu ne découvres que je ne considère pas l'amour comme un passe-temps.

Une demi-heure plus tard, Nick était de retour chez lui et claquait violemment la porte derrière lui. Sa colère n'était toujours pas retombée. Il se dirigea vers le bar, se servit un autre verre d'alcool et se laissa tomber dans un fauteuil. Il n'avait ni le temps ni la patience d'essayer de la convaincre de sa bonne foi. Le désir qu'il avait d'elle était encore si intense qu'il en devenait douloureux. Un désir purement physique, se dit-il comme pour mieux s'en convaincre. Il avala une bonne rasade dans l'espoir de voir son tourment s'apaiser. Il lui fallait une femme ; n'importe quelle femme pour calmer la tension qui l'oppressait.

— Ah, tu es revenu, dit Stephanos, qui venait de faire son entrée dans le salon.

Il nota, sans faire le moindre commentaire, l'humeur sombre de son chef. Il y était habitué, pour en avoir été témoin des centaines de fois depuis qu'il le connaissait.

— Cette femme est bien plus belle que dans mon souvenir.

Le silence obstiné de Nick le laissa imperturbable. A son tour, il alla se servir un verre de brandy.

— Tu lui as parlé ?

— Je n'ai dit que le strict nécessaire. Elle est beaucoup trop fine et, en plus, elle n'a peur de rien.

Nick fixa pensivement le fond de son verre puis ajouta, l'air préoccupé :

— Elle m'a accusé d'être un trafiquant de drogue.

Il avala une nouvelle gorgée d'alcool, tandis que Stephanos éclatait de rire.

— Je ne vois vraiment pas ce qu'il y a de drôle ! dit Nick avec humeur.

Pour toute réponse, le vieil homme lui adressa un large sourire.

— Elle a le regard aiguisé. Et le porte souvent sur toi, affirma-t-il.

Puis, coupant court à d'éventuelles objections, il enchaîna :

— Tu lui as parlé d'Alex ?

— Pas vraiment.

— Elle est loyale ?

— Envers Alex ?

Nick fronça les sourcils, l'air songeur.

— Oui. Elle est loyale avec les gens qu'elle aime.

Il reposa son verre, résistant à la tentation de le fracasser contre un des murs.

— Essayer de lui tirer des renseignements ne va pas être facile.

— Il faudra bien que tu y arrives, pourtant.

— Bon sang ! Si au moins elle n'était pas sortie cette nuit-là !

Stephanos le gratifia d'un nouveau sourire avant de finir son verre d'un trait et de marquer son approbation par un soupir d'aise.

— Cette fille t'obsède, affirma-t-il. Et tu n'as pas l'air d'aimer ça !

Il éclata de nouveau d'un rire moqueur, ne s'arrêtant que lorsqu'il remarqua le regard irrité que Nick fixait sur lui.

— Athènes attend ton coup de fil, lui rappela-t-il.

— Athènes peut bien aller au diable !

Chapitre 5

L'état d'esprit de Morgan ne valait guère mieux que celui de Nick lorsqu'elle franchit le seuil des Theoharis. Car durant le trajet du retour elle avait découvert que ce qu'elle éprouvait pour Nick n'était pas de la colère. Pas plus que de la crainte ou du ressentiment. Pour la première fois, un homme était parvenu à la faire souffrir. Même Jack, avec qui pourtant elle avait partagé plusieurs mois de sa vie, n'y était pas arrivé.

Cela n'avait rien à voir avec les marques qu'elle avait encore sur les bras. Non, c'était une souffrance plus profonde, et qui certainement avait trouvé ses racines dans le choix de vie qu'il avait fait.

« Cela n'a rien à voir avec moi, cela n'a rien à voir avec moi », se répétait sans cesse la jeune femme. Pourtant la violence avec laquelle elle claqua la porte d'entrée semblait vouloir la persuader du contraire. Son projet de filer directement dans sa chambre sans voir personne fut contrarié par la présence de Dorian, qui l'appela dès qu'il la vit.

— Morgan ! Tu viens nous rejoindre ?

La jeune femme plaqua un sourire contrit sur ses lèvres et gagna la terrasse.

Iona était alanguie sur un canapé, près de lui. Elle était vêtue d'un short rose qui révélait ses longues jambes délicatement musclées, et d'un chemisier en dentelle resserré aux poignets. Elle daigna saluer distraitement Morgan avant de se perdre de nouveau dans la contemplation du paysage. Une tension semblait régner entre eux et Morgan se demanda si elle en était la cause.

— Alex est au téléphone, précisa Dorian en se levant pour approcher un siège. Et Liz est occupée à régler un problème d'intendance avec le cuisinier.

— Sans l'aide d'une interprète ? railla gentiment Morgan.

Elle envoya soudain Nicholas Gregoras au diable, décidant qu'il n'allait pas lui gâcher ses vacances plus longtemps ni la rendre aussi boudeuse que Iona. Et elle retrouva miraculeusement toute sa bonne humeur.

— C'est ridicule, intervint Iona en faisant signe à Dorian d'allumer la cigarette qu'elle tenait à la main. Liz n'a qu'à le virer. Les Américains ont pourtant la réputation de ne pas faire de sentiment avec leurs domestiques !

— Vraiment ? dit Morgan, que cette allusion méprisante avait prodigieusement agacée. Je l'ignorais.

Iona enveloppa la jeune femme d'un regard dédaigneux.

— Ça ne m'étonne pas. Je ne vous imagine pas une seconde en train de donner des ordres à des domestiques.

Dorian intervint habilement, empêchant ainsi Morgan de riposter à l'insulte.

— Dites-moi, Morgan, comment avez-vous trouvé les trésors de notre cher Nick ?

La jeune femme put lire dans ses yeux qu'il lui demandait clairement de ne pas tenir compte des attaques perfides de Iona. « Il l'aime », songea Morgan. Une onde de compassion la traversa. Elle inspira profondément, s'exhortant à relâcher ses muscles tendus.

— C'est un endroit merveilleux. Un peu comme un musée, mais sans la solennité propre à ce genre de lieux. Il a dû mettre des années à rassembler une telle collection !

Elle vit passer dans le regard du jeune homme un éclair de gratitude.

— Nick est avant tout un homme d'affaires, vous savez ?, commenta-t-il. Alors bien sûr, il profite de son érudition et de sa position pour garder les plus belles pièces pour lui.

— J'ai adoré sa petite boîte à musique du siècle dernier, qui joue *La Lettre à Elise*.

Morgan, à présent parfaitement détendue, poussa un nouveau soupir et ajouta :

— A la place de Nick, j'aurais donné n'importe quoi pour acquérir cette petite merveille.

— Nick est un homme très généreux, dit Iona, un sourire entendu aux lèvres ; à condition de savoir le prendre, bien sûr.

Morgan croisa le regard venimeux de la jeune femme.

— Si vous le dites…, éluda-t-elle d'un air qu'elle souhaitait dégagé.

Puis s'adressant à Dorian :

— J'ai rencontré le cousin de Nick hier matin.

— Ah, oui ! Le jeune poète américain.

— Il m'a dit qu'il adorait se promener dans cette

partie de l'île. Je le comprends tout à fait, moi aussi, j'aime beaucoup le calme et la sérénité qui se dégagent de cet endroit. J'ai été d'autant plus stupéfaite d'apprendre que c'était la plaque tournante d'un trafic de drogue.

Dorian afficha un sourire mi-amusé, mi-ironique. Iona, elle, se raidit brusquement. Ses traits se tendirent, elle devint blême. Elle avait peur, c'était évident. Qu'est-ce qui pouvait bien l'effrayer à ce point ?

— C'est une activité bien risquée, commenta Dorian, qui semblait ne pas avoir remarqué le brusque changement de Iona. Et cependant très pratiquée. A tel point que cela en devient presque une tradition.

— Drôle de tradition, tout de même, murmura Morgan.

— Pourtant, enchaîna Dorian, le secteur est étroitement quadrillé par des patrouilles de police. Et croyez-moi, elles ne font pas de quartier ! Cinq hommes ont été tués l'année dernière, abattus au large des côtes turques.

Il alluma une cigarette avant de poursuivre :

— La brigade des stupéfiants a pu mettre au jour une cache recélant d'importantes quantités de drogue.

— C'est terrible, commenta Morgan en notant que la pâleur de Iona n'avait fait que s'amplifier.

Dorian haussa négligemment les épaules.

— Ce sont souvent des paysans, ou des pêcheurs, précisa-t-il. Pas assez intelligents pour s'organiser entre eux. On murmure dans le pays que leur chef est redoutablement brillant, mais que c'est également un homme sans pitié. Il paraît qu'il se déplace toujours masqué. Même ses troupes ne savent pas qui il est. Il se peut même que ce soit une femme, qui sait ?

Cette idée le fit sourire.

— Cela ajouterait une note romanesque à ces sombres histoires.

A ces mots, Iona se leva précipitamment et s'enfuit de la terrasse.

— Pardonnez-lui, dit Dorian en la suivant des yeux. Elle est complètement lunatique.

— Elle semblait plutôt bouleversée.

— Iona est toujours bouleversée, murmura-t-il. Les nerfs, probablement.

— Vous semblez prendre d'elle un soin particulier.

Dorian reporta son attention sur Morgan, puis, se levant à son tour, alla s'accouder à la balustrade.

— Excusez-moi, Dorian, commença Morgan, je ne voulais pas me mêler de ce qui ne me regarde pas.

— Non, c'est moi qui vous dois des excuses, protesta Dorian.

Le soleil jouait avec son visage, accentuant un peu plus son hâle parfait, le blond doré de ses cheveux. Un véritable Adonis, songea une nouvelle fois Morgan. Pour la deuxième fois depuis son arrivée à Lesbos, elle regretta de ne pas être peintre.

— La relation que j'entretiens avec Iona est pour le moins... difficile, et je pensais avoir suffisamment dissimulé les sentiments que je lui porte.

— Je suis désolée, s'excusa de nouveau Morgan, qui ne savait pas quoi dire.

— Iona est une enfant gâtée, capricieuse. Pourtant, je l'aime.

Dorian secoua la tête et éclata d'un rire joyeux avant de reprendre :

— Je me demande bien ce qui fait qu'une personne peut vous faire perdre ainsi tout votre bon sens.

Pensive, Morgan laissa son regard dériver au loin.

— Je ne sais pas. Malheureusement, je ne sais pas.

— Par ma faute, vous voilà triste à présent, regretta Dorian en retournant s'asseoir auprès de la jeune femme. Ne me plaignez pas trop, Morgan, ajouta-t-il en lui prenant la main. Un jour ou l'autre, ce qui existe entre Iona et moi trouvera forcément une issue. Je suis quelqu'un de très patient, vous savez ?

Il souriait à présent, ses yeux clairs brillant d'une certitude absolue.

— Mais parlons d'autre chose, voulez-vous ? Pour en revenir au sujet que nous évoquions tout à l'heure, je dois avouer qu'en fait toutes ces histoires de contrebande me fascinent.

— Vous disiez que personne, pas même les hommes qui travaillent pour lui, ne sait qui est à la tête de ce trafic. C'est incroyable !

— C'est en tout cas le bruit qui court. J'adorerais mettre à profit mon séjour ici pour tenter de trouver des indices susceptibles de nous mettre sur la voie.

L'esprit tourmenté par le souvenir de Nick, Morgan grommela vaguement quelque chose.

— Pourtant, ce problème ne semblait pas vraiment vous préoccuper tout à l'heure.

Dorian haussa négligemment les épaules.

— Parce que j'estime que c'est le problème des autorités locales. Non, moi, ce que je trouve excitant, c'est juste la chasse à l'homme. (Ses yeux se mirent à briller dangereusement.) La chasse à l'homme, Morgan !

— Tu ne penses pas ce que tu dis, intervint Liz, qui, après avoir déboulé sur la terrasse, se laissa tomber lourdement sur une chaise. Une demi-heure avec un cuisinier grec caractériel vaut toutes les épreuves que l'on peut imaginer, vous pouvez me croire ! Dorian, sois gentil, donne-moi une cigarette.

Son sourire rayonnant, sa joie de vivre firent instantanément oublier à ses invités le sujet pourtant épineux qu'ils venaient d'aborder.

— Alors, Morgan, comment as-tu trouvé la maison de Nick ?

Le soleil qui pointait à l'horizon embrasait le ciel d'une lueur rosée. L'air était doux et humide. Après une nuit blanche c'était, pour Morgan, la meilleure des façons de commencer la journée.

Elle flânait au bord de l'eau, attentive au chant mélodieux des oiseaux qui accompagnait sa solitude. C'était ainsi qu'elle devait passer ses vacances. Détente, longues balades en solitaire, levers de soleil romantiques. N'était-ce d'ailleurs pas ce que lui avaient seriné son père d'abord, et ensuite Liz ?

« Détends-toi, Morgan. Pour une fois, oublie ton boulot. Pense un peu à toi, prends du bon temps. »

Mais aucun des deux n'avait prévu que Nicholas Gregoras entrerait dans sa vie. Si la situation n'avait pas été aussi absurde, elle aurait pu en rire.

Cet homme était une énigme dont elle ne possédait pas la clé. Elle n'arrivait pas réellement à croire qu'il était impliqué dans un trafic de drogue. Elle sentait confusément que quelque chose dans ce puzzle ne collait pas. Des pièces manquaient, qu'elle ne supporterait pas de ne pas trouver.

Et que penser de Iona ? Morgan soupçonnait la cousine d'Alex de ne pas être qu'une capricieuse imbue de sa petite personne. Au-delà des apparences un peu caricaturales, elle devinait une femme plus complexe. Qui cherchait à cacher un secret. Un secret qu'Alex connaissait. Ainsi que Dorian, Morgan en était presque certaine. Mais de quoi s'agissait-il ? Et dans quelle mesure les deux hommes étaient-ils impliqués ? Morgan avait trouvé démesurée la réaction de la jeune femme par rapport à celle de Dorian et d'Alex. Eux s'étaient montrés presque indifférents au problème, paraissant même s'en amuser. Iona, en revanche, avait semblé terrifiée. A l'idée d'être découverte ? se demanda Morgan. Non, c'était absurde.

Elle secoua la tête, dans l'espoir de chasser de son esprit ces dérives qu'elle jugeait extravagantes. Ce matin, décida-t-elle soudain, elle allait faire ce pour quoi elle était venue. C'est-à-dire rien. Ou du moins rien d'épuisant. Elle allait ramasser des coquillages. Forte de cette bonne résolution, elle roula le bord de son jean et commença à patauger au bord de l'eau.

Morgan n'avait que l'embarras du choix. La nacre des coquillages étincelait sous ses pieds. Elle se baissa et se mit à remplir les poches de sa veste. Son attention fut soudain attirée par le mégot d'une cigarette noire, à demi enfoui dans le sable. Elle songea en souriant qu'elle était en train de marcher dans les pas d'Alex.

Elle imagina Liz et son mari marchant main dans la main le long de cette ravissante crique.

Morgan, de plus en plus absorbée, ne voyait pas le temps passer. Le soleil était déjà haut lorsqu'elle déplora de ne pas avoir pris de sac pour son précieux trésor. Il restait encore tant de merveilleux spécimens à ramasser ! Elle décida alors d'empiler son butin sur le sable et de venir le récupérer plus tard. Il serait du plus bel effet chez elle dans une vasque de verre. Ainsi se souviendrait-elle avec bonheur de ses vacances en Grèce lorsque viendraient les journées froides et pluvieuses de l'hiver new-yorkais.

Des douzaines de mouettes tournoyaient autour d'elle en poussant leurs cris de guerre. Morgan se réjouissait de leur compagnie, qu'elle trouvait parfaitement adaptée à son humeur solitaire. Elle retrouva peu à peu la paix et la sérénité qu'elle avait éprouvées lors de sa baignade nocturne.

Elle se trouvait à présent à une bonne distance de la plage. Elle découvrit, face à elle, la gueule béante d'une grotte à demi dissimulée par la végétation folle qui l'avait prise d'assaut. Elle se sentit tout à coup l'âme d'une exploratrice. Se maudissant d'avoir choisi un jean blanc parfaitement inadapté à ce genre d'aventure, elle décida de jeter à l'endroit un bref coup d'œil et de revenir l'explorer une fois qu'elle se serait changée. De l'eau jusqu'aux chevilles, elle prit la direction de la grotte, se baissant une nouvelle fois pour ramasser un coquillage, niché dans son écrin de sable. Mais tandis que son regard glissait vers l'entrée de la caverne, son sang se figea dans ses veines.

Un visage livide miroitait à la surface de l'eau. Des yeux noirs la fixaient. Pétrifiée de terreur, Morgan ne pouvait émettre aucun son. C'était la première fois qu'elle était ainsi confrontée brutalement à la mort. Elle fit un pas en arrière, manqua de glisser sur des rochers émergents. Tandis qu'elle luttait pour se maintenir en équilibre, des spasmes d'une violence inouïe lui vrillèrent l'estomac, sa tête se mit à tourner. Elle ne devait pas s'évanouir. Non, pas ici, pas si près d'un cadavre ! Elle tourna le dos à la vision cauchemardesque et se mit à courir comme une folle.

Elle fuyait, trébuchant, se relevant, semblant voler au-dessus du sable et de l'eau. Une pensée la hantait : se sauver le plus loin possible pour échapper à ce qu'elle venait de voir. Enfin, dans un dernier sprint, à bout de souffle, elle atteignit l'anse rassurante de la petite plage.

C'est alors que des bras la ceinturèrent fermement. Portée par un instinct de survie qu'elle n'aurait jamais pensé posséder, Morgan se débattit comme une furie, cherchant à échapper à la peur primitive, autant que puérile, qui lui soufflait que le cadavre s'était lancé à ses trousses pour la tuer.

— Arrête, Morgan ! Arrête ou je vais finir par te blesser de nouveau. Bon sang, mais qu'est-ce qu'il t'arrive ?

Morgan fut prise de tremblements compulsifs. Sous le choc, son esprit mit quelques secondes à réaliser que c'était la voix de Nick. Elle leva la tête et le fixa, hébétée.

— Nicholas ?

De nouveau, tout se mit à tourner autour d'elle. Elle sentit le sol se dérober sous ses jambes tandis que de nouvelles vagues de peur et de nausées la submergeaient. Les tremblements redoublèrent bien qu'elle se sache désormais en sécurité dans les bras de Nick. Avec lui, rien ne pourrait lui arriver.

— Nicholas, répéta-t-elle machinalement comme si le simple fait de prononcer son nom la mettait définitivement à l'abri de tout danger.

Nick la serra un peu plus contre lui, la secoua avec douceur et examina son visage. Il était livide, sa peau moite. Il reconnut dans les yeux de la jeune femme la terreur qu'il avait si souvent vue passer dans d'autres yeux au cours de ses missions. Il devina également que s'il ne faisait rien, elle allait s'évanouir ou céder à une crise d'hystérie.

— Que s'est-il passé ? demanda-t-il d'une voix forte qui attendait une réponse.

Morgan ouvrit la bouche, mais aucun son n'en sortit. Elle ne pouvait que secouer la tête, muette. Elle enfouit son visage contre l'épaule de Nick, implorant tout son être de chasser à jamais de son esprit cette vision obsédante. Luttant contre la panique, le souffle court, elle hoquetait, blottie contre ce torse puissant qui était devenu pour elle un refuge inviolable. Là, aucun mal ne pourrait lui être fait.

— Morgan, essaie de te calmer et dis-moi ce qui s'est passé, intima Nick d'une voix autoritaire.

— Je… je ne…, balbutia-t-elle en cherchant à se blottir un peu plus.

D'un geste brusque, Nick l'écarta de lui et se mit à la secouer plus rudement.

— Parle, Morgan !

Sa voix était tranchante, dénuée de toute émotion. Mais il ne connaissait que cette façon pour lui faire reprendre ses esprits.

Sonnée par le ton de sa voix, Morgan essaya de parler, n'y parvint pas, puis sursauta violemment à un bruit de pas qui s'approchaient.

— Salut. Je vous dérange ?

La voix enjouée d'Andrew s'élevait derrière elle, mais Morgan ne tenta même pas de se retourner. Elle continuait à trembler, comme victime d'un choc cataleptique.

Pourquoi Nick était-il en colère contre elle ? Pourquoi ne l'aidait-il pas ? Elle s'appliqua à reprendre son souffle, tout en essayant de comprendre la réaction pour le moins surprenante de Nick. Il ne voyait donc pas qu'elle avait besoin de lui ?

— Quelque chose ne va pas ? s'enquit Andrew, piqué par la curiosité.

Car le tableau que formaient Nick, manifestement impassible, et Morgan, bouleversée, ne lui avait évidemment pas échappé.

Nick jura intérieurement contre l'arrivée impromptue de son cousin.

— Je ne sais pas ce qui se passe, admit-il brièvement. J'ai vu Morgan arriver comme une folle sur la plage et depuis je n'ai pas réussi à lui faire dire un mot.

Il maintenait toujours la jeune femme à distance,

ses doigts s'enfonçant douloureusement dans sa chair à mesure qu'elle cherchait à se rapprocher de lui.

— Maintenant, Morgan, dit-il d'une voix encore plus dure, dis-nous ce qui s'est passé.

— Là-bas..., parvint-elle à dire en claquant des dents.

Elle avala péniblement sa salive, chercha dans le regard de Nick un peu de compassion. Elle n'y vit qu'une froide détermination.

— Près de la grotte.

Elle s'arrêta, épuisée par l'effort que lui avaient demandé ces deux petits bouts de phrase. De nouveau, elle chercha la chaleur rassurante de ses bras. De nouveau, il la repoussa sans ménagement.

— Nicholas, s'il te plaît, implora faiblement la jeune femme.

La mort dans l'âme, Nick fit mine de ne pas entendre sa supplique, de ne pas voir les mains tendues vers lui. Il ne pouvait se permettre aucune faiblesse.

— Je vais aller jeter un coup d'œil, annonça-t-il.

— Ne pars pas, je t'en supplie !

Elle tenta une dernière fois de le retenir, mais se retrouva brutalement poussée dans les bras d'Andrew.

— Essaie de la calmer, pour l'amour du ciel ! gronda Nick, conscient de la rudesse avec laquelle il la traitait.

Mais elle n'avait pas le droit de lui demander des choses qu'il ne pouvait pas lui donner. Il jura entre ses dents avant de leur tourner le dos et de s'éloigner.

— Nicholas ! hurla Morgan en se débattant pour se libérer de l'emprise d'Andrew.

Il continua à marcher. Ne se retourna pas.

Morgan pressa une main tremblante sur sa bouche pour s'empêcher de hurler son nom une nouvelle fois. Elle sentit les bras d'Andrew l'entourer cette fois avec douceur. Elle se laissa aller contre lui, s'agrippant à son chandail.

— Ça va aller, murmura le jeune homme en lui caressant les cheveux. Dans d'autres circonstances, j'aurais aimé que tu te blottisses ainsi dans mes bras, ajouta-t-il d'un ton plus léger.

— Oh ! Andrew.

La gentillesse et la douceur du jeune homme eurent raison du blocage de Morgan. Elle fondit en larmes.

— C'était… c'était horrible ! hoqueta-t-elle.

— Raconte-moi ce que tu as vu, Morgan, l'encouragea Andrew d'une voix douce. Dis-le d'un trait, sans t'arrêter. Tu verras, ce sera plus facile.

La jeune femme renifla puis essuya ses larmes du revers de la main.

— Il y a un cadavre à l'entrée de la grotte.

— Un cadavre ! répéta Andrew, sceptique.

Il s'écarta légèrement de Morgan, la forçant à le regarder dans les yeux.

— Tu en es sûre ?

— Oui… oui. J'ai vu… J'étais…

Morgan se couvrit le visage de ses deux mains, incapable de poursuivre.

— Détends-toi, murmura Andrew, détends-toi et laisse sortir tout ça.

Encouragée par la tendre patience dont elle était l'objet, Morgan inspira profondément et reprit le cours de son récit.

— Je ramassais des coquillages dans la crique et puis j'ai vu une caverne. Je me suis avancée vers l'entrée et là…

Un frisson la parcourut tout entière.

— J'ai vu son visage, dans l'eau.

— Oh, Morgan…

Andrew l'attira de nouveau contre lui et la serra très fort. Il ne dit pas un mot, mais son silence était cent fois plus éloquent que des paroles. Il laissa Morgan pleurer tout son soûl contre sa poitrine.

Lorsque Nick revint quelques minutes plus tard, il fronça les sourcils à la vue des deux jeunes gens, toujours enlacés. Andrew, dans un élan protecteur qu'il ne lui connaissait pas, embrassait les cheveux de Morgan. Une pointe de jalousie lui vrilla le cœur, qu'il chassa aussitôt.

— Andrew, ordonna-t-il, ramène Morgan chez les Theoharis et appelle la police. Apparemment, un des villageois a eu un accident qui lui a été fatal.

Andrew opina, sans cesser de rassurer Morgan.

— Oui, elle m'a raconté. C'est terrible que ce soit elle qui ait découvert le corps.

Il frissonna et demanda :

— Tu viens avec nous ?

Nick baissa les yeux sur Morgan au moment où elle se tournait vers lui. Il détesta le mélange d'indifférence et de douleur qu'il lut dans son regard. Elle ne lui pardonnerait jamais son attitude.

— Non, je vais rester et veiller à ce que personne ne s'approche en attendant l'arrivée de la police. Morgan…

Il posa une main sur l'épaule de la jeune femme,

se détestant encore un peu plus. Elle l'effleura d'un regard vide d'expression.

— Ça va aller maintenant. Andrew va te raccompagner.

Sans un mot, Morgan lui tourna le dos.

— Prends soin d'elle, intima-t-il à son cousin en le fixant durement.

— Bien sûr, acquiesça Andrew, surpris par la note d'hostilité qu'il avait sentie dans la voix de Nick. Viens, Morgan. Appuie-toi sur moi.

Nick les regarda monter les marches et attendit qu'ils soient hors de vue pour retourner près du corps.

Assise dans le salon, le traumatisme qu'elle venait de subir légèrement atténué par le verre de brandy qu'elle avait vidé d'un trait, Morgan détaillait en silence le capitaine Tripolos, chef de la police de Mitilini. C'était un homme de taille moyenne dont la carrure impressionnante n'était due qu'aux kilos qu'il avait en trop. Il avait pris soin de bien plaquer sur son crâne les rares mèches de cheveux qui lui restaient, et épinglait ses interlocuteurs d'un regard aussi sombre que vif. A travers les brumes de l'alcool, Morgan devina en lui la ténacité d'un bouledogue.

— Miss James, attaqua-t-il dans un anglais courant mais néanmoins haché, j'espère que vous ne vous formaliserez pas, mais j'ai quelques questions à vous poser. La routine, rien de plus.

— Cela ne peut pas attendre ? interrogea Andrew, assis sur le canapé à côté de Morgan. Il passa un bras protecteur autour des épaules de la jeune femme. Mlle James a été très choquée.

Touchée, Morgan posa sa main sur celle du jeune homme.

— Non, ça va maintenant, Andrew. J'ai surmonté le choc. Capitaine, allez-y, je comprends parfaitement. J'espère que je pourrai vous aider.

— *Efkharisto.*

Il alla s'installer sur la chaise qu'on lui avait avancée, puis commença, un sourire jovial sur sa face ronde.

— Pourriez-vous me raconter exactement ce qui s'est passé depuis le moment où vous vous êtes levée ce matin, mademoiselle James ?

Morgan narra les faits aussi fidèlement que possible. Elle parlait de façon mécanique, les mains posées bien à plat sur ses cuisses. Tripolos nota que, malgré l'émotion qui pointait de temps en temps, Morgan soutenait son regard sans ciller. Il salua mentalement son courage, soulagé de n'avoir à affronter ni torrents de larmes ni fâcheuse crise d'hystérie.

— … et puis je l'ai vu, sous l'eau, poursuivait Morgan en acceptant avec gratitude la main que lui offrait Andrew. Alors je me suis mise à courir comme une folle.

Tripolos opina d'un hochement de tête.

— Il était très tôt lorsque vous vous êtes levée. Est-ce dans vos habitudes ?

— Non, mais en me réveillant ce matin, j'ai eu envie d'aller me promener seule, sur la plage.

— Avez-vous rencontré quelqu'un ?

— Non.

Un nouveau frisson la parcourut, mais son regard ne lâcha pas celui de Tripolos.

— A l'exception de Nicholas et d'Andrew, bien sûr.

— Nicholas ? Ah, vous voulez dire M. Gregoras.

Son regard alla se porter sur Nick, qui, lui, s'était confortablement installé sur un autre divan, entre Liz et Alex.

— Aviez-vous déjà rencontré cet homme, mademoiselle James ?

— Non.

Le visage du défunt lui apparut si clairement qu'elle serra convulsivement la main d'Andrew. Dans un effort presque surhumain, elle parvint à le chasser de son esprit.

— Je ne suis ici que depuis quelques jours, précisa-t-elle, et c'est la première fois depuis mon arrivée que je m'éloignais de la maison.

— Vous êtes ici en vacances ?

— Oui.

Le capitaine Tripolos émit un petit son qui pouvait passer pour une marque de compassion.

— Pas de chance qu'un meurtre soit venu les gâcher.

— Un meurtre ? répéta Morgan, sonnée. Mais je croyais… Il ne s'agit donc pas d'un accident ?

— Non. La victime a été poignardée… (Il baissa les yeux sur son carnet)… dans le dos, précisa-t-il avec une pointe de dégoût qui semblait signifier qu'il faisait un distinguo entre l'idée de meurtre et la façon dont ce dernier avait été perpétré.

— Eh bien, il me reste à vous remercier pour votre

précieuse coopération, mademoiselle. J'espère que je n'aurai pas à vous déranger de nouveau.

Il se leva de son siège et s'inclina légèrement sur la main de la jeune femme.

— Au fait, avez-vous trouvé beaucoup de coquillages ?

— Oui. Je… j'en ai ramassé quelques-uns.

Elle se sentit obligée de prouver ses dires en lui montrant ceux qu'elle avait stockés dans ses poches.

— J'ai pris les plus beaux.

Tripolos sourit de l'embarras de la jeune femme et se tourna vers les autres.

— Je suis désolé, mais je vais devoir tous vous questionner sur vos emplois du temps respectifs. Même si, ajouta-t-il dans un haussement d'épaules, il ne fait pas l'ombre d'un doute qu'il s'agit d'un règlement de comptes entre villageois. Cependant, vous comprendrez bien qu'avec le cadavre si proche de vos maisons…

Il laissa sa phrase en suspens et fourra son carnet et son stylo dans sa poche.

— L'un d'entre vous se souviendra peut-être d'un détail, même infime, qui pourrait nous mettre sur la voie.

Les effets de l'alcool commençant à se dissiper, Morgan eut soudain l'impression de vivre un cauchemar. « Je vais me réveiller, se dit-elle. J'ai découvert un cadavre, mais c'est un mauvais rêve, je vais me réveiller. »

— Détends-toi, Morgan, lui chuchota Andrew à l'oreille.

Il remplit son verre vide et l'encouragea à en boire une gorgée.

— Vous pouvez compter sur notre entière coopération, capitaine, affirma Alex en se levant à son tour. Ce n'est déjà pas agréable qu'un tel drame se soit joué si près de chez nous, mais qu'en plus ce soit mon invitée qui ait découvert le corps…

— Je compatis, vraiment.

Tripolos caressa machinalement son menton carré puis reprit :

— Si vous n'y voyez pas d'inconvénient, je préférerais vous interroger séparément. Pourrais-je utiliser votre bureau ?

— Venez, accepta spontanément Alex. Je vais vous montrer où il se trouve. Vous pouvez commencer par moi, si vous voulez.

— Merci.

Tripolos salua l'assemblée avant d'emboîter le pas à Alex. Morgan le regarda quitter la pièce d'un pas mesuré. Il ne lâcherait pas le morceau, jugea-t-elle en avalant d'un trait le reste de son brandy.

— J'ai bien besoin d'un verre, moi aussi, déclara Liz en se dirigeant vers le bar. Un double whisky. Des amateurs ?

Nick effleura Morgan du regard avant de répondre.

— Oui, moi, dit-il en faisant signe à Liz de remplir également le verre de Morgan une troisième fois.

Iona alla se servir elle-même, trop nerveuse pour attendre une minute de plus.

— Je ne vois vraiment pas pourquoi ce type veut nous interroger ! s'exclama-t-elle. C'est absurde ! Alex aurait dû refuser, il a suffisamment d'influence pour ça !

Elle se servit un grand verre d'alcool qu'elle but à moitié.

— Il n'y a aucune raison pour qu'Alex se défile, dit Liz en tendant son verre à Nick, puis en versant une bonne rasade de brandy dans celui de Morgan. Nous n'avons rien à cacher, que je sache. Dorian, qu'est-ce que je te sers ?

— Il ne s'agit pas de cacher quoi que ce soit, rétorqua Iona en se mettant à arpenter la pièce. Je n'ai pas envie de répondre aux questions stupides de ce flic, juste parce qu'*elle* est tombée par hasard sur le cadavre d'un villageois dont je n'ai que faire, d'ailleurs !

— Je prendrais bien un verre d'ouzo, Liz, coupa Dorian fort à propos. Je ne crois pas que nous puissions blâmer Morgan, Iona. La pauvre n'y est pour rien. Et de toute façon, compte tenu de la proximité du corps, nous aurions quand même été interrogés. Merci, Liz, ajouta-t-il à l'intention de cette dernière qui venait de placer un verre entre ses mains.

— En tout cas, il n'est pas question que je passe la journée enfermée ! décréta Iona, qui, loin de se calmer, paraissait de plus en plus nerveuse. Nicky, tu m'emmènes faire un tour en bateau ? demanda-t-elle en se laissant tomber sur le bras du canapé où ce dernier se trouvait.

— Je n'aurai pas le temps, Iona. Dès que ce sera terminé ici, je rentrerai chez moi. J'ai une tonne de paperasserie en retard.

Il sirota une gorgée de son whisky et tapota doucement la main de Iona. Morgan fixa sur lui un regard lourd de reproche. « Va au diable, Morgan James, jura-t-il intérieurement. Tu ne me culpabiliseras pas de vouloir faire mon devoir. »

Iona effleura du doigt le bras de Nick.

— Je sens que je vais devenir folle si je reste ici aujourd'hui. S'il te plaît, Nicky, juste quelques heures !

Nick soupira en signe de capitulation, mais pestant contre la laisse qui lui serrait le cou et dont il ne pouvait encore se dégager. Il avait de bonnes raisons d'accepter cette corvée et il n'allait pas laisser le regard haineux de Morgan changer le cours des choses.

— D'accord, finit-il par dire. Va pour cet après-midi.

Un sourire triomphant flotta sur les lèvres de la jeune femme.

Après Alex, ce fut au tour de Liz de subir l'interrogatoire serré du capitaine Tripolos. Dans le salon, les conversations se poursuivaient à mi-voix. Lorsque Andrew quitta la pièce pour gagner le bureau, Nick alla rejoindre Morgan près de la fenêtre où elle se trouvait.

— Morgan, il faut que je te parle.

Le ton était calme mais autoritaire. Lorsque Nick posa ses mains sur ses épaules, Morgan sursauta violemment.

— Et moi, je ne veux pas t'écouter.

Nick s'écarta d'elle et fourra ses mains dans ses poches. Elle était toujours aussi livide, quoique plus calme, grâce au brandy sans doute.

— Je ne peux pas t'expliquer pourquoi j'agis ainsi, mais j'y suis obligé, Morgan.

— C'est ton problème, pas le mien.

— Lorsque Tripolos aura fini, nous irons faire un

tour tous les deux. Tu as besoin de t'éloigner un peu d'ici.

— Je n'irai nulle part avec toi, riposta durement la jeune femme. Et ne me parle pas de ce dont j'ai besoin. C'est tout à l'heure qu'il fallait t'en préoccuper.

— Bon sang, Morgan !

Nick avait presque crié, mais la jeune femme gardait les yeux obstinément rivés sur le jardin. Elle nota distraitement qu'un des rosiers ployait sous le poids de ses fleurs.

— Tu crois que je ne le sais pas ? gronda-t-il en serrant les poings dans ses poches. Que je ne…

Il s'interrompit pour s'exhorter au calme.

— Je ne pouvais pas te donner ce que tu attendais de moi. Pas encore. Je t'en prie, Morgan, ne me rends pas les choses plus difficiles.

Elle se tourna vers lui et affronta la colère contenue de Nick avec froideur.

— Ce n'est pas mon intention, déclara-t-elle d'une voix dénuée de toute émotion. Pour la bonne raison que je n'attends strictement plus rien de toi. Et que je ne veux plus rien avoir à faire avec toi.

Quelque chose passa dans le regard de Nick qui laissait à penser qu'il était sur le point de craquer. Qu'il la suppliait de lui pardonner. Quelque chose dont elle ne l'avait pas cru capable.

— S'il te plaît, Morgan, je voudrais…

— Je me fiche de ce que tu voudrais, trancha-t-elle précipitamment. Ne m'approche plus, tu m'entends ? Plus jamais !

— Ce soir…, commença Nick.

Mais il s'interrompit net face au regard glacial qu'elle avait posé sur lui.

— Plus jamais, répéta-t-elle.

Elle lui tourna le dos et alla rejoindre Dorian, laissant Nick seul et désemparé.

Chapitre 6

Morgan fut surprise de constater qu'elle avait dormi. Pourtant elle ne s'était pas sentie fatiguée lorsque Liz et Alex avaient insisté pour qu'elle aille se reposer. Elle leur avait obéi juste parce que son tête-à-tête avec Nick avait sapé toute résistance en elle.

Groggy, les paupières encore lourdes de sommeil, elle jeta un coup d'œil au réveil : midi. Elle avait dormi plus de deux heures ! Elle se leva et alla dans la salle de bains s'asperger le visage d'eau froide. Le choc était passé, mais ce repos forcé l'avait encore plus abattue. Un sentiment de honte émergeait. Honte d'avoir cédé à la panique et d'avoir fui sans se préoccuper du corps. Honte de s'être désespérément raccrochée à Nick. Honte d'avoir été repoussée. Elle ressentait avec acuité ce sentiment de totale dépendance qu'elle avait alors éprouvé, ainsi que celui de rejet dont elle avait été l'objet.

Plus jamais, se promit Morgan. Elle n'aurait pas dû écouter ce que lui dictait son cœur, mais se fier à la raison, comme elle l'avait toujours fait. Elle aurait dû savoir qu'elle n'avait rien à attendre d'un homme tel que Nick Gregoras. Un homme comme lui n'avait rien à donner. Et pourtant…

Pourtant c'était de lui qu'elle avait eu désespérément

besoin. A lui qu'elle avait voulu fait confiance. Et c'était dans ses bras qu'elle s'était sentie à l'abri de tout danger. « C'est ma faute », songea-t-elle en contemplant son reflet dans le miroir. Elle était toujours aussi pâle, et des cernes mauves soulignaient ses yeux gonflés, pourtant elle sentait ses forces revenir peu à peu.

« Je n'ai pas besoin de lui, se dit-elle à voix haute, comme pour mieux se persuader de ce qu'elle avançait. Cet homme n'est rien pour moi. »

Mais il te fait souffrir, lui soufflait une petite voix. *Quelqu'un qui ne compte pas n'a pas le pouvoir de faire souffrir.*

Morgan se fit la promesse solennelle de se fermer désormais à toute souffrance. Nick n'aurait plus aucun pouvoir sur elle car elle n'attendrait rien de lui. Plutôt mourir !

Forte de cette bonne résolution, elle tourna le dos à son reflet et descendit l'escalier. Elle venait d'atteindre le hall d'entrée lorsqu'elle entendit derrière elle le bruit d'une porte que l'on refermait, suivi d'un bruit de pas. Elle regarda par-dessus son épaule : c'était Dorian.

— Vous avez réussi à vous reposer un peu ?

Arrivé à sa hauteur, il lui prit gentiment la main dans un geste qui exprimait toute l'affection qu'il lui portait.

— Oui. Mais je me sens un peu stupide.

Devant le regard interrogateur qu'il lui lançait, elle jugea bon de préciser :

— Andrew a été obligé de me traîner jusqu'à ma chambre.

Dorian éclata de rire puis, lui passant un bras affectueux autour des épaules, la guida vers le salon.

— Pourquoi est-ce que vous, les Américaines, vous devez toujours vous montrer sous un bon jour, fortes et sûres de vous ?

— C'est ainsi que j'ai toujours été…

Elle se revit en train de pleurer dans les bras de Nick, suppliant, s'agrippant. Elle se raidit instantanément.

— On m'a élevée comme ça, dans l'idée qu'il ne fallait compter que sur soi-même.

— Je vous admire. Mais découvrir un cadavre peut entamer n'importe quelle force de caractère, vous savez ?

La pâleur extrême de la jeune femme poussa Dorian à lui parler avec encore plus de douceur.

— Je suis désolé. Je n'aurais pas dû réveiller un tel souvenir. Puis-je vous servir quelque chose à boire ?

— Non… non, merci, je crois que j'ai assez bu comme ça !

Elle lui adressa un pauvre sourire et se détacha de lui.

Pourquoi tout le monde se montrait-il aussi gentil et attentionné envers elle, sauf Nick ? Le seul qui comptait vraiment à ses yeux. Non, se corrigea-t-elle fermement. Nick ne comptait pas et elle n'avait besoin du soutien de personne !

— Vous paraissez encore bien fatiguée, Morgan. Voulez-vous que je vous laisse seule ?

— Non, répondit-elle en le regardant fixement.

Il émanait de lui une force tranquille, rassurante. Si seulement elle avait pu tomber sur lui après sa macabre découverte ! Elle alla vers le piano et en effleura les touches d'un doigt léger.

— Je suis contente que Tripolos soit parti, ajouta-t-elle. Sa présence me rendait nerveuse.

— Vraiment ? Pourtant je ne crois pas que nous ayons grand-chose à craindre de lui. Pas plus que l'assassin de ce pauvre bougre, d'ailleurs.

Il sortit son étui à cigarettes de sa poche avant de poursuivre :

— Les forces de police de Mitilini n'ont pas la réputation de briller par leurs compétences ni par leur efficacité.

— Vous en parlez comme si vous étiez indifférent au fait que l'on retrouve le meurtrier.

— Ces querelles de village ne m'intéressent, en effet, pas beaucoup. Mais ne vous inquiétez pas, je suis beaucoup plus humain envers les gens que je connais. Par exemple, je n'aime pas savoir que Tripolos vous inquiète.

— Il ne m'inquiète pas, corrigea la jeune femme en le regardant allumer sa cigarette.

Quelque chose, elle ne savait quoi, mit soudain ses sens en alerte.

— Cette façon insistante qu'il a de dévisager ses interlocuteurs…

Elle suivit des yeux les volutes de fumée qui s'élevaient de la longue cigarette noire et eut l'impression diffuse que quelque chose d'important, que sa mémoire refoulait au plus profond d'elle-même, lui échappait.

— Où sont les autres ? demanda-t-elle.

— Liz est allée rejoindre Alex dans son bureau et Iona est partie faire du bateau.

— Ah, oui ! Avec Nicholas, précisa Morgan d'une voix faussement désinvolte.

Mais ses poings, qu'elle avait machinalement serrés, en disaient long sur la contrariété qu'elle éprouvait.

— Ce doit être difficile pour vous, n'est-ce pas ?

— Elle avait besoin de prendre l'air. Cette histoire sordide lui a sérieusement porté sur les nerfs.

— Décidément, vous êtes très compréhensif !

Reconnaissant les prémices d'une violente migraine, Morgan se rapprocha de la fenêtre.

— Moi, je ne crois pas que je pourrais l'être. Enfin, je veux dire… si j'étais amoureuse.

— Je vous l'ai dit, je suis très patient. En outre, je ne pense pas que Nick l'intéresse vraiment.

Il s'interrompit un instant, semblant peser ses mots.

— Vous savez, certaines personnes sont incapables de la moindre émotion. L'amour, la haine, ils ne sauront jamais ce que c'est.

— C'est dommage, vous ne trouvez pas ?

— Non. J'aurais même tendance à trouver cela plutôt… confortable.

— Peut-être. Il n'empêche que…

Morgan s'interrompit net en regardant Dorian tirer sur sa cigarette. Soudain, le voile se déchira, elle se souvenait parfaitement. Le mégot que son esprit perturbé avait inconsciemment enregistré, et qui se trouvait près du corps. Un frisson la parcourut tandis qu'elle continuait à fixer la longue cigarette noire.

— Morgan, quelque chose ne va pas ? s'enquit Dorian, à qui la réaction de la jeune femme n'avait pas échappé.

— Non… non, balbutia celle-ci. Je suppose que je suis encore sous le choc. Après tout, je crois que je vais accepter votre proposition de me servir un verre.

Morgan profita de ce répit pour tenter de rassembler ses esprits. Un mégot de cigarette n'était pas forcément une preuve. N'importe quel occupant des deux maisons avait pu aller se promener de ce côté de l'île sans pour cela assassiner un homme.

Le problème venait du fait que ce mégot, presque intact, n'avait pas séjourné longtemps dans l'eau. Et que si quelqu'un s'était trouvé si près du cadavre, il l'aurait forcément vu. Non seulement il l'aurait vu, mais il aurait alerté la police. A moins que…

Morgan repoussa cette idée de toutes ses forces. Non, c'était impossible ! Pourquoi Dorian aurait-il assassiné un pauvre pêcheur ? Dorian, ou pourquoi pas Alex, puisqu'il fumait les mêmes cigarettes ?

Les deux amis étaient des gens civilisés et les gens civilisés ne poignardaient pas des inconnus dans le dos, cela tombait sous le sens. Morgan ne pouvait tout simplement pas imaginer une seule seconde leurs belles mains manucurées en train de commettre un acte aussi ignoble. Et Nick ? Elle secoua la tête. Elle penserait à Nick plus tard. Pour le moment, elle avait à se concentrer sur ce détail infime, mais néanmoins capital, qui mettait les deux hommes en cause.

Cela n'avait aucun sens, se répéta la jeune femme. Des hommes comme eux, menant brillamment leurs affaires, ne pouvaient pas tremper dans une affaire aussi sordide. Et d'ailleurs, quel aurait été leur mobile ? Non, tout cela était absurde. Morgan avait beau essayer de se persuader qu'il devait y avoir une explication logique à tout cela, le doute avait germé dans son esprit. Il y avait toujours une explication à tout. Elle était encore beaucoup trop bouleversée et, du coup, le moindre détail insignifiant prenait des dimensions démesurées.

Mais la petite voix intérieure revenait à la charge, ne lui laissant aucun répit. Qui était la troisième personne dont ils avaient entendu les pas cette nuit-là ? De qui Nick voulait-il se cacher ? Qui attendait-il ? Elle eut soudain la certitude que l'homme n'était pas mort au cours d'une querelle de village. Pas plus qu'il n'était mort accidentellement.

Un meurtre… Un trafic de drogue… Morgan ferma les yeux et se remit à trembler. La ronde infernale des questions reprit. Quel mystérieux inconnu arrivait de la mer lorsque Nick l'avait traînée de force sous la couverture des arbres ? Nick avait ordonné à Stephanos de le suivre. Mais de qui s'agissait-il ? De Dorian ? D'Alex ? De l'homme dont on avait retrouvé le corps, peut-être.

Dorian, venu lui apporter un petit verre d'alcool, la fit sursauter violemment.

— Morgan, vous êtes si pâle ! Vous devriez vous asseoir.

— Non… je suis encore un peu nerveuse, voilà tout.

Elle fixa pensivement le fond de son verre sans penser à le porter à ses lèvres. Il suffisait qu'elle lui pose la question. Oui, voilà, elle allait lui demander s'il s'était rendu dans la petite crique avant elle. Mais lorsque son regard croisa celui, impénétrable, de Dorian une vague de terreur la submergea.

— La crique..., commença-t-elle en rassemblant tout son courage. La crique était si belle, elle paraissait si paisible !

Comment n'avait-elle pas pensé avant aux débris de coquillages sous ses pieds, signe que quelqu'un était passé là avant elle.

— Etes-vous... Est-elle connue de beaucoup de monde ?

— Je n'en sais rien, déclara Dorian en regardant la jeune femme se percher sur le bras d'un fauteuil. Je ne peux pas parler au nom des villageois. Mais, à mon avis, ils sont beaucoup trop occupés à pêcher ou à cultiver leurs olives pour s'amuser à aller ramasser des coquillages.

— Bien sûr, murmura Morgan en passant la langue sur ses lèvres desséchées. Mais c'est un bel endroit, n'est-ce pas ?

Morgan ne quittait pas Dorian des yeux. Son imagination lui jouait-elle des tours ou l'avait-elle réellement vu plisser dangereusement les yeux à travers la fumée de sa cigarette ? Etait-il possible que ce soit un effet de ses nerfs mis à mal depuis le début de la journée ?

— Je ne sais pas, déclara Dorian avec désinvolture. Je n'y suis jamais allé. J'imagine que je suis un peu comme ces New-Yorkais de souche qui ne sont jamais allés en haut de l'Empire State Building.

Morgan regarda les longs doigts fins écraser lentement la cigarette dans un cendrier en cristal.

— Y a-t-il autre chose que vous vouliez savoir, Morgan ?

— Quelqu… non, non, répondit-elle précipitamment. Rien du tout. Je suppose que, comme pour Iona, cette ambiance un peu électrique me porte sur les nerfs.

— Cela n'a rien d'étonnant, vous savez ?, lui assura Dorian en se rapprochant d'elle, compatissant. Vous avez eu une rude journée. Mais assez parlé de ce meurtre, si nous allions faire un tour dans le jardin ? Nous pourrions parler d'autre chose.

La première réaction de Morgan fut de refuser. Elle ne savait pour quelle raison, sinon qu'elle n'avait pas envie de se retrouver seule avec lui. Pas après les idées qui lui avaient traversé l'esprit. Mais alors qu'elle cherchait une excuse plausible à son refus, Liz fit son apparition.

— Morgan ! Je croyais que tu étais en train de te reposer, lui reprocha gentiment cette dernière.

Soulagée par cette intervention, Morgan reposa son verre intact et se leva.

— Je me suis assez reposée comme ça, décréta-t-elle. En revanche, tu devrais y aller, toi. Tu as l'air épuisée !

— J'ai surtout besoin de prendre l'air.

— Justement, intervint Dorian en posant une main amicale sur l'épaule de la jeune femme, je venais juste de proposer une petite promenade à Morgan. Mais je crois que je vais vous laisser entre vous et que je vais aller rejoindre Alex. Nous avons des affaires à régler.

— Merci beaucoup. Je ne sais pas ce qu'Alex et moi aurions fait sans toi aujourd'hui.

Sensible au compliment, Dorian embrassa légèrement la joue de Liz.

— Allez-y, et efforcez-vous d'oublier cette sale histoire.

— Oui. Nous allons essayer. Si tu pouvais persuader Alex de faire de même…

Sentant l'inquiétude pointer dans la voix de son amie, Morgan passa un bras protecteur autour de ses épaules. Un sentiment de honte l'envahit tout à coup. Qu'était-elle allée s'imaginer au sujet de Dorian, lui qui n'avait fait que lui témoigner patience et affection depuis le début ?

— Dorian… Merci.

Celui-ci souleva un sourcil sceptique puis, sur une impulsion, embrassa également la jeune femme. Un parfum boisé émanait de lui.

Tandis qu'il gagnait le hall d'entrée, les deux femmes se dirigèrent vers le jardin.

— Veux-tu que je fasse préparer un thé ? demanda Liz.

— Pas pour moi, merci. Et cesse de me traiter comme si j'étais une invitée de passage.

— Seigneur ! C'est l'impression que je te donne ?

— Oui, depuis…

— Cette histoire ne me plaît pas du tout, l'interrompit Liz en grimaçant.

Puis, abandonnant sa distinction habituelle, elle se laissa tomber, plutôt qu'elle ne s'assit, sur un banc en marbre. Le décor idyllique dans lequel les deux amies se trouvaient ne parvenait pas à leur faire oublier l'affreuse matinée qu'elles venaient de vivre.

— Je regrette tellement que ce soit toi qui aies découvert le corps, Morgan ! Et n'essaie pas de minimiser le traumatisme que tu as subi, ordonna-t-elle en voyant son amie afficher un air qu'elle voulait dégagé. Nous nous connaissons trop bien et je sais exactement ce que tu peux ressentir !

— Je vais bien maintenant, Liz, assura la jeune femme en choisissant, elle, de s'installer confortablement sur la balancelle qui se trouvait à proximité. Même si, je dois l'avouer, je suis guérie des coquillages pour un bon moment !

Elle remonta ses genoux sur sa poitrine avant de poursuivre :

— Et je ne veux pas qu'Alex et toi vous sentiez responsables de ce qui m'est arrivé, Liz. Tout cela n'a été qu'un affreux concours de circonstances. Personne ne m'a forcée à aller dans cette crique. Et puis, de toute façon, il fallait bien que quelqu'un trouve ce pauvre homme.

— Eh bien, j'aurais préféré que ce ne soit pas toi.

— Cesse de culpabiliser, veux-tu ?

Liz poussa un profond soupir.

— Mon côté pratique me souffle que tu as raison, mais…

Elle s'interrompit pour hausser les épaules et sourire à Morgan.

— Mais la part grecque qui est désormais en moi me dit que tu étais sous ma responsabilité puisque tu séjournes dans ma maison.

Liz alluma une cigarette et, après s'être levée, se mit à arpenter un bout du jardin.

Une cigarette noire, nota Morgan avec un regain d'angoisse. Elle avait oublié que Liz avait pris l'habitude d'en piquer régulièrement dans le paquet de son mari.

Elle observa attentivement l'ovale parfait de son visage, puis ferma les yeux. Fallait-il qu'elle soit devenue folle pour avoir imaginé, même l'espace de quelques secondes, que Liz pouvait être mêlée à un meurtre, ainsi qu'à un trafic de drogue ! Elle la connaissait depuis de nombreuses années, avait vécu avec elle, et si quelqu'un pouvait prétendre la connaître ce ne pouvait être qu'elle, Morgan.

En revanche, jusqu'où une femme pouvait-elle aller pour couvrir l'homme qu'elle aimait ?

— Et je dois admettre, poursuivait Liz tout en continuant à faire les cent pas, et même si cela me contrarie d'abonder dans le sens de Iona, que ce capitaine Tripolos me rend très nerveuse. Il est trop…

Elle s'interrompit, cherchant le terme exact.

— Trop respectueux, voilà ! Parle-moi plutôt d'un bon interrogatoire musclé, à l'américaine !

— Je vois ce que tu veux dire, murmura Morgan.

Il fallait qu'elle cesse de se torturer l'esprit. Si seulement elle pouvait ne plus penser, les choses rentreraient très vite dans l'ordre.

— Je ne sais pas ce qu'il cherche, à nous asticoter comme ça, ajouta Liz en faisant tourner nerveusement son alliance autour de son doigt.

— Il l'a dit lui-même, simple routine, la rassura Morgan.

Elle ne pouvait détacher son regard des pierres

précieuses qui scintillaient au soleil, symboles de valeurs si fortes. Amour, honneur, fidélité.

— Rien qu'à le regarder, il me flanque la chair de poule, poursuivit Liz. D'ailleurs, aucun de nous ne connaissait cet Anthony Stravos.

— Il a dit que c'était un pêcheur.

— La belle affaire ! Tout le monde est pêcheur ici !

Morgan ne répondit pas, cherchant à revivre la scène du matin, alors qu'ils étaient tous réunis dans le salon. Quelles avaient été les réactions de chacun ? Aurait-elle remarqué quelque chose d'anormal, si elle n'avait pas été à moitié assommée par le choc et l'alcool ?

— Liz, commença-t-elle prudemment, tu n'as pas trouvé la réaction de Iona un peu excessive ? Etre à deux doigts de la crise de nerfs pour quelques banales questions…

— Iona adore les psychodrames ! rétorqua Liz en souriant à son amie. Tu as remarqué la façon dont elle minaudait avec Nick ? Je ne sais pas comment il fait pour la supporter !

— Ça n'a pas l'air de le déranger, murmura Morgan avant de se ressaisir.

Elle n'était pas prête à régler ce problème-là. Pas encore.

— Quant à elle, reprit Morgan, je la trouve bizarre. Ce matin, mais hier également, lorsque j'ai évoqué les trafics de drogue de l'île, elle a paru terrorisée.

— Ça m'étonnerait ! Je ne crois pas Iona capable de sentiments aussi intenses, objecta Liz. Si seulement Alex pouvait s'en débarrasser ! Malheureusement ce n'est pas pour demain, il a un sens de la famille si aigu !

— C'est curieux. Dorian pense la même chose que toi, commenta Morgan en s'acharnant distraitement sur une rose largement épanouie. Pourtant moi, je ne la crois pas aussi insensible.

— Que veux-tu dire ?

Morgan reporta toute son attention sur son amie.

— Que je l'imagine plutôt comme une paumée, prisonnière d'un tourbillon d'émotions ingérables. Des émotions brutes, presque destructrices.

— En tout cas, je ne peux pas la supporter !

Morgan, surprise par tant de véhémence, fixa attentivement son amie.

— Par sa faute, Alex est complètement retourné ! Je ne te dis pas l'argent et le temps que cette fille lui coûte ! Pour en retirer quoi ? De l'ingratitude, quand ce n'est pas de l'indifférence !

— Alex se sent responsable d'elle, plaida Morgan. Tu ne peux pas le protéger de…

— Je le protégerai de n'importe quoi ! la coupa violemment Liz. De n'importe quoi et de n'importe qui !

Elle lança au loin sa cigarette à demi consumée. Morgan, frissonnante, regarda la fumée s'élever.

— Bon sang, ajouta Liz d'un ton radouci, je crois que toute cette histoire me porte sur les nerfs.

— Nous sommes tous très nerveux, commenta Morgan en essayant de chasser le malaise qu'elle ressentait. La journée a été difficile pour tout le monde.

— Je suis désolée de m'être emportée, Morgan. Mais je ne supporte pas de voir Alex dans cet état ! Tu comprends, il m'aime tant qu'il croit m'épargner en me cachant certains de ses soucis. En bon macho qu'il est, il préfère garder ses problèmes pour lui.

Liz secoua la tête et laissa échapper un petit rire forcé.

— Je crois que la crise est passée, tu peux aller te rasseoir, Morgan.

— Liz, si quelque chose te perturbait… enfin… je veux dire si tu avais un problème grave, tu me le dirais, n'est-ce pas ?

— Ne t'inquiète pas pour moi, répondit Liz en poussant son amie à regagner la balancelle. C'est juste que je me sens impuissante à aider l'homme que j'aime, voilà tout ! Quelquefois, ça me rend folle de le voir m'écarter ainsi de sa vie !

— C'est parce qu'il t'aime, lui aussi, murmura Morgan en se tordant nerveusement les doigts.

— Tu as raison.

— Liz…, commença timidement Morgan, est-ce qu'Alex et toi allez souvent vous promener du côté de la crique ?

— Mmm ? demanda Liz, manifestement distraite. La crique ? Oh, non ! En fait nous préférons marcher sur la falaise. Enfin, quand Alex daigne quitter sa tanière. Je n'arrive même pas à me rappeler la dernière fois où je suis allée dans cette crique, d'ailleurs.

Elle poussa un profond soupir.

— Si seulement je t'avais accompagnée ce matin ! déplora-t-elle.

Morgan eut soudain honte des pensées qui lui avaient traversé l'esprit.

— Eh bien, moi, je suis contente que tu ne l'aies

pas fait. Imagine ce pauvre Alex avec deux femmes hystériques sur les bras !

— Tu n'étais pas hystérique, corrigea Liz. Je dirais que tu étais même anormalement calme lorsque Andrew t'a ramenée à la maison.

— Le pauvre ! Je ne l'ai même pas remercié, dit Morgan en se forçant à oublier doutes et suspicions.

Elle n'avait pas le droit de soupçonner ses amis de choses aussi horribles !

— Au fait, que penses-tu de lui ? demanda-t-elle soudain.

— C'est un garçon charmant, répondit spontanément Liz. Qui, aujourd'hui, a gagné ses galons de héros, je me trompe ?

Un sourire bienveillant éclairait son visage redevenu angélique.

— C'est incroyable de voir à quel point trois années de mariage peuvent rendre quelqu'un suffisant ! se moqua gentiment Morgan.

— Il pourrait être un compagnon très agréable, remarqua Liz, indifférente à la remarque de son amie. Enfin, pour quelques jours, parce que malheureusement il est issu de la branche pauvre des Gregoras. Et je préférerais largement te voir faire un grand mariage. En revanche, insista-t-elle, pour te changer les idées…

Comme tombé du ciel, Andrew fit son apparition.

— Bonjour. J'espère que je ne vous dérange pas.

— Absolument pas, lui affirma Liz avec un sourire resplendissant. Les artistes sont toujours les bienvenus dans ma maison.

Il lui sourit en retour, d'un sourire encore teinté

d'enfance qui lui valut de grimper aussitôt en flèche dans l'estime de Liz.

— En fait je venais m'assurer que Morgan allait mieux. Je m'inquiétais pour elle.

Sans laisser à cette dernière le temps de répondre, et comme pour vérifier par lui-même, il se pencha vers elle et, après lui avoir pris le menton entre les doigts, scruta attentivement son visage.

— J'espère que cela ne t'ennuie pas, dit-il.

Il avait posé sur elle ses yeux d'un bleu profond, aussi calmes que les eaux d'un lac.

— Pas du tout, s'empressa de répondre Morgan. Je me sens beaucoup mieux. Je venais justement de dire à Liz que je ne t'avais pas remercié pour ce que tu avais fait pour moi.

— Tu es encore si pâle, Morgan.

— L'hiver rude de New York, sans doute, répondit-elle en souriant, touchée de tant de sollicitude.

— Déterminée à faire preuve de courage, n'est-ce pas ?

— Disons plutôt, à me montrer moins émotive que ce matin.

Andrew lui caressa la main.

— J'aimerais vous l'enlever, l'espace d'une soirée, dit-il à l'intention de Liz. Pouvez-vous m'aider à la convaincre qu'elle a besoin de se changer les idées ?

— Vous avez mon entière approbation.

Il s'inclina alors légèrement devant Morgan.

— Viens dîner avec moi au village. Je connais un petit restaurant typique, où l'ouzo coule à flots et où les gens sont de bonne compagnie. Qu'en dis-tu ?

— Que c'est une merveilleuse idée ! répondit Liz à la place de son amie. Accepte, Morgan, c'est exactement ce dont tu as besoin !

Amusée, Morgan fut tentée de laisser Liz et Andrew languir un peu. Mais l'idée de fuir l'atmosphère étouffante de cette journée la séduisait vraiment. Elle sourit à Andrew.

— A quelle heure dois-je être prête à partir ?

— 18 heures ? proposa Andrew, qui avait du mal à cacher sa joie. Nous pourrions d'abord faire le tour du village ; Nick m'a prêté sa voiture, cela nous évitera le déplacement à dos d'âne, conclut-il gaiement.

Au nom de Nick, Morgan s'était rembrunie, mais elle décida qu'Andrew ne méritait pas qu'elle lui impose sa mauvaise humeur.

— 18 heures, c'est parfait !

Le soleil était au zénith lorsque Nick mit pleins gaz en direction de la haute mer. Il avait besoin de se griser de vitesse et de vent.

Morgan. Le visage de la jeune femme le hantait sans répit. Une nouvelle vague de colère et de frustration l'envahit. Si seulement elle était restée couchée, au lieu de déambuler en pleine nuit, rien de tout cela ne serait arrivé ! Il la revit, les yeux écarquillés d'horreur, le suppliant de ne pas l'abandonner. Il ressentait encore sur sa peau le contact de ses mains crispées cherchant de l'aide.

Nick laissa échapper un juron et poussa le moteur à fond.

Ses pensées dérivèrent alors vers le mort. Anthony

Stravos. Nick le connaissait, c'était un pêcheur de l'île, un type stupide et cupide, prêt à tuer pour de l'argent. Sauf qu'aujourd'hui c'était lui qui était mort. Le numéro de téléphone qu'il avait trouvé, bien enfoui au fond d'une de ses poches, ne lui était pas non plus étranger.

Combien de temps faudrait-il à Tripolos pour écarter la thèse de la querelle de village et découvrir la vérité ? Pas assez, en tout cas. Nick allait devoir précipiter les choses.

— Nicky, pourquoi as-tu l'air d'aussi mauvaise humeur ? cria Iona pour couvrir le bruit du moteur.

Aussitôt, dans un réflexe qui lui était machinal, Nick se composa une attitude.

— Je pense à tous ces papiers qui s'amoncellent sur mon bureau.

Il coupa les gaz et laissa le hors-bord dériver au gré des vagues.

— Je n'aurais pas dû t'écouter.

Iona se leva pour aller s'asseoir auprès de lui. Il la regarda s'approcher, ondulant outrageusement des hanches, bombant un peu plus sa poitrine généreuse. Le Bikini qu'elle portait dévoilait presque entièrement sa peau luisante d'huile solaire. Pourtant elle le laissait de marbre.

— Oublie un peu tes affaires, lui susurra-t-elle en s'installant sur ses genoux et en se pressant contre lui.

Nick l'embrassa machinalement, sachant que, après la bouteille de champagne qu'elle avait bue, elle ne ferait pas la différence. Lui, en revanche, n'aimait pas le goût un peu acidulé de sa bouche. Le visage de Morgan s'imposa soudain à lui et dans un mouvement rageur, retenant le juron qui lui brûlait les lèvres, il écrasa la bouche de Iona.

— Mmm, minauda cette dernière en se méprenant sur le caractère du baiser qu'elle venait de recevoir. J'ai l'impression que tu as déjà oublié tes papiers, non ? Dis-moi que tu me veux, Nicky. Que tu as envie de moi.

En guise de réponse, Nick lui caressa sauvagement le dos.

— Quel homme au monde n'aurait pas envie d'une femme comme toi, Iona ? mentit-il tandis que la bouche avide de la jeune femme cherchait passionnément la sienne.

— Prends-moi, Nicky, lui murmura-t-elle en s'agrippant fébrilement à lui. Elle rejeta la tête en arrière, ses yeux mi-clos voilés par l'alcool. Fais-moi l'amour là, au soleil, en plein air.

Nick songea avec répulsion qu'il allait devoir s'exécuter. Il n'avait pas le choix s'il voulait obtenir d'elle ce qu'il cherchait. Il allait quand même essayer de la cuisiner avant que son esprit déjà embrumé ne sombre dans le néant.

— Dis-moi, *mata-miou,* lui chuchota-t-il, qu'est-ce que tu sais du trafic de drogue qui existe entre Lesbos et la Turquie ?

Nick la sentit se raidir entre ses bras. Il promena alors ses lèvres sensuelles sur son cou, au creux de son épaule, à la naissance de ses seins, jusqu'à la sentir haletante.

— Rien, dit-elle soudain en s'acharnant sur les boutons de sa chemise. Je ne sais rien de tout ça.

— Allez, Iona, insista Nick d'une voix enjôleuse.

Elle aimait trop le sexe. Par ce biais, il parviendrait bien à ses fins.

— Je suis sûr que tu sais quelque chose, affirma-t-il en lui mordillant le lobe de l'oreille. Je suis un homme d'affaires, et ce genre de profit m'intéresse. Tu ne voudrais pas me faire rater une bonne affaire, n'est-ce pas, Iona ?

— Des millions, révéla la jeune femme d'une voix pâteuse. Il y a des millions à se faire.

— Qu'est-ce que tu sais, Iona ? répéta Nick. Toi. Tous ces millions. Si tu savais comme tout cela m'excite !

— Je sais que l'homme que cette idiote a trouvé ce matin est mort parce qu'il en voulait trop.

Les muscles de Nick se tendirent.

— C'est difficile de résister à l'appât du gain, non ?

Iona s'allongea sur la banquette, entraînant Nick à s'allonger sur elle.

— Tu sais qui l'a tué, Iona ?

Mais Iona ne l'entendait plus, ayant sombré dans les vapeurs de l'alcool. Nick jura, redoubla de caresses érotiques jusqu'à ce qu'elle émerge de nouveau.

— Je n'aime pas les meurtres, Nicky, marmonna-t-elle. Et je n'aime pas ce Tripolos.

Elle tendit ses mains tremblantes vers lui, mais elle ne rencontra que le vide.

— Je ne veux plus qu'on se serve de moi, articula-t-elle avec difficulté. Je veux rester avec toi. Tu es riche, toi. Et moi, j'aime l'argent. Je veux beaucoup d'argent.

— Comme tout le monde, non ? dit sèchement Nick.

— Plus tard. On parlera plus tard. Et je te dirai tout.

Pris à son propre piège, Nick fit appel à toute sa

volonté pour éprouver un semblant de désir. C'était une belle femme, il avait envie d'elle. Il fallait qu'il ait envie d'elle. Car il avait besoin d'elle. Pourtant, lorsqu'il la sentit de nouveau glisser dans l'inconscience, il ne fit rien pour la ramener sur terre.

Plus tard, bien plus tard, tandis que Iona avait sombré dans un profond sommeil, Nick, appuyé au bastingage, sentit un sentiment mêlé de colère et de répulsion s'abattre sur lui. Il savait que s'il y avait échappé cette fois, il aurait à utiliser Iona un jour ou l'autre. Tout comme elle se servirait de lui. Il en allait de sa sécurité et de la réussite de la mission qu'on lui avait confiée.

Et si pour cela il devait devenir l'amant de Iona, eh bien, il n'hésiterait pas. De toute façon, cela n'avait aucune importance, se disait-il en tirant nerveusement sur sa cigarette. Cela faisait partie des affaires, voilà tout.

Il avait envie de prendre une douche. De se laver de cette crasse qui le rongeait. De ces années de crasse et de mensonges. Pourquoi tout à coup avait-il envie de s'en libérer ?

Le visage de Morgan, une fois de plus, s'imposa à lui, comme une réponse à sa question.

Il donna un coup de poing rageur sur le bastingage et alla remettre le moteur en marche.

Chapitre 7

Après qu'ils eurent fait le tour du village et qu'ils se furent arrêtés dans un bar local pour boire un verre, Morgan commença à se sentir mieux. L'endroit était propice au délassement, avec ses maisons blanches blotties les unes contre les autres. Certaines étaient ornées d'arches, d'autres de piliers et d'autres encore, de balcons de bois qui leur donnaient, malgré le blanc immaculé de leurs façades, un air d'éternité.

La jeune femme et son compagnon s'installèrent dans un *kafeneion* situé en bordure de plage d'où ils regardèrent à loisir les bateaux rentrer au port et les pêcheurs mettre leurs filets à sécher.

Ancienne et nouvelle génération se confondaient gaiement ; douze personnes par filet, vingt-quatre mains, certaines noueuses et ridées qui en frôlaient d'autres, jeunes et lisses. Mais toutes dures au labeur. Des cris de joie et des rires sonores fusaient régulièrement des petits groupes.

— La pêche a dû être bonne, commenta Andrew, amusé de voir Morgan fascinée par le spectacle auquel elle assistait.

— Quand j'y pense, dit-elle. Ils ont largement dépassé ce que les pays occidentalisés considèrent comme l'âge de la retraite et pourtant ils travaillent encore. Probablement même travailleront-ils jusqu'à l'heure de leur mort. Passer toute une vie sur l'eau, ce doit être exaltant.

Une vie de pirates… Cette image cesserait-elle un jour de la hanter ?

— Je ne sais pas si ces hommes voient la chose sous cet angle. Ils font tout simplement leur devoir, sans se poser de questions. En général, les gens d'ici pêchent ou sont employés dans les oliveraies de Nick. Et cela, de génération en génération.

Jouant avec son verre, il se mit, à son tour, à observer le petit groupe.

— Mais effectivement, ils respirent la joie de vivre. Ils savent ce qu'on attend d'eux et le font dans la joie et la simplicité. Une simplicité que je leur envie parfois.

— Il y a pourtant le problème du trafic de drogue, objecta Morgan.

Andrew haussa les épaules.

— Cela part du même principe. Ils font ce qu'on leur demande, sans trop se poser de questions, heureux de gagner quelques drachmes de plus avec, en prime, la sensation de vivre une aventure extraordinaire.

Morgan jeta un regard réprobateur à son compagnon.

— Je ne m'attendais pas à une telle réaction de ta part.

— Quelle réaction ? interrogea ce dernier, les sourcils froncés.

— Cette… cette espèce d'indifférence face à un problème aussi grave.

— Mais voyons, Morgan, ce n'est que…

— Non ! l'interrompit brutalement la jeune femme.

Il existe des moyens pour combattre ce fléau, mais tout le monde a l'air de s'en ficher royalement !

Puis, innocemment, elle but une longue gorgée de l'ouzo qu'un serveur venait de leur apporter.

— Comment stopper quelque chose qui existe, sous une forme ou une autre, depuis des siècles ?

— C'est affreux ! insista Morgan. Je pense que des hommes d'influence comme le sont Alex ou... Nicholas, et qui, en outre, sont des résidents de l'île, pourraient faire pression auprès des autorités.

— Je ne connais pas suffisamment Alex pour parler en son nom, commenta Andrew en remplissant le verre déjà vide de Morgan, mais en ce qui concerne Nick, je ne le vois pas s'intéresser à autre chose qu'à lui-même ou à ses affaires.

— Vraiment ? dit Morgan, qui paraissait sincèrement étonnée.

— Ne crois pas que ce soit une critique, s'empressa de préciser Andrew.

Il nota le regard un peu trouble de la jeune femme.

— Nick s'est toujours montré si chic envers moi. Il n'a pas hésité une seconde à me prêter ce cottage et même de l'argent que je ne pourrai peut-être jamais lui rendre. Bien sûr, cela heurte un peu mon amour-propre de devoir tendre la main, mais que veux-tu, je n'ai pas choisi la voie la plus facile. Ni la plus lucrative.

— Tu n'es pas le seul. J'ai lu quelque part que T.S. Eliot était employé de banque.

Andrew répondit au sourire compréhensif de Morgan par une petite moue ironique.

— Nick m'a bien proposé de m'employer dans sa

succursale californienne, mais j'ai senti qu'il n'avait pas foi en mes compétences. Plutôt dur pour mon ego !

Il s'interrompit quelques instants pour laisser son regard dériver vers la mer.

— Mon heure de gloire viendra peut-être un jour, dit-il pensivement.

— J'en suis certaine, Andrew. Certains d'entre nous sont faits pour poursuivre leurs rêves.

— Comme les artistes, pour souffrir un peu et vivre d'amour et d'eau fraîche, loin des contingences matérielles de ce bas monde ? acheva-t-il avec humour.

Morgan décela sous les propos du jeune homme une pointe de cynisme à laquelle elle répondit par un sourire qu'elle voulait chaleureux et encourageant.

— Si nous commandions ? proposa-t-elle. Je meurs de faim !

Ils n'avaient pas terminé leur repas que, déjà, la nuit se préparait à tomber. A l'ouest, une palette de mauves embrasait l'horizon tandis qu'à l'est le ciel drapé d'un voile évanescent semblait prêt à accueillir les premières étoiles. Morgan se sentait parfaitement détendue, le visage légèrement rosi par l'effet conjugué de plats épicés et du traître ouzo. Attentive au son d'une mandoline qui provenait de la rue, elle observait, le regard trouble, les gens entrer et sortir du café, certains bras dessus, bras dessous, et chantant à tue-tête des airs traditionnels.

Le propriétaire de la taverne était un homme rond dont le visage jovial était orné d'une énorme moustache brune. Morgan attribua ses yeux larmoyants à une consommation excessive d'épices ainsi qu'à la fumée dont l'atmosphère de son restaurant était saturée. Impressionné par l'aisance avec laquelle Morgan maniait sa propre langue, il prétextait n'importe quelle bonne raison pour venir bavarder avec elle.

Enchantée de se trouver en si bonne compagnie, Morgan jouissait de sa soirée sans aucune réticence. Ce qu'elle vivait là n'avait rien à voir avec la chaleur et l'affection qu'on lui manifestait chez les Theoharis. Elle trouvait ici une ambiance décontractée qui manquait au foyer raffiné et élégant de ses hôtes. Ici, elle se gargarisait sans complexe des pichets de vin résiné qui coulait à flots et des rires qui fusaient d'un peu partout. Tout l'amour qu'elle portait à Liz et à Alex ne lui faisait pas oublier qu'elle n'adhérait pas à un mode de vie qu'elle jugeait superficiel. Une vie dans laquelle elle aurait perdu son identité.

Pour la première fois de la journée, Morgan sentit sa violente migraine s'estomper.

— Oh, regarde, Andrew ! Ils vont danser !

Fascinée, le menton posé entre ses mains en coupe, elle regardait des hommes se mettre en ligne en se tenant par le bras.

— Tu veux te joindre à eux ? proposa Andrew en mangeant la dernière des saucisses épicées qu'on leur avait servies.

Morgan secoua la tête en riant.

— Non, je gâcherais tout. Mais vas-y, toi, si tu veux.

— Sais-tu que tu as un rire merveilleux ? commenta Andrew en remplissant de nouveau le verre de sa compagne. Si sensuel !

— Et toi, on peut dire que tu sais parler aux femmes,

répliqua Morgan en lui adressant un sourire amusé. Tu es si facile, Andrew ! Nous pourrions devenir bons amis tous les deux.

En réponse, et sans qu'elle s'y attende, le jeune homme se pencha vers elle et captura sa bouche. Bien que surprise, Morgan se laissa faire, appréciant le goût fruité et légèrement épicé de ses lèvres.

— Cela n'est qu'un début, annonça-t-il en s'enfonçant nonchalamment dans son siège. (Il souriait de l'air interrogateur qu'affichait la jeune femme.) Je ne sais pas si ce que je lis sur ton visage est flatteur pour mon ego, railla-t-il.

Il sortit de la poche de sa veste un paquet de cigarettes que Morgan, troublée, considéra un moment en silence.

— J'ignorais que tu fumais, parvint-elle à dire avec désinvolture en le regardant porter à sa bouche le bout d'une longue cigarette noire.

— Cela m'arrive quelquefois.

La petite flamme de l'allumette vacilla, projetant sur son visage des ombres inquiétantes et mystérieuses. Le doute, de nouveau, s'insinua dans l'esprit de Morgan.

— Surtout depuis que Nick a eu pitié de moi et m'a laissé un paquet de ses cigarettes au cottage. J'avoue que je les aime beaucoup. Mais lorsque je n'en ai pas, je sais m'en passer.

L'expression dubitative de Morgan attira soudain son attention.

— Quelque chose ne va pas, Morgan ?

— Non, non, tout va bien.

Elle porta un toast dans sa direction, espérant s'être montrée convaincante.

— J'étais en train de penser à la crique où j'ai trouvé le cadavre. Toi qui connais parfaitement cette partie de l'île, tu dois y être déjà allé ?

— C'est un endroit ravissant, répondit spontanément Nick, croisant ses doigts avec ceux de la jeune femme. En tout cas, ça l'était la dernière fois que je m'y suis rendu, la semaine dernière. Mais j'avoue que je ne suis pas près d'y retourner de sitôt.

« Une semaine », songea Morgan.

Elle leva les yeux et plongea son regard dans celui, clair et bienveillant, de son compagnon. Elle était complètement folle ! Alex, Dorian, Andrew. Aucun d'eux n'était capable de ce dont son esprit perturbé les soupçonnait. Pourquoi ce crime ne serait-il pas l'œuvre de quelque villageois, amateur lui aussi de ces cigarettes noires ? Cette hypothèse au moins tenait la route. Beaucoup plus que ses divagations hystériques.

— Tu as raison, finit-elle par dire en répondant à la pression des mains d'Andrew sur les siennes. Parle-moi un peu de tes poèmes.

— Mademoiselle James, monsieur Stevenson, bonsoir.

Morgan tourna la tête vers le nouveau venu. Son visage s'assombrit à la vue du capitaine Tripolos.

— Bonsoir, capitaine, répondit-elle froidement.

Mais le manque d'enthousiasme de la jeune femme ne parut pas affecter le commissaire de police qui poursuivit, imperturbable :

— Je vois que vous avez l'air de bien vous amuser. Vous venez souvent ici ?

— Pour Morgan, c'est une première, lui répondit Andrew. J'ai réussi à la convaincre de sortir. Après le choc qu'elle a subi ce matin, un peu de distraction s'imposait.

Tripolos acquiesça, une pointe de compassion dans la voix.

— Vous avez bien fait. Cette jeune personne a été trop éprouvée, des horreurs pareilles ne sont pas de son âge. Eh bien, je vous laisse car moi, en revanche, j'ai du pain sur la planche.

Il jeta un coup d'œil sur la bouteille de vin, largement entamée.

— Bonne fin de soirée, dit-il d'un air entendu, le visage fendu d'un large sourire.

— Zut, zut et zut ! maugréa Morgan sitôt qu'il eut tourné les talons. Pourquoi est-ce que ce type me met aussi mal à l'aise ?

— Je comprends ce que tu ressens, approuva Andrew en regardant la foule s'écarter pour laisser passer l'officier de police. Il arriverait presque à nous faire avouer quelque chose dont nous ne sommes pas responsables.

— Heureusement que je ne suis coupable de rien ! renchérit Morgan en notant avec contrariété que ses mains tremblaient. Andrew, ajouta-t-elle en s'exhortant au calme, à moins que tu n'y voies une objection, je tiens à te dire que je suis sur le point d'être parfaitement ivre.

Bien après qu'Andrew l'eût rassurée sur des réticences qu'elle n'avait pas à avoir, Morgan flottait sur un nuage de béatitude. Les teintes crépusculaires avaient cédé la place à un ciel d'encre où brillaient des myriades d'étoiles. La clientèle, devenue plus nombreuse et plus bruyante au fil des heures, ajoutait à l'impression d'irréalité. Au grand plaisir de Morgan, qui ne souhaitait rien tant que fuir les événements sordides de la matinée.

Elle accueillit le serveur, venu leur apporter une nouvelle bouteille de résiné, avec un sourire embrumé de vapeurs d'alcool.

— Quel monde, ce soir !

— C'est toujours comme ça le samedi, expliqua ce dernier de bonne grâce.

— Nous avons choisi le bon jour, alors, dit-elle en repérant un petit groupe qui paraissait en pleine effervescence. Vos clients ont l'air contents.

Le serveur s'essuya les mains à son tablier avant de répondre.

— Oui, ça va. Même si je crains toujours un peu la venue du capitaine Tripolos. Les affaires pourraient en pâtir, vous comprenez ?

— Absolument, commenta Morgan. J'imagine que la présence de la police ici pourrait gâcher l'ambiance. Mais Tripolos enquête sur la mort de ce pêcheur qu'on a retrouvé dans la crique.

Le serveur hocha légèrement la tête en signe d'assentiment.

— Stravos. C'était un habitué. Un type solitaire qui avait peu d'amis et ne venait pas ici pour s'amuser. J'imagine qu'il occupait ses loisirs à d'autres activités.

Il interrompit brutalement ses confidences et plissa suspicieusement ses petits yeux sombres.

— Mes clients n'aiment pas qu'on leur pose des questions.

Puis il se mit à marmonner quelque chose d'incompréhensible que Morgan supposa être à l'adresse de Stravos ou de Tripolos.

— C'était un pêcheur, dit-elle néanmoins, pourtant ses compagnons ne semblaient pas l'apprécier.

Le serveur haussa négligemment les épaules, mais Morgan lut dans son regard tout le mépris qu'il portait au défunt et qui disait clairement qu'il existait deux catégories de pêcheurs : ceux qui inspiraient le respect, et les autres.

— Bonne soirée, *kyrios*, conclut-il, mettant ainsi un terme définitif à la conversation. C'est un honneur de vous servir.

— Sais-tu que tu m'impressionnes ? dit Andrew dès que le serveur les eut quittés pour une autre table. C'est très intimidant de t'entendre parler grec couramment, alors que je n'ai pas capté un traître mot de votre conversation. De quoi parliez-vous ?

Peu désireuse d'aborder une nouvelle fois le sujet du meurtre, Morgan adressa un sourire charmeur à Andrew.

— Les Grecs ont le sang chaud, éluda-t-elle. J'ai été obligée de rappeler à notre ami que j'étais accompagnée.

Elle croisa les mains derrière la nuque et se mit à contempler la voûte céleste.

— Je suis heureuse d'être venue, ajouta-t-elle, je me sens si bien ! Cette soirée est charmante ! J'en arrive presque à oublier le meurtre, les trafics de drogue. Quand pourrais-je lire quelques-uns de tes poèmes Andrew ?

— Lorsque tu auras l'esprit parfaitement clair, se moqua gentiment ce dernier en lui servant un verre de vin. Je tiens beaucoup à avoir ton opinion.

Morgan le fixa intensément par-dessus son verre.

— Tu es si gentil, Andrew ! Pas du tout comme Nicholas, ajouta-t-elle comme pour elle-même.

— Qu'est-ce qui te fait penser à lui ? demanda le jeune homme en fronçant les sourcils.

— Vraiment différent, poursuivit Morgan. Aux Américains, annonça-t-elle soudain en choquant son verre contre celui d'Andrew. Aux Américains pure souche !

Andrew but une gorgée puis secoua la tête.

— J'ai comme l'impression que nous n'arrosons pas la même chose. Je me trompe ?

Morgan repoussa de toutes ses forces l'image de Nick qui s'imposait à son esprit.

— Quelle importance ? Ne gâchons pas cette merveilleuse soirée.

— Tu as raison, approuva Andrew en lui caressant doucement la main. T'ai-je dit à quel point je te trouvais jolie ?

— Allons, Andrew ! Serais-tu en train d'essayer de me flatter ?

Elle se pencha vers lui pour lui souffler d'une voix aguicheuse :

— Continue. J'adore ça.

Surpris par l'audace de la jeune femme, Andrew rétorqua avec une pointe d'humour :

— Dommage ! Tu as gâché mon effet.

Morgan posa son menton entre ses mains en coupe et posa sur son compagnon un regard grave.

— Vraiment ?

Andrew éclata de rire devant l'air sérieux de la jeune femme.

— Je crois que nous devrions aller faire quelques pas, lui chuchota-t-il à l'oreille, ce qui me donnera l'occasion de t'embrasser dans quelque coin sombre.

Il se leva et aida Morgan à en faire autant. Cette dernière prit poliment congé du patron avant de se laisser docilement guider à travers la foule compacte.

A quelques pas à peine du restaurant, les rues étaient plongées dans une profonde quiétude. Les petites maisons blanches semblaient protéger le sommeil de leurs occupants. Seuls les aboiements d'un chien et l'écho de leurs pas sur les pavés rompaient le silence de la nuit.

— Tout est si calme ! s'extasia Morgan. C'est étrange, mais je me sens en parfaite communion avec cette île. Comme si j'appartenais à ces lieux depuis toujours. Même le terrible événement que nous venons de vivre n'a pas réussi à m'ôter cette impression.

Elle prit le bras du jeune homme et éclata de rire.

— Je n'arrive pas à croire que je vais devoir quitter cet endroit idyllique. Comment pourrais-je affronter de nouveau New York, ses embouteillages monstrueux et ses intempéries, après avoir connu ça ? Je ne vais jamais pouvoir me réhabituer à cette frénésie ! Finalement, je devrais peut-être capituler et suivre les conseils de Liz. Mais je préférerais épouser un berger. Ou vivre de la pêche, comme les gens d'ici.

Andrew serra la jeune femme un peu plus contre lui. Son parfum lui fit battre le cœur. Elle leva vers lui son visage angélique.

— Je ne pense pas que ce soit une bonne idée d'épouser un berger, commenta-t-il. En revanche, la pêche… Nous pourrions nous installer dans le cottage de Nick.

Morgan lui tendit ses lèvres. Celles d'Andrew vinrent s'y poser doucement, sans exigence ni possessivité. Simplement chaudes et rassurantes. Morgan, elle, ne donnait que ce qu'elle pouvait.

Aucune passion ne filtrait dans ce baiser, mais elle voulait se convaincre que c'était parce qu'elle le souhaitait. La passion, selon elle, ne pouvait que brouiller la raison, beaucoup plus que ne pouvaient le faire des litres d'ouzo ou de résiné. Elle ne vous apportait que souffrance et désillusions. Comme il était bon et reposant de céder à un homme comme Andrew, gentil et si peu compliqué ! Qui ne lui tournerait pas le dos lorsqu'elle aurait besoin de lui. Lui ne lui ferait pas passer des nuits sans sommeil à se torturer l'esprit, à douter du bien ou du mal. Il était le chevalier dont rêvait toute femme.

— Morgan, murmura-t-il en caressant de sa joue les cheveux de la jeune femme, tu es adorable. Aurais-je un rival que je devrais combattre en duel ?

Morgan tenta désespérément de penser à Jack. En vain. Ce fut de nouveau le visage de Nick qui s'imposa à elle. Nick, lorsqu'il l'attirait à lui pour l'un de ses baisers passionnés qui la laissaient pantelante.

— Non, répondit-elle avec force. Il n'y a personne. Absolument personne.

Andrew s'écarta légèrement d'elle et lui releva le menton, tentant de lire la vérité dans ses yeux clairs.

— Et je crois, moi, que la compétition va s'avérer difficile. Non, dit-il en posant un doigt sur les lèvres de Morgan, l'empêchant ainsi de protester, je n'ai pas envie de voir mes doutes se confirmer ce soir. Ce soir, je choisis d'être égoïste.

Il l'embrassa de nouveau, s'attardant à mordiller sensuellement ses lèvres pleines.

— Bon sang, Morgan, je pourrais vite y prendre goût ! Je crois qu'il vaut mieux que je te raccompagne avant d'oublier que je suis un gentleman, et toi, une jeune femme respectable, mais parfaitement ivre.

La silhouette blanche de la villa se détachait dans la nuit étoilée. On avait laissé une lumière allumée en prévision du retour de Morgan.

— Tout le monde dort, précisa inutilement Morgan en s'extirpant péniblement de la voiture. Il ne faut pas que je fasse de bruit. (Elle mit une main devant sa bouche, tentant de réprimer les petits gloussements qui lui échappaient.) Je vais me sentir complètement stupide demain, si je me souviens de tout ça.

— A mon avis, glissa Andrew en lui prenant le bras, tu n'as rien à craindre. Tu devrais avoir tout oublié.

Morgan gravit les marches du perron en prêtant une attention exagérée à chacun de ses pas.

— Je crois qu'Alex n'apprécierait pas de me voir m'affaler par terre. Lui et Dorian sont si… dignes !

— Et moi, rétorqua Andrew, j'ai plutôt intérêt à rendre à Nick sa voiture intacte. Il n'apprécierait pas non plus de la retrouver au bas d'une falaise.

Morgan interrompit sa pénible ascension pour fixer attentivement Andrew.

— Tu sais quoi, Andrew ? Je crois que tu es aussi soûl que moi !

— Pas tout à fait. Même si, effectivement, je n'en suis pas loin. (Il laissa échapper un soupir.) La preuve, c'est que j'ai réussi à maîtriser mes bas instincts.

— Tu t'es comporté en parfait gentleman, jugea Morgan en pouffant de nouveau. Oh, Andrew ! (Elle s'appuya si pesamment contre le jeune homme qu'il faillit en perdre l'équilibre.) J'ai passé une bonne soirée. Non, une merveilleuse soirée. Je n'avais pas réalisé à quel point j'en avais besoin ! Merci, Andrew.

Celui-ci la poussa doucement à l'intérieur.

— Il est temps de rentrer maintenant. Fais attention dans l'escalier, lui chuchota-t-il. Dois-je attendre que tu sois arrivée saine et sauve à l'étage ?

— Ce ne sera pas nécessaire. Vas-y et prends garde de ne pas faire le plongeon du siècle avec la belle Fiat de ton cousin.

Elle se haussa sur la pointe des pieds et réussit à effleurer de ses lèvres le menton d'Andrew.

— Et si j'allais faire du café, qu'est-ce que tu en penses ?

— Que tu n'es même pas capable de retrouver la cuisine. Ne t'inquiète pas, si je sens que je ne peux pas conduire, je laisserai la voiture et rentrerai à pied. A présent, va te coucher, tu tiens à peine debout.

— Tu as raison, approuva Morgan avant de refermer la porte derrière elle.

Elle monta les marches avec la plus grande précaution. Elle n'avait pas la moindre envie de se retrouver nez à nez avec l'un des occupants de la maison. L'heure n'était pas aux leçons de morale. Elle s'arrêta néanmoins pour réprimer un nouvel accès de fou rire. C'était si bon de ne penser à rien ! Dommage que cela ne puisse pas durer ! Allons, ressaisis-toi, Morgan, redresse les épaules et monte ces fichues marches avant qu'on ne te découvre dans cet état-là !

Enfin parvenue sur le palier de l'étage, elle mit quelques secondes à se rappeler où se trouvait sa chambre. A gauche, bien sûr, se dit-elle en secouant la tête. Mais nom de nom ! Où se trouvait donc la gauche ? Elle passa quelques secondes supplémentaires pour répondre à sa question et retrouva enfin sa porte. Elle s'agrippa à la poignée, jurant à voix basse contre ces portes qui ne s'ouvraient pas.

— Ah, enfin ! se félicita-t-elle en trébuchant presque sur le tapis.

Satisfaite d'être parvenue sans encombre à bon port, elle souhaita ardemment trouver son lit. Comme par magie, une lampe s'alluma à ce moment précis. Un vague sourire vint flotter sur ses lèvres lorsqu'elle vit Nick.

— Salut, dit-elle sans paraître s'étonner de sa présence. Décidément, il semblerait que ce soit devenu une habitude !

Les yeux débordant d'une colère mal contenue, Nick regarda la jeune femme retirer ses chaussures en vacillant dangereusement.

— Où diable es-tu allée traîner ? fulmina-t-il. Il est près de 3 heures !

— Oh, quelle horreur ! J'ai oublié de te téléphoner pour te dire que je serais en retard ! railla ouvertement Morgan.

Nick s'approcha d'elle et, d'un geste brusque, la prit par le bras.

— N'essaie pas de me pousser à bout, je ne suis pas d'humeur à le supporter ! Je t'ai attendue toute la nuit, Morgan, et je…

Il s'interrompit pour l'observer plus attentivement. La colère céda peu à peu le pas à l'amusement.

— Ma parole, mais tu es complètement ivre !

— Complètement ! acquiesça Morgan en inspirant profondément pour ne pas céder une nouvelle fois à l'hilarité qui la gagnait. On ne peut rien te cacher !

Nicholas reprit son sérieux lorsque la main de Morgan s'aventura sur sa chemise.

— Comment suis-je censé avoir une conversation rationnelle avec une femme qui a tellement bu qu'elle doit tout voir en double ?

— En triple, rectifia fièrement la jeune femme. C'est Andrew qui voit double, moi, je l'ai largement dépassé.

Sa seconde main, venue rejoindre la première, se mit à jouer négligemment avec l'un des boutons.

— Sais-tu que tu as des yeux superbes ? Je n'ai jamais vu un regard d'une telle profondeur. Ceux d'Andrew sont bleus. Il n'embrasse pas du tout comme toi. Nicholas, qu'est-ce que tu attends pour m'embrasser ?

Morgan sentit Nicholas resserrer plus fermement son étreinte puis la relâcher doucement. Il s'écarta d'elle et se mit à arpenter nerveusement la pièce.

— Ainsi, tu étais avec ce gamin d'Andrew ? dit-il en feignant l'indifférence.

— Ce *gamin* et moi t'aurions volontiers invité à te joindre à nous, mais cela ne nous a pas effleuré l'esprit. D'ailleurs, c'est aussi bien, tu nous aurais vite barbés avec tes bonnes manières et tes tentatives de séduction à la noix.

Ces derniers mots se perdirent dans un bâillement qui en disait long sur son degré de fatigue.

— Avons-nous terminé cette charmante conversation ? Je commence à avoir la bouche pâteuse.

— Mes bonnes manières et mes tentatives de séduction à la noix, comme tu dis, ont pourtant atteint leur but, décocha-t-il perfidement en reposant la bouteille de parfum qu'il tripotait.

— En effet, approuva Morgan, qui bataillait avec la fermeture Eclair de sa robe. On pourrait même presque y croire.

— Que veux-tu dire ?

Son attention fut soudain attirée par la robe qui glissait au sol.

— Morgan, pour l'amour du ciel, ne fais pas ça ! Je…

— Eh bien, poursuivit la jeune femme sans tenir compte des protestations de Nicholas, je veux dire que, mis à part quelques cafouillages que seuls les gens avertis comme moi peuvent détecter, tu peux te montrer extrêmement convaincant. Un regard, ta façon de marcher… Mais, finalement, peut-être ne suis-je pas la seule à l'avoir remarqué. Vas-tu te décider à m'embrasser, oui ou non ? s'enquit-elle en dégageant ses chevilles de sa robe.

La bouche de Nicholas devint sèche à la vue de la fine combinaison de soie qui ne cachait pratiquement rien de la nudité de la jeune femme. Cette dernière le fixait d'un regard trouble mais néanmoins provocant. Une vague de désir le submergea, puissante, brûlante. Il dut faire un effort surhumain pour résister à la tentation de fondre sur elle.

— Remarqué quoi ? insista-t-il.

Morgan fit deux tentatives qui se révélèrent infructueuses pour ramasser sa robe. Chaque fois qu'elle se baissait, le décolleté de sa combinaison laissait apercevoir la rondeur de ses seins. Nicholas assistait au spectacle, impuissant, le cœur battant la chamade.

— Remarqué quoi ? répéta distraitement la jeune femme qui finit par trouver moins périlleux de laisser sa robe là où elle se trouvait. Oh, nous en sommes encore là ? Eh bien, sans aucun doute ta démarche féline.

— Vraiment ? questionna Nicholas, qui luttait pour ignorer les formes offertes de la jeune femme.

Mais même à quelques mètres de distance, il ne pouvait rester insensible au parfum envoûtant qui émanait d'elle. Ni au sourire aguichant qui l'invitait à prendre possession de ce corps diaboliquement sexy.

— Oui, tu te déplaces toujours comme un félin

qui se sait pourchassé, mais qui parvient toujours à retourner la situation à son avantage.

— Je vois, acquiesça Nicholas, que cette comparaison n'enchantait guère. Je vais veiller à changer cela à l'avenir.

— C'est ton problème, assura Morgan d'une voix tout à coup enjouée. Bien ! Puisque apparemment tu n'as pas l'intention de m'embrasser, je te souhaite une bonne nuit, Nicholas. Je vais me coucher. Je devrais te regarder redescendre le long de ta treille, mais j'avoue que, compte tenu de mon état, je crains bien de tomber par-dessus le balcon.

Nicholas se précipita sur la jeune femme avant qu'elle ne s'écroule sur son lit.

— Morgan, il faut que je te parle, dit-il en la retenant par le bras.

Il la sentit s'abandonner, souple et chaude, contre sa poitrine. Lorsqu'il resserra son étreinte, elle ne protesta pas, mais, au contraire, lui adressa un sourire béat.

— Tu as changé d'avis ? murmura-t-elle, les paupières déjà lourdes de sommeil. Tu sais, lorsque Andrew m'a embrassée ce soir, c'est à toi que je pensais. C'est moche pour lui… ou pour moi… je ne sais pas trop. Mais peut-être que je penserai à Andrew si tu m'embrasses. Qui sait ?

Nicholas la serra à l'étouffer, prêt à succomber.

— Au diable Andrew !

— Essaie, Nicholas, lui susurra-t-elle, plus tentatrice que jamais.

— Morgan, je… Oh, et puis zut, tant pis !

Il se pencha vers elle et prit sa bouche avec avidité.

Instantanément, Morgan sentit son corps se liquéfier en même temps qu'il s'embrasait. Pour la première fois, Nicholas se laissait totalement emporter par la passion que déclenchait ce corps incandescent plaqué contre le sien. Toute pensée rationnelle avait déserté son esprit. Sa peau était douce, si douce ! Plus douce même qu'il n'aurait osé l'imaginer ! Un désir violent le submergea, qui prenait le pas sur la raison. Mais peu lui importait, cette fois. Il brûlait même de perdre le contrôle et de s'abandonner à son tour.

Avec elle, tout pourrait être différent. Elle lui donnerait l'envie et la force de devenir meilleur, d'effacer un passé dur et douloureux. Le frôlement du couvre-lit contre sa cuisse lui rappela que, d'un simple mouvement, il pourrait la faire basculer avec lui dans un tourbillon de volupté. Plus rien alors ne compterait que le fait qu'enfin il la posséderait, qu'elle serait à lui corps et âme. Car il avait compris instinctivement, cette nuit-là sur la plage déserte, qu'elle était la femme de sa vie. Il en avait eu la certitude lorsque, plus tard, elle avait levé sur lui ses grands yeux bleus.

Une douleur fulgurante se mêla à l'intense désir qu'il avait d'elle. Jurant en son for intérieur, il s'écarta légèrement tout en maintenant une tendre étreinte.

— Fais attention, Morgan.

Sa voix était rauque et tendue, mais la jeune femme ne paraissait pas s'en apercevoir. Elle lui sourit et, du revers de la main, lui caressa tendrement la joue.

— C'est bien ce que je fais, souffla-t-elle.

Nicholas brûlait de la secouer violemment, pourtant il parvint à lui parler calmement.

— Il faut que je te parle, répéta-t-il.

— Parler ? lui dit-elle dans un sourire enjôleur. Crois-tu que ce soit le moment de parler ?

— Il y a des choses que tu dois savoir. Ce matin…

Il s'interrompit, ne sachant brusquement plus quoi dire ni faire. Il s'étourdissait de son odeur, devenue à chaque seconde plus grisante.

Morgan poussa un profond soupir.

— Nicholas, j'ai bu une quantité incroyable d'ouzo et de vin ce soir. Alors, si je ne dors pas très vite, je sens que je vais mourir. Le corps a ses limites, vois-tu, et je crois bien que j'ai atteint les miennes.

— Morgan…

La respiration de Nicholas s'altéra de nouveau, le sang se mit à affluer à ses tempes. Il fallait qu'il s'en aille, il le savait. Pour le salut de leurs âmes. Pourtant, il ne pouvait se résoudre à se détacher d'elle.

— Morgan, dit-il avec autorité, essaie de te tenir droite et écoute-moi.

— Je suis tout ouïe, riposta la jeune femme en laissant échapper un petit rire sensuel. Tout ouïe, mais fais-moi l'amour ou va-t'en.

Ses yeux n'étaient plus que deux fentes, mais dont le bleu profond et mystérieux toucha encore une fois Nicholas en plein cœur. Inutile de résister plus longtemps. Aucune force au monde ne pourrait désormais lui faire quitter cette pièce.

— Tu l'auras voulu, murmura-t-il tandis qu'il l'entraînait avec lui sur le lit. Tu l'auras voulu, mon ensorceleuse.

Ce fut comme si les éléments s'étaient tout à coup

déchaînés. La peau de Morgan avait un goût de vin, à la fois doux et corsé, dont il n'était pas repu. Il jouissait des gémissements de plaisir que ses mains expertes arrachaient à la jeune femme, à chacune des caresses qu'elles lui prodiguaient. Tandis que ses lèvres écrasaient passionnément les siennes, les gémissements se muèrent en râles saccadés. Nicholas savait qu'il devrait payer le prix de cette jouissance. Mais il ne voulait pas penser à demain. Juste au moment présent. Lui faire l'amour, même s'il devait en souffrir par la suite, suffisait à un bonheur qu'il savait éphémère.

Dans sa hâte à vouloir la posséder, Nicholas arracha, plus qu'il ne lui retira, sa fine chemise, dernier rempart à sa nudité. Dans un grognement de désir, il se mit à la dévorer.

Son parfum musqué lui emplissait la bouche jusqu'à l'étourdir. Le goût de miel de ses lèvres, les senteurs de rose de sa peau le grisaient jusqu'à vouloir tout exiger d'elle. Il voulait chacun des trésors que recélait la moindre parcelle de son corps. Aucune douceur dans ses gestes, mais les assauts brusques d'un homme impatient et vibrant d'un désir insondable.

Il accompagnait ses caresses de mots crus qu'il lui murmurait à l'oreille et qui attisait un peu plus le feu qui les consumait. Peut-être même lui murmura-t-il quelque folle promesse. Car il y avait en elle autre chose, quelque chose de plus fort, de plus sensuel que chez les autres femmes qu'il avait connues jusque-là. Lorsqu'il s'aventura vers les zones d'ombre de Morgan, il sombra dans un tourbillon de volupté, bien loin des rivages de la réalité. Leurs corps en fusion se fondaient l'un dans l'autre jusqu'à ne faire qu'un. Ensemble, ils se perdaient dans un océan de plaisir où la raison, le contrôle de soi n'existaient pas.

Les mains de Nicholas étaient brûlantes sur la peau moite de la jeune femme. Il ne savait qui, de lui ou d'elle, menait la danse tant ils étaient en parfaite communion. Sous sa bouche, celle de Morgan était à la fois douce et exigeante, son corps souple mais pressant. Il devinait sous ses doigts fébriles sa peau d'albâtre, qu'il brûlait d'aimer à la lumière du soleil. Se perdait dans la lueur de ses yeux mi-clos, brillant dans la pénombre.

Morgan prit soudain la bouche de Nicholas avec une telle avidité que ce dernier en perdit presque la raison. Un feu d'artifice d'émotions le submergea. Un feu d'artifice aux couleurs de la passion. De l'extérieur lui parvenaient les effluves lourds et sucrés d'un buisson de jasmin et qu'il savait désormais liés à jamais au souvenir de cet instant.

Dans une ultime tentative désespérée, il tenta de recouvrer la raison. Il ne devait pas se perdre en elle, pour elle. Il ne le pouvait pas. Car s'il ne prenait garde à se préserver, il signerait son arrêt de mort.

Mais il rendit les armes lorsque, au paroxysme du plaisir, il laissa échapper un cri de jouissance pareil à une longue plainte.

Chapitre 8

Le soleil qui entrait à flots par les fenêtres et les portes du balcon fit cligner Morgan des yeux. Une violente migraine lui martelait les tempes. Elle laissa échapper un grognement et roula sur elle-même, souhaitant ardemment que la douleur s'estompe au plus vite. Précautionneusement, elle tenta la position assise, mais la douleur ne fit qu'empirer. La lumière du jour, éblouissante, lui fit fermer les yeux de plus belle. Elle attendit quelques minutes puis, lentement, en jurant entre ses dents, elle souleva ses paupières engourdies.

L'étourdissement dont elle s'était grisée la veille n'était plus aujourd'hui que source de souffrance. L'estomac révulsé, les yeux brûlants, elle resta assise, parfaitement immobile, jusqu'à ce qu'elle se sente la force de bouger. Tentant alors de garder la tête droite, elle se glissa tout doucement hors du lit.

Elle enjamba sa robe restée sur le sol et alla chercher un peignoir dans son placard. Elle se serait damnée pour avoir sur-le-champ un pack de glace et une tasse de café. Non, des litres de café.

Brutalement, la soirée de la veille lui revint à la mémoire. Elle se retourna d'un coup pour fixer son lit. Il était vide. Peut-être avait-elle rêvé. Tout imaginé.

Dans un geste d'impuissance, elle couvrit son visage de ses mains. Non, elle n'avait pas rêvé. Nicholas était venu. Et chaque détail dont elle se souvenait était le reflet de la réalité. Ses yeux, brillants de colère, les siens, brillants de désir. La façon dont elle l'avait séduit. Sa façon à lui de l'embrasser passionnément, et l'abandon total avec lequel elle s'était donnée. Sans la moindre pudeur.

Tout s'était passé exactement comme elle se l'était imaginé. Un mélange d'émotions merveilleuses, douloureuses, d'une rare intensité. Elle se remémora les mots prononcés, au plus fort de leur passion. Il lui avait fait découvrir un plaisir jusque-là insoupçonné, elle lui avait fait don de son corps comme jamais encore cela ne lui était arrivé. Elle frissonna au souvenir des muscles de Nick sous ses doigts, de son souffle chaud au creux de son oreille.

Il l'avait prise sans tendresse, répondant à l'urgence de son désir et elle y avait répondu sans états d'âme ni faux-fuyants. Puis il était resté silencieux et elle s'était endormie entre ses bras. Pour découvrir, à son réveil, qu'il était parti.

Une plainte lui échappa, elle laissa ses bras retomber mollement le long de son corps. Evidemment, qu'il était parti ! Que pouvait-elle espérer ? Pour lui, cette nuit ne signifiait strictement rien. Si seulement elle n'avait pas été aussi ivre !

« Piètre excuse, ma pauvre Morgan ! » se dit-elle avec amertume. Elle avait trop de fierté pour imputer à l'alcool sa conduite de la veille. Elle alla prendre sur son lit sa combinaison déchirée. Elle avait désiré cet homme comme une folle. Et le vin n'avait rien à voir là-dedans. Elle seule était responsable. Elle roula en boule la fine lingerie, puis alla la fourrer sur l'une des étagères de son placard. Dans un sursaut de lucidité, elle referma bruyamment la porte. « C'est fini », se dit-elle avec fermeté. Elle n'avait pas l'intention de donner à cette aventure une dimension qu'elle n'avait pas, ni de lui accorder plus d'importance que Nick ne le faisait.

Durant quelques secondes, elle appuya son front douloureux contre le panneau de bois, refoulant les larmes qui lui brûlaient les yeux. Non, elle ne pleurerait pas pour lui ! Ni aujourd'hui, ni demain, ni jamais ! Redressant les épaules, Morgan tenta de se persuader que sa violente migraine était à l'origine de son état de faiblesse physique et psychologique. Elle était une grande fille maintenant, libre de se donner et de prendre, où et quand elle le voulait ! Elle allait descendre et, après quelques cafés, elle y verrait certainement plus clair.

Une fois encore, elle ravala ses larmes et se dirigea vers la porte.

— Bonjour, madame, dit la domestique chargée d'un plateau qu'elle croisa dans le couloir. Voulez-vous votre petit déjeuner dans votre chambre maintenant ?

L'odeur des mets, d'habitude si alléchante, lui soulevait le cœur.

— Non, merci, je veux juste un café. Et je vais le prendre en bas.

— Belle journée, n'est-ce pas ?

— Oui, belle journée, approuva Morgan en s'éloignant, les dents serrées.

Un bruit de vaisselle qui venait de se fracasser au sol, suivi d'un cri aigu, obligea Morgan à s'appuyer contre le mur. Elle porta les mains à ses tempes douloureuses. C'était bien le jour pour se montrer aussi maladroite !

Mais les cris devenant plus hystériques, elle décida de revenir sur ses pas. Elle trouva la jeune servante accroupie devant la porte ouverte d'une des chambres à coucher, parmi les débris de verre et de nourriture qui jonchaient le sol.

— Calmez-vous ! lui intima Morgan.

Elle s'agenouilla auprès de la jeune femme et la secoua légèrement par les épaules afin de lui faire reprendre ses esprits.

— Personne ne va vous renvoyer pour quelques plats cassés, Zena.

Cette dernière, les yeux écarquillés, secoua la tête et pointa le lit d'un doigt tremblant avant de se dégager de l'emprise de Morgan et de déguerpir à toutes jambes. Morgan regarda dans la direction indiquée. Tout se mit à tourner autour d'elle. Ce n'était pas possible ! Elle vivait un nouveau cauchemar !

Une main sur la poignée de la porte, elle ne pouvait détacher son regard du lit sur lequel gisait Iona. Couchée en travers du matelas, sa tête pendait dans le vide sur le côté, l'extrémité de ses cheveux balayant le sol. Le premier choc passé, Morgan se rua vers elle et pressa un doigt tremblant sur sa gorge. Elle était vivante ! Son pouls battait. Faiblement, mais il battait ! Parfaitement inconsciente d'avoir bloqué sa respiration, elle laissa échapper un profond soupir de soulagement. Agissant d'instinct, elle tira la forme inerte jusqu'à ce qu'elle repose totalement sur le lit. C'est à ce moment-là qu'elle remarqua la seringue sur les draps froissés.

— Oh, mon Dieu !

Tout se mit soudain en place : les brusques sautes d'humeur de la jeune femme, ses nerfs à fleur de peau, tout ce que Morgan prenait pour des bouderies d'enfant gâtée. Quelle idiote elle avait été de ne pas avoir pensé aux effets de la drogue ! Prise de panique, Morgan se demandait ce qu'elle devait faire. Car il devait bien y avoir quelque chose à faire lorsque quelqu'un était en train de mourir d'une overdose !

— Morgan… Oh, Seigneur !

Morgan tourna la tête vers Dorian, qui se tenait immobile et pâle comme un linge, sur le seuil.

— Elle n'est pas morte, s'empressa de préciser la jeune femme. Je crois qu'elle a fait une overdose. Appelez une ambulance, un médecin, vite !

— Pas morte ? répéta Dorian d'une voix blanche en se dirigeant vers le corps.

— Faites ce que je vous ai dit ! lui ordonna Morgan. Son pouls bat toujours, mais il est très faible.

La voix impatiente d'Alex se fit entendre à l'autre bout du couloir.

— Qu'est-ce qu'elle a encore fait cette fois ? La domestique est complètement hystérique et… Grands dieux !

— Une ambulance, bon sang ! répéta Morgan, le

doigt toujours pressé sur la gorge de Iona. Pour l'amour du ciel, dépêchez-vous !

Elle se retourna au bruit des pas d'Alex, qui venait de quitter la pièce en courant. Dorian, lui, restait pétrifié sur place.

— Il y a une seringue, enchaîna-t-elle, cette fois calmement.

Elle ne voulait pas le heurter, mais il fallait qu'il sache. Elle croisa son regard affolé.

— Elle a dû forcer sur l'héroïne. Vous saviez qu'elle se droguait, Dorian ?

— De l'héroïne ? (Un frisson sembla le parcourir.) Je croyais qu'elle avait arrêté. Vous êtes sûre qu'elle…

— Elle est toujours en vie, anticipa Morgan, qui avait cru percevoir une lueur d'angoisse dans ses yeux.

Elle lui prit la main. Une vague de compassion la submergea. Pour Iona, pour l'homme qui se tenait à ses côtés.

— Elle est toujours en vie et nous allons tout faire pour la sauver.

La main de Dorian s'agrippa si fort à la sienne que cela lui arracha une petite plainte de douleur.

— Iona, murmura-t-il. Si belle. Et perdue.

— Elle n'est pas perdue ! Pas encore ! protesta Morgan de toutes ses forces. Remerciez plutôt le ciel que nous l'ayons trouvée à temps.

Les yeux de Dorian, dénués de toute expression, vinrent fixer ceux de Morgan. Cette dernière ne se souvenait pas d'avoir jamais vu regard aussi vide.

— Prier… Oui, il n'y a rien d'autre à faire.

Après un laps de temps qui lui parut une éternité,

Morgan entendit enfin les pales d'un hélicoptère qui venait de l'ouest. On transporta Iona, toujours inconsciente, vers un hôpital d'Athènes. Dorian l'accompagnait. De leur côté, Liz et Alex hâtaient les préparatifs pour rejoindre leur jet privé.

Toujours pieds nus et enveloppée de son peignoir, Morgan avait suivi l'hélicoptère des yeux jusqu'à ce qu'il disparaisse. Elle songea que, aussi longtemps qu'elle vivrait, le regard éteint de Dorian viendrait la hanter. Elle se mit à frissonner. En pivotant pour quitter son poste d'observation, elle se heurta à Alex.

— Tripolos vient d'arriver, lui annonça-t-il. Il est dans le salon.

— Oh, non, par pitié ! Pas maintenant, Alex !

Puis, dans un nouvel élan de compassion, elle prit les deux mains de son ami entre les siennes.

— Il le faut, dit fermement ce dernier.

Morgan sentait bien qu'il s'appliquait à parler d'une voix égale.

— Je suis vraiment désolé que tu sois mêlée à tout ça, Morgan. Je…

— Non, l'interrompit la jeune femme en accentuant la pression sur ses doigts. Pas avec moi, Alex. Je croyais que nous étions amis.

— *Diabolos*, murmura-t-il. Tu parles d'amis ! Excuse-moi.

— Seulement si tu cesses de me traiter comme une étrangère.

Alex poussa un profond soupir et lui passa un bras autour des épaules.

— Allez, viens, allons affronter ensemble le terrible capitaine Tripolos.

Morgan se demanda si le jour viendrait où, de nouveau, elle pourrait entrer dans ce salon sans avoir à subir la présence du commissaire. Elle prit place sur le même canapé que la veille, fixa leur visiteur et attendit patiemment ses questions.

— Je sais bien que ce doit être difficile pour vous, affirma ce dernier après avoir observé quelques minutes de silence. Pour vous tous.

Son regard insistant se porta tour à tour sur Morgan puis sur Alex et enfin sur Liz.

— Nous ferons de notre mieux pour nous montrer aussi discrets que possible, monsieur Theoharis. J'essaierai d'éviter la presse, mais une tentative de suicide dans une famille aussi connue que la vôtre…

Sa phrase resta en suspens.

— Un suicide, répéta machinalement Alex, comme si les mots n'avaient pas encore pénétré son esprit.

— Il semblerait, d'après l'enquête préliminaire, que votre cousine se soit injecté une dose trop forte d'héroïne. Mais nous ne pourrons l'affirmer que lorsque l'enquête sera terminée. C'est la procédure habituelle, vous comprenez ?

— La procédure, bien sûr.

— Mademoiselle James, c'est vous qui avez trouvé Mlle Theoharis ?

Morgan sursauta légèrement en entendant prononcer son nom.

— Non, en fait, c'est la domestique qui l'a trouvée, rectifia-t-elle. Je suis allée voir ce qui se passait. Zena avait laissé tomber son plateau et elle était devenue complètement hystérique. C'est lorsque je suis entrée dans la chambre que j'ai vu Iona.

— A ce moment-là, avez-vous appelé une ambulance ?

Morgan secoua la tête, contrariée. Tripolos ne pouvait pas ignorer qu'Alex l'avait fait. Manifestement, il voulait sa propre version des faits. Elle décida de se résigner à faire contre mauvaise fortune bon cœur.

— Tout d'abord j'ai cru qu'elle était morte, poursuivit-elle. Mais lorsque j'ai tâté son pouls j'ai compris qu'elle était vivante, alors je l'ai replacée sur son lit.

— Comment cela ? s'étonna Tripolos.

Il n'échappa pas à Morgan que le ton du commissaire était monté d'un cran.

— Oui, précisa-t-elle. Elle était à moitié sur le lit, à moitié par terre. Je voulais l'allonger correctement.

Elle écarta les mains dans un geste qui visait à souligner son impuissance.

— Honnêtement, j'étais un peu paniquée. Et cela m'a paru la meilleure chose à faire.

— Je vois. Et c'est après que vous avez trouvé ceci ?

Il lui montrait la seringue, placée dans un sachet en plastique transparent.

— Oui.

— Saviez-vous que votre cousine se droguait, monsieur Theoharis ?

Morgan vit Alex se raidir. Liz posa une main qui se voulait réconfortante sur celle de son mari.

— Je savais que Iona avait un problème avec la drogue, répondit-il. Il y a deux ans, elle est entrée en clinique pour une cure de désintoxication. Je pensais qu'elle s'en était sortie. Si j'avais pu penser une seconde qu'elle avait recommencé à se droguer, je ne l'aurais pas laissée franchir le seuil de ma maison.

— Et vous, madame Theoharis, vous n'avez jamais eu conscience du problème ?

Morgan fut la seule à entendre le petit sifflement qu'Alex émit entre ses dents à ce moment-là.

— J'en étais parfaitement consciente, au contraire, répondit-elle avec le plus grand calme et en ignorant la stupéfaction qui venait de se peindre sur le visage d'Alex. Bien que mon mari ait voulu me tenir à l'écart de la situation, j'étais au courant de tout.

Elle accompagna ses paroles d'un tapotement affectueux sur la main d'Alex.

— Auriez-vous, monsieur Theoharis, la moindre idée de l'endroit où se fournissait votre cousine ?

— Aucune.

— Je vois. Cette dernière vivant à Athènes, je crois que j'aurais intérêt à travailler avec la police de là-bas et à prendre contact avec ses meilleurs amis.

— Faites votre devoir, commenta platement Alex. Je vous demanderai simplement d'épargner autant que possible ma famille.

— Je ferai de mon mieux, je vous le promets. Eh bien, je vais vous laisser à présent. En vous priant d'excuser cette nouvelle intrusion dans votre vie.

— Il faut que je prévienne ma famille, annonça Alex lorsque la porte se fut refermée derrière Tripolos.

Comme pour se donner le courage nécessaire, il passa une main dans les cheveux de sa femme. Puis il se leva et quitta la pièce sans dire un mot.

— Liz, dit Morgan, je sais bien que ce sont des formules toutes faites, mais si je peux faire quelque chose pour toi…

Liz secoua la tête.

— Tout cela est tellement incroyable ! Je n'arrive pas à réaliser qu'elle gisait là, à quelques mètres de nous, à deux doigts de la mort ! Je ne l'ai jamais aimée, mais là, j'avoue que…

Elle se leva pour aller regarder distraitement par la fenêtre.

— Elle fait partie de la famille d'Alex et ces valeurs sont si profondément ancrées en lui ! Tu peux être sûre qu'il se tient pour responsable de ce drame. Quand je pense à la façon dont j'ai traité cette pauvre fille !

— Alex va avoir besoin de toi, dit Morgan en allant rejoindre son amie. (Elle lui passa un bras réconfortant autour des épaules.) Tu n'as pas à culpabiliser de ne pas l'aimer, Liz. Iona est si difficile !

— Tu as raison.

La jeune femme se retourna vers Morgan et lui adressa un faible sourire.

— Ce sont de drôles de vacances que nous te faisons passer, n'est-ce pas ? Non, ne dis rien, coupa-t-elle en pressant affectueusement la main de son amie. Je vais aller voir si Alex a besoin de moi, il va devoir affronter tant de tracas !

La maison était plongée dans un profond silence lorsque Morgan monta se changer. Tandis qu'elle boutonnait son chemisier, elle contempla encore une fois ce paysage qu'elle ne cessait d'admirer. Comment de telles horreurs pouvaient-elles se produire dans un cadre aussi idyllique ? Et dans un laps de temps aussi court ? Un meurtre, une overdose. Ainsi donc, il fallait en payer le prix pour avoir sa place au paradis ? songea-t-elle en détournant le regard de ce panorama grandiose.

Des coups légers frappés à sa porte la tirèrent de ses réflexions sinistres.

— Entrez.

— Morgan, je ne te dérange pas ?

— Oh, Alex !

En voyant les traits tirés de son ami, le cœur de Morgan se serra une nouvelle fois.

— Je sais combien cette épreuve est horrible pour toi, enchaîna-t-elle. Et je m'en voudrais d'être un poids supplémentaire. Je crois qu'il vaut mieux que je rentre à New York.

— Morgan…

Alex s'interrompit, hésitant à poursuivre.

— Je sais que c'est beaucoup te demander, mais je le fais uniquement pour Liz. Elle va plus que jamais avoir besoin de toi. Et ta compagnie est la seule chose que je puisse lui offrir pour l'instant. Veux-tu rester, s'il te plaît ?

Sans attendre de réponse il se mit à arpenter la pièce et reprit :

— Nous allons partir pour Athènes. Je ne sais pas pour combien de temps. Jusqu'à ce que Iona aille mieux ou qu'elle…

Il s'interrompit de nouveau, incapable de prononcer le mot qu'il redoutait.

— Moi, je vais devoir rester auprès de ma famille,

soutenir ma tante. Mais j'essaierai de persuader Liz de rentrer. Savoir que tu seras là pour l'accueillir lui rendra les choses plus faciles.

— Bien sûr, Alex. Je vais rester.

Un faible sourire vint éclairer son visage fatigué.

— Tu es une véritable amie, Morgan. Nous allons partir pour au moins vingt-quatre heures, mais ensuite je demanderai à Liz de venir te retrouver. Je suis certain que si tu es là, elle reviendra.

Il poussa un profond soupir et s'empara machinalement de la main de la jeune femme.

— Je pense que Dorian aussi va rester au chevet de Iona. Il a fallu cette épreuve pour que je comprenne ses sentiments à son égard. Je vais demander à Nick de veiller sur toi pendant notre absence.

— Ce n'est pas la peine ! protesta vivement Morgan. Non, vraiment, Alex, ça va aller. D'ailleurs je ne suis pas seule, il y a les domestiques. Quand comptez-vous partir ?

— D'ici une heure.

— Alex, je suis sûre que c'était un accident.

— Reste à en convaincre ma tante.

Ses yeux se plissèrent, son regard se durcit.

— Iona a toujours aimé flirter avec le danger, se complaire dans le misérabilisme. Je ne l'ai jamais dit à personne, pas même à Liz…

Son visage devint un masque impitoyable de dureté.

— Mais je la déteste, laissa-t-il tomber d'une voix glaciale. Et sa mort serait une délivrance pour tous les gens qui l'aiment.

*
* *

Aussitôt qu'Alex, Liz et Dorian furent partis, Morgan quitta la maison. Elle avait besoin de marcher, de changer d'air. Contrairement à ses habitudes, elle ne prit pas la direction de la plage. Elle se sentait incapable d'affronter le souvenir que cet endroit ne manquerait pas de lui rappeler. Elle choisit donc d'emprunter le chemin qui menait à la falaise.

Au fur et à mesure qu'elle grimpait, elle respirait à pleins poumons, se gorgeant de l'air frais et iodé qui venait de la mer. Elle marchait sans but, la tête enfin vidée des drames de ces derniers jours. Haut, toujours plus haut. Comme si, en atteignant le sommet, elle allait échapper définitivement à tout danger. Elle allait à la rencontre des dieux qui, longtemps avant elle, avaient foulé ce sol, s'étaient grisés du même spectacle et des mêmes senteurs.

Elle découvrit avec ravissement, au détour d'un chemin, une chèvre famélique. Elle la vit se précipiter sur quelques brins d'herbe, qui avaient miraculeusement poussé entre deux rochers. L'animal se mit à brouter tout en fixant la jeune femme de ses gros yeux noirs, mais lorsque celle-ci s'approcha, elle disparut en quelques bonds gracieux de l'autre côté de la falaise.

Morgan poussa un soupir d'aise et s'assit sur un rocher surplombant la mer. Elle remarqua deux minuscules fleurs bleues luttant pour tendre, à travers la crevasse où elles avaient vu le jour, leur faible corolle aux rayons du soleil. Décidément, la vie était partout, pour peu qu'on se donne la peine de regarder autour de soi.

— Morgan.

Les mains de la jeune femme se crispèrent au son de cette voix. Lentement, elle tourna la tête vers Nicholas, qui se tenait à quelques mètres d'elle. En jean et T-shirt, cheveux au vent, il ressemblait à l'homme qu'elle avait rencontré la première fois. Indiscipliné, sans scrupules. Son cœur se mit à bondir dans sa poitrine comme un oiseau affolé.

Sans un mot, Morgan se leva et entreprit de redescendre le versant. En deux enjambées, Nick l'avait rejointe et, avec une infinie douceur, l'obligea à lui faire face.

Il devina le trouble sous la froideur feinte de son regard.

— J'ai appris pour Iona.

— Je n'en doute pas. Tu m'as dit un jour que rien de ce qui se passait sur l'île ne t'échappait.

Nicholas reçut comme une gifle le ton indifférent qu'elle employait pour lui parler. Il garda néanmoins sa main sur le bras de la jeune femme.

— Je sais aussi que c'est toi qui l'as trouvée.

Morgan refusait de se laisser berner par le ton inhabituellement tendre de sa voix. Elle allait se montrer aussi froide et détachée qu'il l'avait été à son égard.

— On t'a bien informé.

Son visage fermé n'incitait pas au dialogue. De même que la raideur de son corps.

— Cela a dû être très difficile pour toi.

Morgan afficha une moue qui se voulait amusée.

— Ne t'inquiète pas, c'est plus facile de trouver une personne vivante qu'une personne morte, dit-elle avec cynisme.

Nicholas, désemparé, laissa retomber ses bras le long de son corps. Pourquoi refusait-elle son aide aujourd'hui, alors qu'il se sentait prêt à la lui donner ? Qu'il ressentait cela comme une évidence.

— Tu veux t'asseoir un moment ?

— Non, cet endroit ne m'inspire plus aucune quiétude maintenant.

— Arrête de me traiter comme tu le fais ! explosa-t-il soudain, en l'agrippant par le bras.

— Lâche-moi.

Mais le faible tremblement de sa voix la trahissait. Il la devinait plus proche de franchir le pas qu'elle ne l'avait jamais été.

— Je te lâcherai si tu acceptes de m'accompagner chez moi.

— Non.

— Si, lui intima Nick en resserrant son emprise pour l'entraîner à sa suite. Nous devons parler.

Morgan tenta vainement de se dégager. Nicholas fonçait droit devant lui, sans même lui jeter un regard.

— Qu'est-ce que tu veux, Nicholas ? Des détails sordides ?

La bouche du jeune homme se pinça tandis qu'il rétorquait :

— Ce n'est pas exactement ce que je voulais dire, mais vas-y, si tu veux. Parle-moi de Iona.

— Je n'en ai pas envie ! répliqua la jeune femme en découvrant qu'ils étaient en train de gravir les marches qui menaient à la propriété.

Elle n'avait pas réalisé en venant jusque-là qu'elle

était si proche de chez lui ! Qu'est-ce qui avait bien pu la guider par ici ?

— Et je ne veux pas non plus aller chez toi !

— Depuis le temps, tu devrais savoir que je me fiche pas mal de ce que tu veux ou pas, dit-il en reprenant son ton sarcastique.

Il ouvrit la porte à la volée et poussa, sans ménagement, Morgan à l'intérieur.

— Apporte-nous du café, ordonna-t-il sans préambule à Stephanos venu à leur rencontre.

— Très bien, tu veux des détails ? fulmina Morgan, ivre de rage. Eh bien, je vais t'en donner ! Et après, plus rien ne me retiendra ici, tu m'entends ? J'ai trouvé Iona inconsciente, son pouls battait à peine. Il y avait une seringue dans son lit, à côté d'elle.

Elle fit une pause, sans paraître noter que sa respiration s'était accélérée.

— Mais je ne t'apprends rien, n'est-ce pas, Nicholas ? Puisque tu es au courant de tout !

Elle était livide, comme le matin où elle avait trouvé le cadavre et qu'elle avait couru se réfugier entre ses bras. Une pointe vrilla le cœur de Nicholas. Il fit un pas vers elle.

— *Ne me touche pas !*

Nicholas n'aurait pas été plus humilié si elle l'avait giflé. Elle pressa les mains sur sa bouche et s'écarta de lui.

— Ne me touche pas, reprit-elle d'une voix radoucie.

— Je ne porterai plus les mains sur toi, si c'est ce que tu veux, parvint-il à dire, encore sous le choc de la violence avec laquelle elle avait protesté. Mais assieds-toi, tu es si bouleversée !

— Ne me dis pas ce que je dois faire, répliqua-t-elle en maudissant le tremblement de sa voix. (Elle pivota et, se plantant devant lui, le défia du regard.) Tu n'as pas à me dire ce que je dois faire, répéta-t-elle.

Stephanos entra, silencieux, attentif. Il lut aussitôt dans les yeux de Morgan l'immense détresse qui la submergeait.

— Vous prendrez du café, mademoiselle ?, demanda-t-il d'une voix étonnamment douce pour un homme de ce gabarit.

— Non, merci. Je…

— Vous devriez vous asseoir, suggéra-t-il tout en la poussant délicatement dans un fauteuil. Et le café vous ferait du bien. Il est corsé.

Nick se leva d'un bond, rageant contre son impuissance, tandis que Stephanos s'affairait autour de Morgan comme une mère poule.

— Buvez, dit-il en lui tendant une tasse pleine, il va vous redonner des couleurs.

Morgan l'observa, médusée.

— Merci.

Stephanos lança à Nicholas un regard long, énigmatique, puis il quitta la pièce.

— Eh bien, bois, gronda Nicholas, furieux que le vieil homme ait si facilement réussi là où lui avait échoué. Ce n'est pas en regardant le fond de ta tasse que tu vas retrouver des forces.

Morgan s'exécuta machinalement, vidant sa tasse d'un trait.

— Alors, que veux-tu savoir ?

— Bon sang, Morgan, je ne t'ai pas traînée jusqu'ici pour te faire parler de Iona.

— Vraiment ? Cela me surprend beaucoup.

Se sentant plus calme, elle posa sa tasse sur la table basse et se leva.

— Quoique peu de choses puissent me surprendre venant de toi, lui assena-t-elle avec force.

— Tu me crois vraiment capable du pire, n'est-ce pas, Morgan ?

Délaissant son café, il se leva et se dirigea vers le bar.

— Peut-être même me crois-tu coupable du meurtre de Stravos. J'aurais laissé le corps dans la grotte en sachant que tu allais le découvrir.

— Non, riposta Morgan d'une voix devenue soudain étrangement calme. Il a été poignardé dans le dos.

— Et alors ?

— Alors, tu dois être du genre à regarder tes victimes en face, répondit la jeune femme, implacable.

Nick se détourna du bar, son verre encore vide à la main. Ses yeux étaient dangereusement sombres. D'une profondeur que Morgan ne leur avait jamais vue. Elle crut voir y briller un éclair de passion.

— Morgan, cette nuit…

— Je n'aborderai pas ce sujet avec toi, coupa-t-elle sur un ton tranchant.

— Très bien, oublions ce qui s'est passé, reprit-il en se versant une large rasade de brandy.

Il avait toujours su qu'il y aurait un prix à payer à son renoncement. Mais pas si vite ni si cher.

— Veux-tu que je te présente des excuses ?

— Pour quoi ?

Il émit un petit rire forcé tandis que sa main se crispait sur son verre.

— Arrête un peu de vouloir être cynique, Morgan, ça ne te va pas du tout.

— Ne me parle pas de cynisme, veux-tu ? répliqua le jeune femme en haussant de nouveau le ton. Toi qui vis bien tranquillement dans ta jolie maison tout en jouant avec la vie des gens. Sache que moi, je ne serai jamais un des pions que tu manipules à ta guise. Il y a une femme qui lutte contre la mort à l'hôpital d'Athènes. A cause de toi, de l'argent que tu te fais sur son dos et sur celui de gens comme elle. Te crois-tu hors d'atteinte parce que tu fais ton sale boulot à la faveur de la nuit, comme un vulgaire voleur ?

Mâchoires contractées, Nicholas reposa doucement son verre et se tourna vers la jeune femme.

— Tu ne vas pas m'apprendre qui je suis, Morgan.

— Toi non plus, riposta-t-elle avant de tourner les talons et de s'enfuir.

Cette fois, Nicholas ne fit rien pour la retenir.

Quelques minutes à peine après le départ de Morgan, Stephanos refit son apparition.

— La jeune dame avait l'air bouleversée, commenta-t-il d'une voix douce.

Nick lui tourna le dos pour remplir de nouveau son verre.

— Je sais.

— Ces deux derniers jours ont été difficiles pour elle, plaida le vieil homme en faisant claquer sa langue. Elle était venue chercher du réconfort ?

— Pas vraiment, non. Et désormais, elle préférera aller en chercher auprès du diable lui-même plutôt que de me revoir. De toute façon, cela vaut mieux. Je ne veux pas l'avoir dans les pattes en ce moment. Au train où vont les choses, elle ne ferait que nous embarrasser.

Stephanos lissa sa moustache.

— Elle va peut-être vouloir rentrer à New York, lança-t-il négligemment.

— Le plus tôt sera le mieux, marmonna Nick en buvant son brandy d'un trait.

Des coups frappés à la porte lui arrachèrent un chapelet d'injures.

— Va voir qui est là et débarrasse-nous au plus vite de ce gêneur.

Stephanos revint quelques secondes plus tard, accompagné du capitaine Tripolos. Une petite lueur amusée dansa au fond de ses yeux avant qu'il ne s'éclipse, laissant les deux hommes en tête à tête.

— Capitaine, dit poliment Nicholas en réprimant péniblement la nouvelle bordée d'injures qui lui brûlait les lèvres. Vous prendrez bien un café ?

— Volontiers, acquiesça Tripolos en prenant place sur une chaise sans attendre d'y être invité. Etait-ce Mlle James que je viens d'apercevoir sur le chemin de la falaise ?

— Oui, répondit Nick en tentant de décrisper ses doigts. Elle vient juste de partir.

Les deux hommes se dévisagèrent mutuellement, chacun cherchant à donner à l'autre l'impression qu'il ne lui accordait qu'un intérêt très relatif.

— Alors elle a dû vous mettre au courant de ce qui est arrivé à Mlle Theoharis.

— Oui, acquiesça Nicholas en ajoutant une goutte de crème au café de Tripolos. Sale histoire, capitaine. J'avais l'intention d'appeler l'hôpital un peu plus tard. Etes-vous venu pour me parler de Iona ?

— En effet. Mais tout d'abord je tiens à vous remercier de votre accueil, monsieur Gregoras. Je sais à quel point vous êtes un homme occupé.

— Il est de mon devoir de coopérer avec la police, capitaine, dit Nicholas en s'installant à son tour, sa tasse à la main. Dans la mesure où je peux le faire, bien entendu.

— Eh bien, je me disais que, puisque vous avez passé l'après-midi d'hier en compagnie de Mlle Theoharis, vous pourriez peut-être m'éclairer sur son état d'esprit à ce moment-là.

— Je vois, dit Nick pour gagner quelques secondes. Malheureusement, je crains de ne pouvoir vous être utile, capitaine. Iona était, comme souvent, fébrile, mais je n'ai rien vu là d'alarmant. On peut même dire qu'elle était dans son état normal.

— Pouvez-vous me dire ce que vous avez fait durant votre traversée ? Elle ne vous a rien dit qui vous aurait laissé supposer qu'elle songeait au suicide ?

Nick fronça les sourcils.

— A vrai dire… nous n'avons pas beaucoup parlé.

— Bien sûr.

Nicholas se demanda combien de temps encore lui et Tripolos allaient jouer au chat et à la souris. Il décida que c'était à lui d'y mettre un terme.

— Pourtant, je me souviens d'un détail maintenant. Iona semblait… comment dire ? Un peu plus nerveuse que d'habitude. Mais je crois pouvoir affirmer, en toute honnêteté, qu'il ne m'est jamais venu à l'esprit qu'elle puisse vouloir mettre fin à ses jours. Encore maintenant, en vous en parlant, cette éventualité me paraît absurde.

Tripolos se carra confortablement contre son dossier.

— Pourquoi une telle certitude ?

Des généralités devraient amplement suffire, se dit Nick.

— Iona s'aime trop, capitaine. C'est une belle femme, qui adore s'étourdir des plaisirs de la vie. Evidemment, cela n'est que mon opinion. Mais bien que vous ayez beaucoup plus l'habitude que moi de ce genre de choses, je pense que c'était un accident.

— C'est peu probable, commenta Tripolos en cherchant la faille sur le visage de Nick, qui se contenta de froncer de nouveau les sourcils. On a détecté dans son organisme une dose massive d'héroïne, que seul un non-initié aurait pu s'injecter par mégarde. Et les nombreuses traces d'aiguille que nous avons relevées sur son corps prouvent que Mlle Theoharis n'en était pas à son coup d'essai.

— Je vois.

— Saviez-vous qu'elle était toxicomane ?

— Je ne connaissais pas très bien Mlle Theoharis, vous savez ?, plaida Nick. Bien sûr, nous nous croisions souvent, mais pour moi elle est avant tout la cousine d'un de mes amis.

— Pourtant, vous n'avez pas hésité à passer tout un après-midi avec elle sur votre bateau.

— Je vous l'ai dit, c'est une belle femme, dit Nick en affichant un sourire entendu. Désolé de ne pas vous être d'un grand secours.

— Moi, j'ai une théorie qui pourrait vous intéresser.

Si Nicholas se méfiait du regard inexpressif du commissaire, il n'en laissa rien deviner.

— Je vous écoute.

— Voyez-vous, monsieur Gregoras, enchaîna Tripolos, si, comme je le crois, il ne s'agissait pas d'un… accident, il n'y aurait qu'une réponse.

— Que voulez-vous dire ? s'enquit Nicholas en feignant la plus totale incrédulité. Que quelqu'un a… a tenté d'assassiner Iona ?!

— Je suis un policier, voyez-vous, affirma Tripolos en simulant une humilité qu'il était loin d'avoir. Et en tant que tel, il est dans mes habitudes de ne jamais écarter l'hypothèse du crime. Puis-je me montrer franc avec vous ?

— Je vous en prie, l'encouragea Nick en se félicitant mentalement de sa propre perspicacité..

— J'avoue que je suis perplexe et que j'aimerais avoir l'opinion d'un homme qui connaît bien la famille Theoharis.

— Allez-y.

Tripolos afficha un air satisfait, mais crut bon d'abord de préciser :

— Il va de soi que cette conversation ne doit pas sortir d'ici.

En guise de réponse, Nicholas inclina légèrement la tête et vida sa tasse d'un trait.

— Anthony Stravos appartenait à un gang spécialisé dans le trafic de drogue, attaqua-t-il sur le mode de la confidence.

Amusé par la tournure que prenait cette conversation, Nick sortit de sa poche un paquet de cigarettes et le présenta, ouvert, à Tripolos.

— J'avoue que l'idée m'avait effleuré l'esprit.

— Ce n'est un secret pour personne que ces trafiquants ont choisi Lesbos en raison de sa proximité avec la Turquie, affirma Tripolos en se penchant vers le briquet que Nick venait d'allumer.

— Et vous pensez que Stravos a été assassiné par un de ses acolytes ?

— J'en suis convaincu, affirma-t-il en contemplant les volutes de fumée qu'il venait d'exhaler. Mais c'est leur chef qui m'intéresse. Un type brillant, je suis bien forcé de l'admettre. Qui a toujours réussi à passer à travers les mailles du filet. On murmure qu'il se joint rarement aux trafics eux-mêmes, et que, lorsqu'il y prend part, il le fait toujours masqué.

— J'en ai entendu parler, dit Nick derrière son écran de fumée. Tout cela relève de la fiction et de l'imagination débordante d'une population en délire. Un homme masqué ! Et puis quoi encore ?

— C'est pourtant la vérité, monsieur Gregoras, et le meurtre de Stravos n'a rien de fictif, que je sache.

— Vous avez raison.

— Stravos ne brillait pas, lui, par son intelligence.

Mon équipe le filait depuis un moment dans l'espoir de le voir nous mener à la tête du gang. Malheureusement…

Comme à son habitude, Tripolos laissa sa phrase en suspens.

— Je me demande pourquoi vous me racontez tout ça, capitaine Tripolos.

— Vous êtes un homme influent, répondit ce dernier sur un ton mielleux, et je sais que je peux vous mettre dans la confidence.

« C'est ça, vieux filou », songea Nick en lui souriant.

— J'apprécie beaucoup la confiance que vous me manifestez, dit-il d'un ton mielleux. Pensez-vous que cet homme, l'homme masqué je veux dire, pensez-vous que ce soit quelqu'un de chez nous ?

— En tout cas, il connaît bien l'île, éluda Tripolos. Mais je ne pense pas que ce soit un pêcheur.

— Un de mes employés, alors ? suggéra Nick tout en exhalant une bouffée de fumée. Non, je ne crois pas.

— D'après les premiers rapports d'enquête qui m'ont été communiqués, il semblerait que Mlle Theoharis connaissait l'identité de notre mystérieux homme.

L'attention de Nick s'intensifia soudain.

— Iona ?

— Je tendrais à penser qu'elle est impliquée, d'une façon ou d'une autre, dans ce trafic. Trop, pour sa propre sécurité. Si… Quand, se reprit-il, elle sortira du coma, nous ne manquerons pas de la questionner à ce sujet.

— Il m'est difficile d'imaginer Iona trempant dans un trafic de drogue !

« L'abruti ! jura Nick en son for intérieur. Il va nous couper l'herbe sous le pied ! »

— Iona est perturbée, c'est vrai, reprit-il, mais de là à l'imaginer complice d'un meurtre et d'un trafic de drogue, non ! C'est impossible !

— Je crains pourtant qu'on ait voulu supprimer Mlle Theoharis parce qu'elle en savait trop. Je vous pose la question, monsieur Gregoras : jusqu'où pensez-vous qu'elle aurait pu aller par amour ? Ou pour de l'argent ?

Nick se donna le temps de réfléchir à toute allure à la réorganisation de son propre plan.

— Par amour, finit-il par dire, pas grand-chose. En revanche, pour de l'argent, elle serait prête à tout.

— Je vous remercie pour votre franchise. Peut-être aurons-nous l'occasion de reparler de tout cela une autre fois. Je dois vous avouer… (Là, Tripolos afficha un sourire candide que démentait son regard pénétrant.) Quoi que vous en pensiez, votre aide m'a été précieuse. J'y vois beaucoup plus clair à présent.

— J'en suis très heureux, capitaine, rétorqua Nick, sourire aux lèvres.

Bien après le départ de Tripolos, Nick était toujours dans le salon, à la même place. L'esprit en ébullition, il contemplait distraitement une sculpture de Rodin placée dans un angle de la pièce.

— C'est pour ce soir, annonça-t-il à Stephanos lorsque celui-ci vint le rejoindre.

— C'est trop risqué. Il est trop tôt.

— Nous n'avons pas le choix. Appelle Athènes et tiens-les informés du changement. Vois avec eux s'ils peuvent tenir ce Tripolos à l'écart durant quelques heures.

Il croisa les doigts et fronça les sourcils.

— Il aimerait trop me voir mordre à l'hameçon.

— C'est trop dangereux ce soir, insista Stephanos. Il vaut mieux attendre la prochaine livraison.

— Non, nous ne pouvons pas nous permettre d'attendre plus longtemps. Tripolos est trop près du but et je ne veux pas compliquer les choses avec la police locale.

Nicholas étrécit dangereusement ses yeux de jais.

— Je n'en suis pas arrivé là pour tout voir capoter à cause de ce flic. Nous devons agir avant lui.

Chapitre 9

L'entrée de la grotte était plongée dans l'obscurité. Des rochers la protégeaient des vents et la dissimulaient à la vue d'éventuels curieux. Une puissante odeur de feuilles mortes et de fleurs à peine écloses embaumait l'air. Pourtant, au-delà de ces senteurs terrestres flottait dans l'air un parfum malsain lourd de secrets et de craintes.

Même les amoureux ne s'attardaient pas en ces lieux. On les disait hantés. Quelquefois, un promeneur tardif rapportait qu'il avait clairement entendu des murmures, provenant de la grotte. Mais il fallait être téméraire, ou fou, pour oser s'aventurer à l'intérieur.

La lune semblait contempler le reflet de son fin croissant à la surface de la mer, aussi lisse et calme ce soir-là que les eaux d'un lac.

Les hommes qui s'étaient regroupés près du bateau n'étaient que de vagues silhouettes sans visage. Eux ne craignaient pas les fantômes de la grotte, ils savaient pourquoi ils étaient là. Ils se parlaient peu et lorsqu'ils le faisaient, c'était à mi-voix. De temps en temps, un rire étouffé déchirait le silence de la nuit.

Tout à coup, l'un des hommes repéra une ombre qui s'approchait et, d'un geste, le signala à ses acolytes. Il dégaina un couteau de sa ceinture, maintenant le manche fermement serré dans sa grosse main calleuse. La lame se mit à luire, menaçante, dans l'obscurité. Toute agitation cessa. Les hommes attendaient, respiration bloquée.

Tandis que la forme se rapprochait, l'homme rengaina son arme ; un goût de fer lui emplit la bouche. Car s'il ne craignait pas de commettre un crime, il redoutait, en revanche, le nouvel arrivant.

— On ne vous attendait pas, dit-il d'une voix qu'il avait du mal à rendre égale.

— J'ai horreur d'être toujours là où on m'attend.

Ombre parmi les ombres, l'homme était vêtu de noir de la tête aux pieds. Une cagoule dissimulait son visage et sa tête, ne laissant apparaître que la fente de son regard sombre et menaçant. Grand et mince, il aurait pu aussi bien incarner Dieu que le diable.

— Vous restez avec nous pour la livraison ?

— Je suis là, non ?

Le ton tranchant avec lequel il s'était exprimé n'appelait pas de réponse. Il enjamba l'embarcation avec l'assurance d'un homme qui avait le pied marin.

C'était un bateau de pêche traditionnel, aux lignes épurées, dont on venait de repeindre le pont en noir. Seule la puissance de ses moteurs pouvait le différencier de bateaux similaires.

Sans un mot, l'homme masqué traversa le pont, sans prêter la moindre attention à l'équipage, qui s'écartait craintivement sur son passage. Tous étaient de solides gaillards, aux muscles saillants et aux mains puissantes aussi larges que des battoirs. Pourtant, ils veillaient scrupuleusement à rester à distance de leur chef, comme s'ils redoutaient d'être crucifiés sur place, chacun priant pour que les yeux impitoyables ne le remarquent pas.

L'homme alla s'installer à la barre puis jeta un regard par-dessus son épaule. Le signal était donné : l'équipage se précipita pour larguer les amarres. Ils allaient avancer à la rame jusqu'à s'éloigner suffisamment des côtes, puis, une fois en pleine mer, ils mettraient les gaz.

Le bateau avançait doucement, point solitaire sur une mer sombre. Brusquement, les moteurs se mirent à rugir. Personne ne parlait. Ouvrir la bouche n'aurait pas manqué d'attirer l'attention et chacun souhaitait plus que tout rester discret.

L'homme masqué se tenait droit, presque figé, insensible au vent salé qui manquait à chaque instant de rabattre sa cagoule vers l'arrière. Les minutes passaient, semblables à des heures, dans l'ambiance étouffante de l'embarcation.

— Nous manquons de personnel, murmura l'homme qui, au début de l'opération, avait dégainé son couteau. (Son estomac était noué, sa voix basse et rauque.) Vous voulez que je trouve un remplaçant à Stravos ?

Son chef se tourna vers lui, d'un mouvement délibérément lent. Apeuré, l'homme fit un pas en arrière, ravalant avec difficulté la boule qui lui serrait la gorge.

— Je m'en occuperai moi-même. Et vous faites bien de vous souvenir de Stravos.

Il avait haussé la voix, ses yeux sombres épinglant impitoyablement le pauvre bougre.

— Vous saurez ainsi que personne n'est irremplaçable.

Il avait appuyé sur ce dernier mot, notant avec satisfaction les yeux que ses hommes tenaient servilement baissés vers le sol. C'était exactement ce qu'il voulait. Les terroriser. Quelle meilleure façon de les tenir sous sa coupe ? Un sourire mauvais vint flotter sur ses lèvres tandis qu'il se détournait pour fixer de nouveau la mer.

Le reste de la traversée s'effectua dans le plus grand silence. Les plus superstitieux croisaient les doigts derrière leur dos ou faisaient le signe perpétué par les anciens et qui était censé éloigner d'eux le mauvais œil.

Parvenus à mi-chemin entre Lesbos et la Turquie, l'homme masqué coupa les gaz. Un silence pesant s'abattit alors sur l'embarcation. Aucun des membres de l'équipage n'osait parler comme il l'aurait fait en l'absence de leur chef. Ce soir-là, dans le bateau doucement bercé par la houle, aucune plaisanterie ne fusait. La lune disparut derrière un nuage pour réapparaître, plus éclatante, quelques minutes plus tard.

Le bruit d'un moteur se fit entendre au loin, d'abord faible, puis de plus en plus net. Un signal lumineux s'alluma deux fois, puis une autre fois quelques secondes plus tard. Un bateau de pêche semblable au premier sortit alors des ténèbres pour s'en approcher. Les hommes attendaient en silence, attentifs à la silhouette cagoulée qui, telle une figure de proue, se détachait à l'avant du bateau.

— La pêche a été bonne ce soir, annonça une voix provenant du second bateau.

— Les gros poissons sont moins vigilants la nuit.

Un éclat de rire sonore accueillit cette plaisanterie douteuse tandis que des hommes s'affairaient à remonter sur le pont un filet débordant de poissons. L'embarcation tangua dangereusement avant de se stabiliser de nouveau.

L'homme masqué assista au transbordement sans un mot ni même un geste. Il regarda un moment fixement les poissons morts qui jonchaient une partie du pont, puis il donna le signal du départ. Les moteurs des deux bateaux vrombirent simultanément, chacun prenant une direction opposée pour redevenir des points infimes sur l'immensité de la mer.

— Ouvrez-les, ordonna soudain l'homme.

— Maintenant ? se hasarda à demander un membre de l'équipage. Vous ne voulez pas qu'on attende d'être arrivés à l'endroit habituel ?

— Ouvrez-les, répéta l'homme d'une voix dangereusement sourde. Je vais les prendre sur moi, cette fois.

Trois hommes s'agenouillèrent, couteau à la main, exécutant les ordres à coups de gestes nets et précis. Une odeur tenace de sang, de sueur et de peur emplissait l'air à mesure qu'ils sortaient des entrailles des poissons les petits sachets de poudre blanche. Les corps mutilés étaient ensuite rejetés à la mer, aucun des hommes n'imaginant une seule seconde qu'ils puissent finir dans leur assiette.

Sans hâte particulière, l'homme cagoulé glissait les sachets dans les poches de son blouson. Il regardait avec une satisfaction proche du sadisme ses complices s'affairer sans bruit. La crainte qu'il leur inspirait provoquait chez lui un plaisir intense. Pour la première fois, il se mit à rire, d'un rire sinistre qui se répercuta à l'infini et qui donnait la chair de poule.

Lorsqu'il ressortit de la grotte, beaucoup plus tard, il ne put s'empêcher d'éprouver une profonde satisfaction. Tout s'était passé si facilement que cela en devenait exaltant, grisant. Une fois encore, il n'avait pas eu à affronter de questions indiscrètes ni de revendications amères. Personne n'avait osé le suivre jusqu'à la cache qu'il était seul à connaître. Pourtant, il était seul face à des gros bras qui n'avaient rien d'enfants de chœur !

Il s'appliqua quand même à se déplacer sans bruit car il savait qu'un danger, autrement plus réel celui-là, le guettait. Et il n'était pas question de se faire avoir comme un bleu !

Le hululement d'une chouette le cloua sur place. Il se mit à scruter les arbres et les rochers à travers les fentes de sa cagoule. De l'endroit où il se trouvait, il pouvait voir la masse blanche de la villa des Theoharis se découper en ombre chinoise. Il resta un long moment à l'observer, songeur, avant de reprendre sa longue marche en solitaire.

Il grimpait avec l'agilité d'une chèvre. Il connaissait si bien ce chemin ! Pour l'avoir parcouru des centaines de fois auparavant, il aurait même pu le gravir les yeux fermés. Il contourna, sans s'y attarder, le rocher sur lequel Morgan s'était assise le matin même.

La lumière qu'il avait pris soin d'allumer avant de partir brillait toujours à la fenêtre. Pour la première fois depuis des heures, il ressentit le besoin de retrouver la chaleur rassurante de son foyer. Il avait envie d'un alcool fort qui lui ferait oublier la peur qu'il avait lue dans le regard de tous ces hommes.

Il entra dans la maison et, après avoir gagné un petit salon, vida le contenu de ses poches sur une élégante table Louis XVI.

— Eh bien, mon vieux Stephanos, annonça-t-il dans un sourire victorieux, on peut dire que la pêche a été bonne !

Le vieil homme hocha légèrement la tête dans un mouvement d'approbation.

— Pas de problème ?

— Comment aurais-je pu en avoir avec des hommes qui ont même peur de l'air qu'ils respirent ?

Il alla au bar et, après avoir rempli deux verres, en tendit un à son compagnon. Il avait du mal à calmer le sentiment d'exaltation qu'il avait connu en affrontant le danger. Il vida son verre d'un trait.

— Une bande de minables, poursuivit-il. Mais ils n'y sont pour rien, ils font leur boulot. Tous aussi cupides et… (Nicholas s'interrompit pour retirer sa cagoule et la jeter sur les petits sachets en plastique)… et terrifiés.

— C'est comme ça qu'il les tient, commenta Stephanos. Beau travail en effet, dit-il en évaluant mentalement la quantité de cocaïne. De quoi être tranquille pour un bon moment, non ?

— De quoi surtout en vouloir plus. Toujours plus, affirma Nick dans un nouveau sourire. *Diabolos*, j'empeste le poisson ! ajouta-t-il en esquissant une moue de dégoût. Occupe-toi d'envoyer ça à Athènes. Nous verrons bien ce qu'ils en pensent là-bas. En attendant, je vais prendre une bonne douche et dormir quelques heures, je suis vanné !

— Ah, j'allais oublier... Quelque chose qui pourrait vous intéresser...

— Pas ce soir, Steph, coupa Nick sans même daigner se retourner. Tu me raconteras ça demain.

— La jeune dame...

Stephanos vit Nicholas s'arrêter et se raidir imperceptiblement. A l'évidence, il avait compris de qui il s'agissait.

— J'ai appris qu'elle avait renoncé à regagner les Etats-Unis. Elle va rester ici pendant l'absence d'Alex.

Nick jura entre ses dents avant de revenir sur ses pas.

— Je ne veux pas qu'une femme me mette des bâtons dans les roues, c'est compris !

— Elle restera seule jusqu'au retour de son amie.

— Je m'en fiche !

Comme à son habitude, Stephanos huma délicatement son verre avant d'en siroter une gorgée.

— Elle intéresse Athènes, poursuivit-il, indifférent aux protestations de Nick. Ils pensent qu'elle pourrait nous être utile.

— Il n'en est pas question !

Contenant mal la contrariété qui le submergeait, Nick se mit à arpenter nerveusement la pièce.

— Elle ne peut que nous causer de sérieux problèmes. Non, mieux vaut la laisser en dehors de tout ça.

— Cela me paraît difficile, compte tenu de...

— Il n'en est pas question ! répéta Nick avec encore plus de force.

— Comme tu voudras.

Irrité par le ton faussement respectueux de Stephanos, Nick reposa le verre vide que, d'un geste machinal, il s'était mis à faire tourner entre ses doigts.

— Va au diable ! grommela-t-il. Je te répète qu'elle ne peut nous être d'aucune utilité. Et j'espère qu'elle n'aura pas la mauvaise idée de fourrer son joli nez en dehors de la villa.

— Et si cela arrive ? insista Stephanos en avalant sa dernière gorgée de liqueur.

Nicholas pinça les lèvres.

— Alors, je m'occuperai d'elle.

Stephanos laissa échapper un petit rire narquois avant d'aller se resservir.

— Et moi, je crois plutôt que c'est elle qui va s'occuper de toi ! Si ce n'est pas déjà fait, insinua-t-il sous le regard courroucé de Nick, qui quitta la pièce sans ajouter un mot.

Le long moment qu'il passa dans son bain ne parvint pas à le calmer. Il mit cela sur le compte du trop-plein d'énergie que cette opération avait déclenché et alla à la fenêtre. Son regard se posa instantanément sur la villa des Theoharis, en contrebas.

Ainsi, elle était seule dans cette grande maison, dans ce lit trop grand pour elle. Il ne fallait pas qu'il y pense. Il avait escaladé le mur qui menait à sa chambre pour la dernière fois, la nuit dernière. Il avait agi sur une impulsion, sans réfléchir aux conséquences. Poussé par le besoin impérieux de justifier ses actes.

« Quel idiot j'ai été ! » se dit-il en crispant les doigts sur la rambarde en pierre. Il n'avait pas fallu longtemps à la jeune femme pour le faire succomber.

Avec quelle aisance déconcertante elle avait réussi à trouver le chemin qui menait à son cœur !

Ses mains se crispèrent un peu plus au souvenir de leurs étreintes. Du goût salé-sucré de sa peau, de la douceur de l'écrin qui l'avait accueilli. Il avait commis une erreur, certainement la plus grosse de son existence. Car si c'était une chose de risquer sa vie, Nicholas jugeait beaucoup plus grave de risquer son âme.

« Je n'aurais jamais dû la toucher », se reprocha-t-il dans un accès de colère. Il le savait et pourtant il n'avait pu renoncer aux promesses d'un plaisir qu'il avait deviné intense. Il avait abusé de sa faiblesse, du fait qu'elle était ivre. Cela l'amena à penser à Andrew et une nouvelle vague de rage le submergea. Il le haïssait d'avoir embrassé la jeune femme. Mais il détestait aussi Dorian pour les sourires qu'il lui avait adressés et auxquels elle avait répondu. Et Alex, pour la complicité qui semblait les lier.

Morgan ne lui pardonnerait jamais ce qu'il s'était passé entre eux. Il l'avait bien compris dans la façon cinglante dont elle lui avait parlé le matin même. L'aurait-elle poignardé qu'il n'aurait pas plus souffert. Non, elle ne pourrait pas lui pardonner d'avoir profité d'elle dans un moment où elle était vulnérable. Elle détesterait à jamais l'homme aux bas instincts qu'il avait été cette nuit-là.

En se maudissant, Nick s'arracha à la contemplation de la villa. Après tout, en quoi les états d'âme d'une Morgan James le concernaient-ils ? se demanda-t-il avec la plus parfaite mauvaise foi. Lui aussi aurait vite fait de l'oublier. C'était l'affaire de quelques semaines, ni plus ni moins. Après quoi, il retrouverait tranquillement la voie qu'il s'était choisie, bien avant de l'avoir rencontrée. Il n'avait pas à rougir de ce qu'il était. Et encore moins du fait qu'elle n'accepterait jamais son choix de vie. Il ne lui permettrait pas de pointer du doigt ses activités, ni de lui faire sentir qu'il avait les mains sales.

Nick se laissa tomber dans un fauteuil et se mit à scruter les ténèbres. Il décida avec fermeté que si elle avait réussi à toucher son cœur, il s'en accommoderait. Il s'en faisait même le serment. Il n'avait pas fait tout ce chemin, ni surmonté tant d'obstacles, pour laisser une paire d'yeux bleus, aussi émouvants soient-ils, le désarçonner.

Morgan ruminait sa solitude. Cette solitude à laquelle elle avait accordé tant de prix quelques jours auparavant lui pesait à présent atrocement. La maison avait beau vibrer de la présence des domestiques, elle n'en retirait aucun réconfort. Alex, Liz et Dorian lui manquaient cruellement. La matinée s'écoulait, morne, tout comme s'était écoulée la nuit. La maison lui apparaissait comme une prison dorée dont elle était prisonnière.

Ses pensées la ramenaient invariablement vers Nick. Au point qu'elle n'avait pu se résoudre à aller s'allonger dans le lit qu'elle avait partagé avec lui. Comment aurait-elle pu y dormir en paix quand tout lui rappelait qu'ils avaient fait l'amour ? Ses mains, si douces et si puissantes à la fois, sa bouche qu'il avait pressée si passionnément sur la sienne, l'odeur d'embruns qui imprégnait sa peau. Elle avait déserté sa chambre, incapable d'affronter ce souvenir douloureux.

Elle se demanda ce qui la poussait si fort vers cet homme. Et combien de temps encore elle aurait la force de combattre ce désir violent qu'il lui inspirait.

Décidée à ne pas se laisser sombrer dans le désespoir, elle enfila un maillot de bain et prit la direction de la plage. Il lui restait encore trois semaines de vacances et elle avait bien l'intention d'en profiter ! Rester cloîtrée à la maison ne changerait rien à ce qui s'était passé.

Elle foula avec bonheur le sable blanc et scintillant, surprise de n'éprouver aucune appréhension. Elle retira son peignoir et courut vers la mer. L'eau apaisa instantanément ses tensions. Avec un peu de chance, elle parviendrait peut-être même à dormir cette nuit. Il fallait qu'elle prenne de la distance. Après tout, pourquoi se laisserait-elle impressionner par la mort d'un homme qu'elle ne connaissait même pas ? Il avait été tué à la suite d'une querelle entre villageois, voilà tout. Pourquoi vouloir à tout prix trouver une autre explication à ce meurtre ? Il était évident qu'aucune des personnes de son entourage n'était mêlée à cette tragique affaire. Elle ne voulait plus penser à Iona, ni à tous ces trafics sordides, ni même… elle plongea tête la première sous une vague… à Nicholas. Elle ne voulait plus penser à rien.

Elle fuyait. Dans un monde fait d'eau, de soleil et de plaisir. Elle se laissait flotter au gré des vagues, cherchant à retrouver la quiétude des premiers jours.

Dans un jour ou deux, Liz serait de retour. Il faudrait

qu'elle soit en forme pour lui apporter l'aide et le soutien dont elle aurait besoin. Oui, ce soir elle dormirait ! Elle en avait soupé, des cauchemars !

Plus détendue qu'elle ne l'avait été depuis des jours, Morgan regagna le rivage à la nage. Elle jaillit de l'eau, rayonnante sous le soleil déjà chaud.

— Telle Vénus jaillissant de l'onde, s'écria Andrew.

Morgan mit sa main en visière devant ses yeux et l'aperçut, assis à côté de sa serviette. Il se leva pour aller à sa rencontre.

— Comment vas-tu ?

Morgan prit la serviette qu'il lui tendait et s'en frictionna vigoureusement les cheveux.

— Bien, répondit-elle enfin.

— Tes yeux sont cernés. On dirait deux lacs profonds voilés par des nuages.

Il effleura son visage du bout des doigts puis, la prenant par la main, la ramena à l'endroit où elle s'était installée.

— Nick m'a dit pour Iona. Quelle maudite série ! Je regrette que ce soit toi qui l'aies trouvée.

Morgan laissa tomber sa serviette et s'assit dessus.

— Il semblerait que j'ai un certain talent pour ça, ironisa-t-elle en secouant ses cheveux mouillés. Mais ne t'inquiète pas, je me sens beaucoup mieux aujourd'hui. Vraiment.

A son tour, elle lui caressa tendrement la joue.

— Hier, je me sentais… à vrai dire, je ne sais même plus ce que je ressentais. J'avais l'impression bizarre d'être comme désincarnée. D'assister à tout ça à travers un prisme. Tout me paraissait tellement irréel !

— Je suppose que c'était une façon de te protéger.

— Alex, Liz et Dorian me faisaient tant de peine ! C'était si dur de les voir comme ça, Andrew ! Et moi, j'étais là, impuissante à soulager leur douleur.

Elle s'allongea en arrière et, appuyée sur les coudes, goûta avec bonheur à la caresse du soleil sur sa peau nue.

— J'espère ne pas te choquer, poursuivit-elle, mais ces deux drames m'ont fait réaliser à quel point il fait bon vivre.

— Tu ne me choques pas du tout. Au contraire, je dirais même que ta réaction est tout à fait normale ; et saine.

Il adopta la même position que Morgan, mais plissa les yeux pour les protéger du soleil.

— J'aimerais te croire. Je culpabilise quand même un peu.

— Tu ne dois pas culpabiliser d'être en vie, Morgan.

— Non, tu as raison. Tu sais, ç'a été comme une révélation. J'ai réalisé brusquement tout ce qu'il me restait à faire, tout ce que j'avais encore à voir. Tu te rends compte, Andrew, j'ai vingt-six ans et c'est la première fois que je pars en voyage d'agrément ! Mon père et moi avons quitté Philadelphie pour New York à la mort de ma mère. J'avais à peine six ans et depuis, je n'ai rien vu d'autre que cette ville. Je parle cinq langues et c'est la première fois que je me rends dans un pays qui n'est pas anglophone. J'ai encore tant de pays à découvrir, Andrew. Je voudrais aller en France, en Italie !

Morgan tourna la tête vers Andrew et posa sur lui un regard débordant d'enthousiasme.

— Je veux voir Venise et m'y promener en gondole, et puis aussi flâner sur les Champs-Elysées. Je me sens la force d'escalader des montagnes, conclut-elle dans un éclat de rire.

— Et ton projet de devenir un jour pêcheur ? questionna Andrew, gentiment ironique.

— Je t'ai dit ça hier soir, n'est-ce pas ? supposa Morgan en riant de nouveau. Eh bien, pourquoi pas ? Jack déplorait toujours mes goûts, selon lui trop éclectiques.

— Qui est Jack ?

— Un homme que j'ai connu, répondit vaguement Morgan, satisfaite du peu de cas que, désormais, elle faisait de lui. Il s'était lancé dans la politique.

— Tu l'aimais ?

— Non, je crois qu'entre nous, c'était plutôt une question d'habitude. C'est terrible de dire une chose pareille, tu ne trouves pas ?

— Je n'en sais rien.

— De toute façon, c'est la vérité. C'était un homme très conformiste, sans la moindre once de fantaisie et, du coup, parfaitement rasoir. Pas du tout comme…

Morgan laissa sa phrase en suspens, les yeux soudain rivés à la falaise. En suivant son regard, Andrew aperçut Nick, qui, bien campé sur ses jambes, les mains fourrées dans ses poches, semblait les observer. Sans un salut ni un signe de la main, il pivota pour disparaître brusquement derrière les rochers.

— Tu l'aimes, n'est-ce pas ?

— Oh, non ! Non, pas du tout ! se défendit vivement Morgan. Je le connais à peine ! En plus, c'est un ours mal léché. Il est lunatique, arrogant, autoritaire et… et incapable de la moindre émotion !

Andrew accueillit d'un froncement de sourcils la description passionnée que Morgan venait de faire de Nicholas.

— J'ai l'impression que nous parlons de deux personnes différentes.

Morgan prit une poignée de sable qu'elle laissa filer nerveusement entre ses doigts.

— C'est possible, marmonna-t-elle, butée. Quoi qu'il en soit, je n'aime aucun des deux.

Andrew garda le silence quelques secondes, le regard fixé sur les mains fébriles de la jeune femme.

— Tu l'aimes, insista-t-il.

— Andrew…

— Tu l'aimes, mais tu ne veux pas te l'avouer, affirma-t-il en fixant pensivement l'horizon. Morgan, si je te demandais de m'épouser, cela gâcherait-il notre amitié ?

— Quoi ? Tu plaisantes !

— Pas le moins du monde, riposta-t-il calmement. J'ai pensé que si je te proposais de coucher avec moi, tu ne voudrais plus me parler. En revanche, si je t'épouse…

— Andrew…, commença Morgan, ne sachant trop comment prendre cette nouvelle.

Elle inspira profondément puis lâcha :

— Une demande en mariage est toujours flatteuse,

surtout si elle vient de quelqu'un qu'on estime profondément. Mais l'amitié n'a pas besoin de flatteries.

Elle se pencha vers le jeune homme et effleura ses lèvres d'un baiser.

— Je suis très contente d'être ton amie, conclut-elle.

— Que veux-tu, je suis un incorrigible romantique. Je nous imaginais sur cette île paradisiaque, vivant dans le cottage de Nick. Des feux auraient brûlé dans l'âtre, au printemps nous aurions cueilli des fleurs.

— Tu ne m'aimes pas, Andrew.

— Je pourrais.

Il prit la paume de la jeune femme et fit mine de l'étudier attentivement.

— Mais ce n'est pas ton destin de passer ta vie avec un poète fauché.

— Andrew…

— Et ce n'est pas le mien d'être aimé d'une femme comme toi.

Il lui sourit et embrassa sa paume offerte.

— Tant pis, c'était bon de rêver.

— Merci, Andrew, pour cette charmante attention.

Andrew hocha légèrement la tête, puis il se leva.

— Peut-être nous croiserons-nous à Venise. Il paraît que cette ville merveilleuse enchante les poètes.

Il lui sourit, d'un sourire charmeur qui fit regretter à Morgan d'avoir pris sa demande à la légère.

— Qui sait ? L'amour n'est qu'une question de moment.

Elle le regarda traverser la plage puis gravir les marches qui menaient au cottage.

Chapitre 10

Malgré toutes ses bonnes résolutions et les promesses qu'elle s'était faites, Morgan n'arrivait pas à trouver le sommeil. Elle se retournait sans cesse dans son lit, refusant de sombrer dans des rêves où Nicholas viendrait la hanter impitoyablement. Elle qui était parvenue à le tenir éloigné de ses pensées une bonne partie de la journée, elle ne baisserait pas la garde pour quelques heures de sommeil.

A la faveur de la nuit, des images cauchemardesques resurgissaient. Elle revoyait, pêle-mêle, le visage du cadavre sous l'eau, des mégots de cigarettes noires à demi enfouis dans le sable. Et Iona, blême, la masse de ses cheveux balayant le sol, retenue à la vie par un faible souffle.

Pourquoi ce soudain pressentiment que le coupable se trouvait parmi son entourage ?

Le silence de la nuit était pesant. Même l'air qu'elle respirait oppressait Morgan. Elle était tiraillée entre l'envie de céder au sommeil et celle de chasser ses fantômes.

Elle ne pouvait oublier la voix d'Alex, aussi froide et tranchante qu'une lame de couteau, lui disant que la mort de Iona serait une libération pour tous. Comme elle ne pouvait non plus oublier le regard vide de

Dorian tandis que, presque indifférent au drame qui venait de se produire, il portait à ses lèvres une longue cigarette noire. Et que penser de Liz, si dévouée à son mari qu'elle s'était dite prête à tout pour le protéger ? Quant à Nick, elle ne pouvait que l'imaginer tenant à la main le manche d'un couteau dégoulinant de sang.

Morgan poussa un cri et s'assit dans son lit, les yeux écarquillés d'effroi. Non, elle ne voulait pas dormir. Pas toute seule. Elle n'osait pas.

Sans trop réfléchir à ce qu'elle faisait, elle se leva et enfila un jean et un T-shirt. Elle allait retourner à la plage, c'était le seul endroit qui lui procurait la quiétude et la sérénité dont elle avait tant besoin.

L'air frais lui fit du bien. Elle appréciait de ne plus être confinée entre quatre murs, de respirer à pleins poumons le parfum des fleurs, d'entendre le vent murmurer entre les feuilles des arbres. A chaque pas qu'elle faisait, les images traumatisantes s'estompaient un peu plus.

La lune, presque pleine, se réfléchissait à la surface de l'eau. Morgan suivait le chemin, sans hésitation, guidée par un instinct qui lui soufflait qu'elle ne risquait rien.

Après avoir roulé le bas de son pantalon, elle se redressa et marcha dans l'eau, laissant les vaguelettes lui lécher les chevilles. Elle étira ses bras en direction des étoiles et poussa un profond soupir d'aise. Enfin, elle commençait à se détendre !

— Il ne t'arrive donc jamais de passer une nuit entière dans ton lit ?

Morgan fit volte-face pour se retrouver nez à nez

avec Nick. Il devait déjà être là, elle n'avait entendu aucun bruit de pas derrière elle. Elle se raidit, le toisa d'un regard glacial. Lui non plus n'avait pas pris la peine d'enfiler une paire de chaussures. Il portait un jean et une chemise largement déboutonnée sur son torse bronzé. Morgan maudit le désir fulgurant qui la submergea.

— Qu'est-ce que ça peut bien te faire, que je dorme ou pas ? rétorqua-t-elle sèchement.

Nick renonça péniblement à son envie d'attirer la jeune femme contre lui. Cela faisait des heures qu'il était à sa fenêtre, attendant en vain un sommeil qui ne venait pas, lorsqu'il l'avait vue sortir de la villa. Avant même de réaliser ce qu'il faisait, il s'était retrouvé à moitié nu sur les marches qui menaient à la plage pour aller la rejoindre. Mais il ne s'attendait pas à un accueil aussi glacial.

— Tu as déjà oublié ce qui arrive aux femmes qui se promènent seules sur la plage, en pleine nuit ?

Il avait parlé avec une pointe d'ironie tout en enroulant négligemment une mèche des cheveux de Morgan autour de ses doigts. Il pourrait tout aussi bien caresser sa peau nue, s'il le décidait. Qui pourrait l'en empêcher ?

— Je te préviens, Nicholas, si tu as dans l'idée de me séduire une nouvelle fois, je ne resterai pas là, les bras ballants ! Je saurai me défendre.

— Cela pourrait être amusant, lança-t-il en la défiant du regard tandis qu'elle essayait de se soustraire à ses mains trop douces. Je pensais que tu en aurais assez de la plage aujourd'hui, Aphrodite, ajouta-t-il d'un ton sarcastique. Mais peut-être as-tu rendez-vous avec Andrew.

Elle tenta d'ignorer le doux frisson qui lui avait parcouru l'échine en l'entendant l'appeler de ce petit nom affectueux.

— Je n'attends personne et j'entends bien rester seule. Alors si tu veux bien t'en aller à présent…

Au lieu de s'exécuter, Nicholas se rapprocha d'elle et la prit par les épaules, enfonçant douloureusement ses doigts dans sa chair tendre.

— N'essaie pas de me provoquer, Morgan, gronda-t-il d'une voix sourde. Je ne suis pas comme ce blanc-bec d'Andrew, moi !

— Ne me touche pas, ordonna-t-elle en contrôlant tant bien que mal sa voix.

Elle fixa sur lui un regard dur. Cette fois, elle ne flancherait pas !

— Dommage ! Tu aurais pu t'inspirer de la façon dont lui ou Dorian traitent les femmes, lui assena-t-elle avec perfidie.

Nick, lèvres pincées, marmonna une injure avant d'attirer violemment Morgan contre lui. Elle se dit, en voyant son visage déformé par la colère, qu'elle seule avait le triste privilège de connaître sa face sombre. L'idée d'avoir ce pouvoir sur lui fit naître en elle une joie mauvaise.

— Dois-je comprendre que tu as couché aussi avec Dorian ? questionna-t-il avec rudesse. Combien d'amants te faut-il donc pour te satisfaire ?

Morgan réussit à ne rien laisser paraître de la colère qui l'avait submergée.

— As-tu remarqué, demanda-t-elle d'une voix presque égale, que lorsque tu es en colère tu t'exprimes exclusivement dans ta langue maternelle ? Franchement, je ne vois pas ce que vous pouvez bien avoir en commun, Andrew et toi.

La comparaison attisa un peu plus la colère de Nicholas.

— Tu te réjouis de l'ascendant que tu as sur lui, n'est-ce pas ?

Morgan serra les dents. Non, elle ne lui donnerait pas la satisfaction de la voir afficher la souffrance qui lui vrillait le cœur.

— Sale garce, siffla Nick. Tu as l'intention de nous manipuler encore longtemps comme ça ?

Ivre d'une rage décuplée par trop de nuits sans sommeil, Morgan le repoussa de toutes ses forces.

— Comment oses-tu ? Oui, comment oses-tu porter un jugement sur moi, toi qui n'hésites pas à jouer avec la vie des gens ? Toi qui as fait du mensonge une règle de vie ? Tu n'as pas de leçons à me donner, tu m'entends ? Tu n'es qu'un sale égoïste qui se fiche bien de ce que les autres peuvent ressentir ! Je te déteste, toi, et tout ce que tu représentes !

D'un mouvement brusque, elle se dégagea de l'emprise de Nick et se rua dans les vagues.

— Idiote, grommela Nick avant de courir la rejoindre.

Lorsque, enfin, il l'eut rattrapée, il la prit par les épaules et la secoua légèrement. Sa voix claqua dans le silence de la nuit, sèche comme un coup de fouet.

— Sache que je ne mendierai jamais tes faveurs, Morgan. Quant à mes activités, je ne peux pas m'y soustraire et je ne fais qu'exécuter des ordres. Si cela peut changer quoi que ce soit à la piètre opinion que tu sembles avoir de moi, sache également que je n'en tire aucune gloire.

— Je me fiche bien de tes activités ! cracha la jeune femme. Et de tout ce qui te concerne ! Je te déteste ! répéta-t-elle. Et je me déteste de t'avoir laissé poser la main sur moi !

La sentence était tombée, plus douloureuse que Nick ne l'aurait imaginé. Il refoula avec peine les images de leurs deux corps enlacés.

— Je comprends. Alors, veille à garder tes distances et tout ira bien.

— Je ne demande pas mieux, figure-toi ! Je ne veux plus te voir, ni même entendre prononcer ton nom !

Nick lutta pour ne pas céder aux flots de tendresse qui soudain le submergeaient. Il aurait tant aimé la prendre dans ses bras, la supplier de lui pardonner et la remercier du magnifique cadeau qu'elle lui avait fait !

— Je respecterai ta volonté, Morgan. Fais ce que tu veux avec Dorian, mais ne t'amuse pas à faire souffrir Andrew. Sans quoi, je jure de tordre ce joli cou de mes propres mains. Compris ?

Morgan rejeta en arrière ses cheveux dégoulinants et darda sur lui un regard furibond.

— Tu ne me fais pas peur ! Et je verrai Andrew si ça me chante, que tu le veuilles ou non ! Je me demande d'ailleurs s'il apprécierait ton excès de zèle. Figure-toi qu'il m'a demandé de l'épouser.

En un mouvement aussi brusque que leste, Nicholas souleva Morgan et la plaqua étroitement contre lui.

Morgan se débattit tant qu'elle put, mais ne parvint qu'à soulever des gerbes d'eau qui les trempèrent un peu plus.

— Qu'est-ce que tu as répondu ? gronda-t-il, menaçant.

— Ça ne te regarde pas ! vociféra Morgan, qui, en se débattant de plus belle, ne fit qu'inciter Nick à resserrer son étreinte. Et repose-moi *immédiatement* ! Tu n'as pas le droit de me traiter de cette façon !

Mais Nick ne l'entendait pas, aveuglé par la jalousie. Il n'accepterait jamais qu'elle appartienne à un autre homme !

— Je t'ai posé une question, Morgan !

— Non ! hurla-t-elle, au comble de l'hystérie. J'ai répondu *non* !

Un sourire satisfait vint flotter sur les lèvres de Nick tandis qu'il reposait délicatement Morgan sur le fond sableux. Il remarqua aussitôt son teint livide et s'en voulut d'en être responsable. Ne saurait-il donc que la blesser ? Si seulement il n'y avait pas tant d'obstacles en travers de leur route, il aurait une chance de la conquérir !

— Tant mieux, dit-il d'une voix loin d'être aussi désinvolte qu'il l'aurait voulu. Je n'aurais pas aimé te voir mener ce pauvre Andrew par le bout du nez. Il est si fragile !

Il libéra complètement Morgan, conscient de l'avoir touchée pour la dernière fois.

— Je suppose que tu ne lui as pas parlé de l'amant que tu as laissé derrière toi ?

— Un amant ? De quel amant parles-tu ?

Pour toute réponse, Nick pointa du doigt le médaillon que la jeune femme portait autour du cou, et qu'il mourait d'envie de lui arracher.

— Celui qui t'a fait cadeau de cette breloque à laquelle tu tiens tant ! Lorsqu'une femme affiche avec aussi peu de discrétion sa dévotion à un autre homme, il est difficile de ne pas le remarquer, non ?

Morgan serra dans sa main la petite médaille en argent. Elle avait cru connaître le paroxysme de la colère, eh bien, elle s'était trompée !

— Sa dévotion à un autre homme, répéta-t-elle dans un souffle. Aucun amant ne m'a marquée à ce point, Nicholas, reprit-elle plus haut.

— Pardon, railla Nick, ce n'était qu'une façon de parler, bien sûr.

— C'est mon père qui m'a donné cette médaille, rétorqua-t-elle d'une voix blanche. Il me l'a donnée alors que j'avais huit ans et que je m'étais cassé le bras en tombant d'un arbre. Mon père est la personne la plus gentille et la plus attentionnée que j'aie jamais connue. Et toi, Nicholas Gregoras, tu n'es qu'un imbécile !

Elle lui tourna brusquement le dos et courut vers la plage. En deux enjambées il l'avait rattrapée et, indifférent à ses protestations, la maintenait de nouveau fermement serrée contre lui. Il plongea ses yeux dans les siens. Il n'en pouvait plus, il avait besoin de savoir.

— Tu n'as pas d'amant à New York ? demanda-t-il, sceptique.

— Fiche-moi la paix !

Il la trouvait encore plus belle, la tête rejetée en arrière, ses yeux bleus étincelant de colère. Et lorsqu'elle releva crânement le menton pour l'épingler d'un regard implacable, il songea avec émotion qu'il aurait volontiers sacrifié sa vie par amour pour elle.

— As-tu un amant à New York, Morgan ? répéta-t-il d'une voix ferme mais radoucie.

— Je n'ai d'amant nulle part !

Il lâcha un juron qui ressemblait plus à un soupir de soulagement. Son corps s'enflamma instantanément à travers ses vêtements mouillés. Il sentit le cœur de Morgan s'accélérer au même rythme que le sien.

— Maintenant tu en as un, lui murmura-t-il avant de prendre ses lèvres et de l'allonger sur le sable.

Sa bouche était avide, ardente. Morgan lui en voulait encore, mais, même si elle le déplorait, elle ne pouvait résister à l'appel de ses sens. Elle le laissa lui retirer fébrilement son T-shirt, comme s'il ne supportait pas la moindre entrave entre leurs peaux moites de désir.

Morgan savait qu'il lui ferait toujours l'amour avec la même intensité. Sans rime ni raison. Elle se fondait avec bonheur dans ce plaisir commun, car un amour d'une telle force ne pouvait connaître aucune limite. A son tour, emportée par l'urgence de son désir, elle lui arracha, plus qu'elle ne la lui ôta, sa chemise. Elle l'entendit rire contre sa gorge.

Plus aucune frontière n'existait entre le bien et le mal. Et tandis que la passion la propulsait sur des cimes toujours plus hautes, elle reconnut les signes de l'amour. Toute sa vie, elle avait rêvé d'un amour pareil. Et voilà qu'il se matérialisait sous les traits de Nick. L'heure n'était pas aux questions. Elle savait juste qu'elle l'aimait et que rien d'autre n'avait d'importance.

Lorsque les mains de Nick se posèrent sur les seins nus de la jeune femme, il laissa échapper un petit grognement de plaisir. Il reprit sa bouche avec avidité. Elle était si douce, si chaude ! La fièvre se mit à couler dans ses veines, décuplant le désir qu'il avait d'elle. Il n'avait encore jamais désiré une femme comme il la désirait, elle ! Pas de cette façon, unique, où il donnait libre cours à ses instincts les plus sauvages. Même lorsqu'il l'avait prise la première fois, il n'avait pas ressenti une telle puissance d'émotions !

Elle s'infiltrait en lui par tous les pores de sa peau, par la moindre cellule de son cerveau. Pourrait-il un jour se lasser de son odeur, de ce corps fin et souple qui se tendait vers le sien, en quête de plus de plaisir ? Il en doutait.

Morgan passa une main fiévreuse dans les cheveux de Nick. Elle se grisait de la musique des mots qu'il lui murmurait à l'oreille d'une voix si rauque qu'elle ne les comprenait pas. Elle se livrait sans pudeur à ses mains audacieuses qui, à présent, lui retiraient son jean, lui rendant des caresses qu'elle n'avait jamais prodiguées à aucun des hommes qui avaient partagé son lit. Elle s'abandonnait avec délice à l'instinct de possession de ce mâle qui le poussait à prendre et à prendre encore, sans douter un instant du pouvoir qu'il exerçait sur elle. Morgan poussait des cris de plaisir qui se muaient en cri de douleur sitôt que les caresses cessaient. Elle se donnait entière, sans restriction, offrant la moindre parcelle de son corps à la bouche, aux mains, au sexe bandé de Nick. Elle se laissait couler dans un tourbillon de plaisir où la raison n'existait pas. Elle était sa prisonnière consentante.

Le sable, ainsi que l'eau qui leur léchait les pieds, était froid, mais ils n'en avaient pas conscience. C'est à peine s'ils entendirent le hululement d'un hibou accompagner leurs gémissements de plaisir. Ils avaient l'impression d'être seuls au monde, amants passionnés destinés à se rencontrer un jour pour s'appartenir à jamais.

Morgan eut soudain l'impression qu'elle allait perdre connaissance lorsque, de sa seule bouche, il l'entraîna sur des sommets de volupté.

Elle s'agrippait à lui, exigeant, suppliant pour qu'il lui donne la caresse ultime qui, enfin, la délivrerait de l'exquise torture qu'il lui infligeait. Mais Nick restait sourd aux prières de sa maîtresse, aux battements accélérés de son cœur contre le sien. Ce ne fut que lorsqu'il la sentit au bord de l'explosion qu'il entra en elle, l'entraînant dans un monde qui oscillait entre le paradis et l'enfer. Lorsque, dans une parfaite fusion, ils atteignirent l'orgasme, Morgan ne savait toujours pas de quel côté ils avaient basculé, sa seule certitude étant qu'ils y avaient sombré ensemble.

Bien plus tard, Morgan reposait sur le sable froid, les yeux mi-clos, la tête nichée contre l'épaule nue de Nick. Elle avait du mal à émerger du plaisir charnel dans lequel elle s'était noyée. Jamais aucun homme ne l'avait aimée aussi passionnément ! Ni ne lui avait procuré un tel sentiment de puissance ! Elle ferma les yeux, désireuse de capturer en pensée ces moments magiques.

Elle n'avait même pas essayé de lutter. N'avait pas émis la moindre protestation. Elle s'était donnée sans la moindre arrière-pensée, obéissant à ses propres pulsions. Mais maintenant que se dissipaient les limbes de la passion, seul subsistait un profond sentiment de honte.

Elle aimait un criminel. Un homme sans foi ni loi, qui tirait profit de la misère psychologique de gens qu'il tuait à petit feu. C'était à cet être abject qu'elle s'était livrée corps et âme. Car si elle reconnaissait volontiers n'avoir aucun contrôle sur ses sentiments, elle savait en avoir sur son corps. Tremblante, elle s'écarta de Nick.

— Non, reste, lui dit celui-ci en enfouissant son visage dans la masse de ses cheveux.

Morgan se dégagea doucement des bras rassurants de Nick.

— Je dois y aller, murmura-t-elle. S'il te plaît, laisse-moi partir.

Nicholas s'appuya sur un coude et la fixa, un sourire amusé au coin des lèvres. Il paraissait détendu et satisfait.

— Non, dit-il simplement. Je ne veux plus que tu me quittes.

— Nicholas, s'il te plaît, répéta-t-elle en inclinant légèrement la tête de côté. Il est tard, il faut vraiment que je parte.

Nicholas resta immobile un instant, puis il lui prit le visage entre ses mains et la força à le regarder.

Lorsqu'il vit que ses yeux étaient embués de larmes, il laissa échapper un juron.

— Tu viens de te rendre compte que tu as fait l'amour avec un criminel et que tu as aimé ça, n'est-ce pas ?

— Tais-toi ! le supplia-t-elle. Je te demande juste de me laisser partir. Quoi que j'aie fait, je l'ai fait parce que je le voulais. Personne ne m'a forcée.

Elle avait séché ses yeux du revers de la main et elle lui offrit un regard voilé de tristesse. Jurant de nouveau, Nick empoigna sa chemise, et l'obligea à s'asseoir. Athènes attendrait !

— Mets ça, lui ordonna-t-il en lui tendant le vêtement. Nous devons parler.

— Je ne veux pas parler ! Ça ne sert à rien.

— Et moi, je te dis qu'il faut que nous parlions, Morgan ! ordonna-t-il en l'aidant à enfiler une manche. Je ne veux pas que tu te sentes coupable de ce qui vient de se passer.

Morgan sentait la colère couver en lui tandis que, d'un geste nerveux, il rabattait la chemise sur sa poitrine dénudée.

— Je ne l'admettrais pas, tu m'entends ? C'est trop. Je ne peux pas tout t'expliquer maintenant et certaines choses devront rester dans l'ombre pour toujours, mais…

— Je ne te demande aucune explication, Nicholas.

Ses yeux plongèrent dans ceux de Morgan.

— Tu m'en demandes chaque fois que tu poses le regard sur moi.

Il sortit un paquet de cigarettes de la poche de son jean et en alluma une.

— Mes affaires dans l'import-export, enchaîna-t-il, m'ont permis de développer un réseau relationnel important. Parmi les personnes que je côtoie, certaines sont peu recommandables, je l'avoue.

Il s'interrompit, semblant réfléchir à la suite qu'il allait donner à ses révélations.

— Nicholas, je ne…

— Tais-toi, Morgan ! Lorsqu'un homme a décidé de vider son sac, rien ne peut l'arrêter, pas même la femme qu'il aime ! Alors tu vas écouter ce que j'ai à dire. Et jusqu'au bout, précisa-t-il en exhalant un voile de fumée. J'avais à peine vingt ans lorsque j'ai rencontré un homme qui m'a proposé un boulot un peu… particulier, mais fascinant. J'ai découvert alors que le danger pouvait agir comme une véritable drogue. Qu'une fois qu'on y avait goûté, on ne pouvait plus décrocher.

« Cela au moins je peux le comprendre », se dit Morgan avec amertume.

— Puis j'ai commencé à travailler en free-lance. (Il avait prononcé ce dernier mot dans un demi-sourire.) En règle générale, j'aimais bien ce que je faisais. Jusqu'à aujourd'hui. C'est curieux comme dix ans de ma vie me sont brusquement apparus comme une prison.

Morgan avait remonté ses genoux sur sa poitrine et elle l'écoutait, le regard perdu au loin. Son visage resta obstinément tourné vers la mer lorsque, d'un geste plein de tendresse, il lui caressa les cheveux. Se confesser s'avérait beaucoup plus difficile qu'il ne l'avait imaginé. En outre il savait qu'il jouait gros. Morgan le quitterait peut-être lorsqu'il lui aurait tout déballé. Il resterait alors seul, face à ce grand vide qu'elle laisserait derrière elle. Il tira nerveusement sur sa cigarette, en fixa le bout incandescent.

— Morgan, il y a des choses que j'ai faites… (Il inspira profondément pour se donner le courage de poursuivre.) Il y a des choses que j'ai faites, répéta-t-il, et dont je ne pourrai jamais te parler, même si j'étais libre de le faire. Parce que tu ne pourrais pas supporter de l'entendre.

Morgan tourna enfin son visage vers lui et lui demanda d'une voix forte :

— Tu as tué des gens, c'est ça ?

Comment répondre, face à un regard si profondément désespéré ?

— Lorsque c'était nécessaire, oui.

Morgan baissa la tête. Elle avait toujours refusé de le voir comme un meurtrier. Elle le voulait incapable de commettre ce qu'elle considérait comme la pire des choses : ôter la vie à quelqu'un.

Nick fronça les sourcils et écrasa le mégot de sa cigarette dans le sable. « J'aurais pu lui mentir, se disait-il rageusement. Pourquoi ne lui ai-je pas menti ? Je suis pourtant un expert en la matière ! Mais je lui dois la vérité, voilà pourquoi », conclut-il dans un éclair de lucidité.

— J'ai fait ce que je devais faire, Morgan, reprit-il d'une voix lisse. Et je ne peux pas gommer dix ans de ma vie. Bon ou mauvais, c'est un choix que j'ai fait et je n'ai pas à m'en excuser.

— Je ne te le demande pas. Et mon intention n'était pas de te laisser penser le contraire.

Elle se leva et regarda Nicholas bien en face.

— Je t'en prie, Nick, je ne veux rien savoir. Ta vie t'appartient, tu n'as pas à te justifier.

— Morgan…, commença-t-il.

Si Morgan l'avait accablé de reproches, probablement aurait-il gardé le silence. Mais il la sentait si désemparée, refoulant les questions qui lui brûlaient les lèvres, qu'il choisit de révéler ce qu'il cachait depuis des jours.

— J'ai passé ces six derniers mois à lutter contre les trafiquants de drogue qui officient entre la Turquie et Lesbos.

Morgan le dévisagea comme si elle le voyait pour la première fois.

— Lutter ? Mais je croyais… Tu m'as dit…

— Je ne t'ai jamais rien dit, Morgan, la coupa-t-il. Je t'ai laissée croire, mais c'était mieux ainsi, je ne pouvais pas faire autrement.

Morgan se rassit, sonnée, tentant de mettre de l'ordre dans les pensées qui se bousculaient dans sa tête.

— Nicholas, je ne comprends pas. Es-tu en train de me dire que tu es un policier ?

Nicholas éclata de rire, oubliant la colère qui l'avait ravagé quelques minutes auparavant.

— Non, Aphrodite, s'il te plaît, épargne-moi ça.

— Un espion alors ? suggéra Morgan en fronçant les sourcils.

Nick fondit de tendresse devant l'ingénuité de la jeune femme. Il prit son visage entre ses mains. Dieu qu'elle était craquante !

— Disons que je suis un homme, toujours par

monts et par vaux, qui obéit à des ordres. Il faudra te contenter de cette explication sommaire, Morgan. Je ne peux rien te dire de plus.

— Mais alors, cette première nuit sur la plage…

Enfin, pour la première fois depuis qu'elle avait rencontré Nicholas Gregoras, les pièces du puzzle commençaient à se mettre en place.

— … Tu étais en train de guetter le chef des trafiquants ? L'homme que Stephanos filait.

Nick fronça les sourcils à son tour et laissa retomber ses bras le long de son corps. Elle l'avait cru sans la moindre réticence, semblant même avoir oublié qu'il avait tué. Pour quelle raison alors était-il si réticent à poursuivre ?

— Il fallait que je te tienne à l'écart car je savais qu'il avait traversé la plage pour prendre le chemin qui menait chez Stravos. Ce dernier a été éliminé parce qu'il savait, lui, qui était à la tête de l'organisation. Il a dû se montrer un peu trop gourmand et en guise de réponse il a reçu un coup de couteau dans le dos.

— Qui est-ce, Nicholas ?

— Je ne peux pas te le dire, répondit ce dernier, inflexible. Même si j'étais sûr de son identité, je ne te le révélerais pas. Je t'en prie, Morgan, ne me pose pas de questions auxquelles je ne peux pas répondre. Plus tu en sauras et plus je te mettrai en danger.

Son regard s'assombrit dangereusement.

— L'organisation pour laquelle je travaille t'aurait bien vue dans nos services. Tu pourrais leur être utile avec toutes les langues que tu parles. Mais je te l'ai déjà dit : je suis égoïste. Alors je leur ai dit que leur proposition ne t'intéressait pas.

— Je te trouve un peu présomptueux, rétorqua Morgan. Je suis assez grande pour décider moi-même.

— Ce ne sera pas nécessaire. Dès que je saurai avec certitude qui est à la tête de ce trafic, mon boulot sera terminé. Et Athènes devra apprendre à se débrouiller sans moi.

— Tu veux dire que tu ne veux plus être…

Elle fit un geste vague de la main signifiant qu'elle ne savait trop quel nom donner aux activités de Nick.

— Enfin… tu ne veux plus faire… ce genre de choses ?

— Non. Cela fait déjà trop longtemps que je suis dans ce milieu.

— Quand t'es-tu décidé ?

« Quand nous avons fait l'amour la première fois », brûlait-il de lui avouer. Mais cela n'aurait été qu'à moitié vrai. Car il lui restait encore quelque chose à lui dire.

— Le jour où je suis parti en bateau avec Iona.

Nick s'interrompit pour pousser un profond soupir. Il redoutait que Morgan ne lui pardonne pas ce qu'il allait lui révéler.

— Elle trempe dans cette sordide histoire, Morgan.

— Dans ce trafic de drogue ? Mais…

— Une partie de mon boulot consistait à obtenir d'elle les informations dont j'avais besoin. Alors je l'ai emmenée sur mon bateau avec la ferme intention de lui faire l'amour pour lui délier la langue.

Il regarda Morgan, qui, les yeux fixés sur l'horizon, ne trouvait rien à dire.

— Il s'agissait de la faire craquer sous la pression. C'est pour cette raison qu'on a cherché à l'éliminer elle aussi.

— L'éliminer ? répéta Morgan en cherchant à dissimuler le tumulte intérieur que cette révélation venait de provoquer. Pourtant, le capitaine Tripolos a évoqué, lui, une tentative de suicide.

— Iona n'avait pas plus envie de se suicider que moi, tu peux me croire !

— Bien sûr, tu as raison.

— Il s'en est fallu de peu qu'elle confirme mes doutes.

— Pauvre Alex, murmura Morgan, il va être anéanti lorsqu'il apprendra qu'elle est mêlée à tout ça ! Et Dorian…

Elle se rappela son regard vide, les mots qu'il avait prononcés. « Pauvre Iona. Si belle. Et déjà perdue. » Peut-être savait-il déjà.

— Il n'y a rien que tu puisses faire ? s'enquit-elle en posant sur Nick un regard cette fois confiant. Est-ce que la police est au courant ? Le capitaine Tripolos ?

Nick prit la main de Morgan entre les siennes.

— Tripolos en sait beaucoup plus qu'il ne veut bien le dire. Mais je ne travaille pas directement avec eux, ils risqueraient de me mettre des bâtons dans les roues. Pour le moment, ajouta-t-il gaiement, ce brave capitaine me croit coupable d'un meurtre, d'une tentative d'assassinat et s'imagine que je suis l'homme masqué. S'il m'avait vu la nuit dernière ! Il en aurait eu des frissons !

Morgan observa attentivement les yeux pétillants d'enthousiasme de Nick.

— Tu adores ton métier, Nick, affirma-t-elle. Pourquoi veux-tu arrêter ?

Le sourire de Nick se figea instantanément.

— Je t'ai dit que j'étais avec Iona. Il fallait que je couche avec elle. Ce n'est pas la première fois que j'employais cette méthode. Dans mon métier, le sexe est un moyen comme un autre de parvenir à ses fins.

Nick vit avec un pincement au cœur Morgan baisser les yeux sur le sable.

— Elle avait trop bu pour pouvoir se montrer coopérative, mais je savais qu'il y aurait d'autres occasions. Pourtant ce jour-là, j'ai ressenti comme un malaise.

Il glissa un doigt sous le menton de Morgan, la forçant à le regarder dans les yeux.

— Qui n'a cessé que ce soir, ajouta-t-il.

Morgan fouilla son visage, à la recherche d'un indice qui la mettrait sur la voie. Elle y vit passer quelque chose qui implorait sa clémence et qui pouvait ressembler à des regrets. Elle lui passa alors les bras autour du cou et posa sa bouche sur la sienne. Elle l'entendit pousser tout bas un soupir de soulagement.

— Morgan…, commença-t-il en la serrant un peu plus fort contre lui, si j'avais le pouvoir de remonter le temps… (Il n'hésita que l'espace de quelques secondes.) Eh bien, sache que je referais exactement la même chose.

— Quelle charmante façon de t'excuser, railla gentiment Morgan.

Nick enfouit son visage dans ses cheveux, ne

pouvant se résoudre à se détacher d'elle ne fût-ce que de quelques millimètres.

— Cette histoire devrait être terminée demain soir et ensuite je serai libre. Partons ensemble quelques jours, Morgan. N'importe où.

— Demain ? répéta la jeune femme soudain attentive au feu qui se répandait dans ses veines. Pourquoi demain ?

— A cause de… disons de complications dont je suis responsable. Mais viens, allons nous baigner, tu es couverte de sable.

— Des complications ? demanda Morgan tandis que Nick l'aidait à se lever. Quel genre de complications ?

— Je crois que notre homme ne va pas supporter d'avoir perdu une de ses livraisons, murmura Nick en faisant glisser sa chemise des épaules de Morgan.

— Tu l'as interceptée ?

Il l'entraîna dans l'eau et admira, le cœur battant, sa silhouette gracile se découpant au clair de lune. Il attendit qu'elle ait de l'eau jusqu'à la taille pour l'attirer contre lui.

— Avec une facilité déconcertante, même. Mais il faut dire que Stephanos et moi les filions depuis un bon bout de temps.

Ses lèvres effleurèrent celles de Morgan avant de descendre le long de sa gorge.

— Le soir où nous sommes tombés sur toi, reprit-il, nous étions justement en train de les guetter. Et maintenant, parlons un peu de ces quelques jours rien que toi et moi.

— Qu'est-ce qu'il va se passer demain soir ?

Elle s'était légèrement écartée de lui, se soustrayant pour quelques secondes à ses caresses irrésistibles. La peur se lisait dans ses yeux.

— Nicholas, que va-t-il se passer demain soir ? répéta-t-elle avec plus de force.

— Pour le moment j'attends les conclusions d'Athènes. Lorsque je les aurai, je saurai exactement comment agir. Et je serai là pour les cueillir au moment où ils débarqueront la marchandise.

— Tu ne seras pas seul ? lui demanda-t-elle en s'agrippant à ses épaules. Cet homme a prouvé qu'il était prêt à tout.

Nicholas frotta tendrement son nez à celui de Morgan.

— Ne me dis pas que tu t'inquiètes pour moi, Aphrodite.

— Nick, ne plaisante pas avec ça !

Un éclair de panique passa dans son regard.

— Demain, en fin d'après-midi, Tripolos sera mis au courant du rendez-vous. Si tout se passe comme prévu, je pourrai même l'en informer moi-même.

Le froncement de sourcils sceptique de Morgan le fit sourire.

— Et du coup, il pourra reprendre à son compte ce beau coup de filet.

— Mais ce n'est pas juste ! s'exclama Morgan. Après tout le temps et l'énergie que tu as consacrés à cette affaire ! pourquoi ne pourrais-tu…

— Chut, lui souffla Nick à l'oreille. Je ne peux pas faire l'amour à une femme qui se plaint constamment.

— Nicholas, j'essaie de comprendre.

— Et moi, je veux que tu comprennes ceci, rétorqua-t-il avec une pointe d'impatience. J'ai eu envie de toi à la minute où je t'ai vue sur ce rocher. Pendant des jours, j'ai cru que j'allais devenir fou, Morgan. Je ne veux plus jamais vivre ça, tu m'entends ? Plus jamais !

Sans attendre de réponse, il lui scella les lèvres d'un baiser passionné.

Chapitre 11

Morgan batailla un moment en riant pour enfiler son jean encore trempé.

— J'étais tellement furieuse après toi que si tu ne m'avais pas rejointe, j'aurais plongé dans l'eau tout habillée.

— Moi aussi, rétorqua Nick en reboutonnant son pantalon.

Morgan regarda avec tendresse cet homme qui, nu jusqu'à la taille, tentait de chasser le sable collé sur sa chemise. Une lueur mutine s'alluma au fond de ses yeux. Elle fit un pas vers lui, promena lentement un doigt léger sur son torse viril avant de nouer ses bras autour de son cou.

— Tu étais furieux que je porte un bijou donné par un amant attendant impatiemment mon retour à New York ?

— Pas du tout, mentit Nick en affichant un sourire désinvolte.

Il passa sa chemise autour de la taille de Morgan pour l'attirer un peu plus contre lui.

— Cela m'est complètement égal.

— Alors, murmura Morgan en lui mordillant la lèvre, peut-être aimerais-tu que je te parle de Jack.

— Sûrement pas, marmonna-t-il en appuyant la

pression sur les lèvres de la jeune femme. (Il sentit le souffle chaud du petit rire qui lui échappa malgré elle.) Ensorceleuse, lui susurra-t-il avant de l'embrasser si passionnément qu'elle pouvait à peine respirer. Tu aimes me faire sortir de mes gonds, n'est-ce pas ?

— Je t'aime, lui répondit-elle simplement en blottissant sa tête contre l'épaule offerte.

Les bras de Nick se refermèrent sur elle, puissants, rassurants. Il savait pourtant qu'il ne la garderait pas par la force.

— Tu es une femme dangereuse. Je l'ai su à la minute où je t'ai tenue dans mes bras.

Morgan éclata de rire en rejetant sa lourde chevelure en arrière.

— La première fois que tu m'as tenue dans tes bras, tu n'as pas cessé de m'injurier. Je voudrais t'avoir connu ce soir.

Elle s'accrocha soudain désespérément à lui, son cœur battant dans sa poitrine comme un oiseau affolé.

— Je ne veux pas penser à l'avenir, Nick. Je veux juste goûter au moment présent. Et je voudrais tant qu'il ne finisse jamais !

Un intense sentiment de culpabilité assaillit Nick. Il enfouit son visage dans les cheveux de Morgan. Que lui avait-il apporté depuis qu'il la connaissait, sinon la crainte et le désespoir ? Et tout l'amour qu'il éprouvait pour elle n'y changerait rien. Il ne se sentait pas le droit de répondre pour le moment à ses attentes. S'il lui avouait que son cœur n'appartenait qu'à elle, elle le supplierait de renoncer et il l'aimait trop pour ne pas lui céder. Mais s'il laissait tomber si près du but, il ne pourrait pas se le pardonner.

— Patience, mon amour, lui murmura-t-il. Dans un peu plus de vingt-quatre heures, tout sera terminé et nous aurons alors toute la vie devant nous.

Elle devait lui faire confiance, se raccrocher à la certitude qu'il s'en sortirait sain et sauf. Et que, d'ici peu de temps, il serait hors de danger.

— Rentre avec moi, Nick, implora-t-elle en lui souriant bravement car elle avait compris que ses craintes ne lui seraient d'aucune aide. Rentre avec moi et refaisons l'amour.

Nick se pencha vers la jeune femme et lui effleura les joues d'un baiser infiniment tendre.

— Tu me tentes, Aphrodite. Mais tu as besoin de te reposer, tu dors debout. Nous aurons plein d'autres nuits à partager, mon amour, je te le promets.

Morgan le laissa à regret la faire pivoter sur elle-même pour lui indiquer les marches qui menaient à la villa.

— Je suis sûre que tu te sépares de moi la mort dans l'âme, plaisanta-t-elle, un sourire au coin des lèvres.

— Ce n'est pas facile, en effet, mais…

Il s'interrompit brutalement. Son regard acéré se mit à scruter la falaise au-dessus d'eux.

— Nicholas, que…

En guise de réponse il plaqua une main sur sa bouche et, une fois encore, l'entraîna sous la couverture des arbres. Comme cette nuit-là, le cœur de la jeune femme se mit à battre à tout rompre, mais cette fois, elle ne luttait pas pour se libérer de Nick.

— Ne bouge pas et surtout ne parle pas, lui souffla-t-il à l'oreille.

Il retira sa main et la poussa contre le tronc d'un arbre.

— Pas un bruit, Morgan, lui chuchota-t-il encore.

Elle opina, mais déjà le regard de Nick s'était porté ailleurs. A l'affût, dans un silence absolu, il fixait sans relâche le haut de la falaise. Puis il l'entendit de nouveau. Un bruit de pas sur les rochers. Les muscles tendus, il vit soudain la silhouette sombre se déplacer agilement de rocher en rocher. « J'avais raison, se dit Nick, un sourire mauvais aux lèvres, il va bien en direction de sa cache. Malheureusement, mon vieux, tu vas avoir une sacrée surprise. Tu risques d'en être pour tes frais. »

Sans un mot, il retourna tout près de Morgan.

— Retourne à la villa, lui ordonna-t-il tout bas, et ne bouge pas jusqu'à ce que je te le dise.

Toute tendresse avait disparu pour céder la place à une implacable froideur.

— Qu'est-ce que tu as vu, Nick ? questionna-t-elle, au comble de l'inquiétude. Et qu'est-ce que tu comptes faire ?

— Fais ce que je te dis, lui ordonna-t-il en la poussant presque en direction des marches. Et dépêche-toi ! Je ne veux pas le voir me filer entre les doigts.

Le. Il avait dit *le*. Une vague de peur submergea la jeune femme, mais elle n'en laissa rien paraître.

— Je vais avec toi.

— Ne dis pas n'importe quoi ! Retourne à la villa, je t'y rejoindrai plus tard.

— Non, protesta Morgan. Je vais avec toi et tu ne pourras pas m'en empêcher.

Plantée devant lui, elle le défiait du regard, bien déterminée à ne pas se laisser impressionner. Nick jura, conscient que chaque seconde perdue mettait un peu plus de distance entre lui et sa proie.

— Tu ferais mieux d'accepter, tu es en train de perdre un temps précieux, ajouta-t-elle calmement.

— Très bien ! Viens.

Nick ne doutait pas une seconde que la jeune femme renoncerait rapidement. Elle ne tiendrait pas cinq minutes pieds nus sur des rochers ! Sans même l'attendre, il se lança à la poursuite de l'homme. Morgan serra les dents et se rua à son tour derrière lui.

Il ne lui prêta pas plus d'attention lorsqu'il quitta le sentier pour attaquer la falaise. Il grimpait toujours plus haut, maudissant la lune qui rendait la nuit si claire. Si au moins un nuage avait pu la voiler, juste le temps pour lui de se rapprocher suffisamment de son adversaire. En agrippant un rocher pour se hisser un peu plus haut, il arracha des bouts de roche qui s'effritèrent. Il se retourna et constata avec surprise que Morgan était toujours derrière lui.

Il réprima le chapelet d'injures qui lui était monté aux lèvres. Morgan méritait bien l'admiration qu'il lui portait. Sans un mot, il lui tendit la main et l'aida à se hisser à sa hauteur.

— Idiote, siffla-t-il, partagé entre l'envie de la secouer et celle de la prendre dans ses bras. Tu ferais mieux de rentrer, tu n'as pas de chaussures.

— Toi non plus, lui fit remarquer la jeune femme.

— Ce que tu peux être têtue !

— Oui.

Nick marmonna quelque chose entre ses dents puis reprit son ascension. Il ne pouvait pas prendre le risque de se mettre à découvert. Mieux valait continuer à grimper par les rochers. Bien que l'homme ait disparu de son champ de vision, Nick savait exactement où il se rendait.

Morgan suivait en silence, courageusement. Aucun son ne lui échappait, pas même lorsque son pied heurta un caillou aussi acéré qu'une lame. Vaillant petit soldat, elle persistait dans sa course folle, ne voulant pas abandonner l'homme qu'elle aimait.

Parvenu sur une saillie, Nick s'arrêta brièvement, considérant à toute allure les différentes options qui s'offraient à lui. La contourner lui prendrait trop de temps. S'il avait été seul, et armé, il aurait repris le sentier de la falaise. Car, manifestement, l'homme ne se doutait pas qu'il était suivi. Loin devant Nick, il poursuivait son chemin sans même jeter de temps en temps un coup d'œil par-dessus son épaule. Malheureusement, Nick dut renoncer à cette éventualité : Morgan le talonnait de près et si, par malheur, les choses tournaient mal, il serait impuissant à la protéger.

— Ecoute-moi bien, lui dit-il pour l'effrayer, cet homme est dangereux. Il a tué et n'hésitera pas à tuer encore, tu peux me croire. Lorsqu'il découvrira que la drogue n'est plus dans sa cache, il saura qu'il est pisté. Alors je t'en prie, Morgan, retourne à la villa.

Bien que terrorisée, Morgan n'en montra rien. Elle parvint même à demander posément :

— Tu veux que j'appelle la police ?

— Non ! siffla-t-il entre ses dents. Je ne peux pas me payer le luxe d'échouer si près du but. Je veux être le premier à savoir quelle ordure se cache sous ce masque.

Se sentant impuissant à la convaincre, il joua la carte de la douceur.

— Morgan, je n'ai pas d'arme. Si ce…

— Tu perds ton temps Nick. Je ne te laisserai pas.

Nick jura une fois de plus contre l'entêtement de la jeune femme.

— Très bien, suis-moi. Mais je te conseille vivement de faire exactement ce que je te dis ou je jure de t'assommer et de te pousser derrière un rocher !

Indifférente à ses menaces, et bien que le sachant capable de les mettre à exécution, Morgan releva fièrement le menton.

— Allons-y, dit-elle simplement.

D'un mouvement leste, Nick se hissa sur la corniche qui bordait le sentier. Avant même qu'il eût le temps de se retourner pour prêter assistance à Morgan, celle-ci était agenouillée sur le sol caillouteux. Admiratif, Nick salua son agilité. Il avait de la chance : bien des hommes rêveraient d'une telle femme ! Belle, forte, loyale. Il lui prit la main et l'entraîna à sa suite, anxieux de rattraper le temps qu'il avait perdu à essayer de la faire renoncer.

— Tu sais exactement où il va, n'est-ce pas ? chuchota Morgan entre deux souffles. Où est-ce, Nicholas ?

— Une petite grotte à côté de la maison de Stravos. Il croit y trouver la livraison d'hier.

Morgan entendit le ricanement étouffé de Nick.

— Mais il ne trouvera rien. Mais chut ! Plus aucun bruit maintenant.

Malgré les circonstances, Morgan goûtait à la beauté surréaliste du paysage. Le ciel était de velours, ponctué çà et là du scintillement de milliers d'étoiles. Même les bosquets prenaient, à la clarté de la lune, des allures magiques et inquiétantes. Du bas de la falaise lui provenait le bruit des vagues venues se fracasser contre les rochers. Un hibou hulula au loin.

Soudain, elle se sentit plaquée au sol sans ménagement.

— La grotte est juste au-dessus de nous, chuchota Nick. Attends-moi ici.

— Non, je…

— Ne discute pas, lui dit-il d'un ton impatient. J'irai plus vite sans toi. Ne bouge pas et, surtout, plus un bruit !

Avant qu'elle ait pu dire un mot, il s'éloigna mi-accroupi, mi-allongé sur le ventre. Morgan le suivit des yeux jusqu'à ce qu'il disparût derrière un rocher.

Nick se déplaçait à présent plus lentement. Il ne devait pas prendre le risque de se retrouver face à face avec sa proie. Il jouissait de cette chasse à l'homme, probablement la derrière, qui allait lui permettre de découvrir enfin l'identité de cet homme qu'il traquait depuis des mois.

Les arbres et les rochers redevenant moins rares à mesure qu'ils approchaient de la maison de Stravos, Nick put enfin se relever. Jouxtant le jardin, un potager était laissé à l'abandon. Il se demanda, sans trop savoir pourquoi, ce qu'était devenue la compagne du pêcheur.

Soudain il entendit les pas de l'homme, à quelques mètres seulement de lui. Il se mit à ramper silencieusement vers l'entrée de la grotte, puis se cacha derrière un rocher.

Il entendait l'homme aller et venir impatiemment et pouvait aisément imaginer son visage déformé par la colère. L'injure qu'il hurla tira à Nick un sentiment d'intense satisfaction. Les pas se firent un peu plus martelés à l'intérieur. Le sourire de Nick s'élargit un peu plus. Il devait passer la grotte au crible. Chercher des indices qui le renseigneraient sur l'identité des pilleurs. « Ne cherche pas, mon vieux, tu n'es pas près de mettre la main sur tes précieux petits sachets. »

Soudain, il le vit sortir, titubant presque sous le choc. Comme à son habitude, vêtu de noir et cagoulé. « Allez, pria mentalement Nick, retire-la. Enlève cette cagoule que je voie enfin ta sale gueule. »

L'homme se tenait devant l'entrée, hurlant sa colère sans retenue. Il regardait nerveusement à droite, à gauche, semblant chercher quelque chose… ou quelqu'un.

Ils entendirent le bruit au même instant. Des cailloux qui roulaient sous des pas, des bruissements de feuilles. Bon sang, Morgan ! songea Nick en se redressant d'un bond. Il eut le temps d'apercevoir l'homme qui, pistolet dans une main, se fondait dans l'ombre des arbres.

Le cœur battant à tout rompre, il se tint sur la défensive. Avec un peu de chance, il pourrait maîtriser l'homme et donner à Morgan le temps nécessaire pour s'enfuir. La peur s'empara de lui. Et si Morgan n'était pas assez rapide ?

Le buisson d'où leur était parvenu le bruit frémit un peu plus. Nick retint sa respiration.

C'est alors qu'apparut une chèvre famélique, que les feuilles plus vertes de ce buisson avaient attirée jusque-là. Nick replongea derrière son rocher, furieux des tremblements qui l'agitaient. Bien que Morgan lui ait scrupuleusement obéi et ne soit pour rien dans cette alerte, il ne put s'empêcher de la maudire.

De son côté, l'homme rengaina son arme en abreuvant la pauvre bête d'injures. Puis, alors qu'il reprenait le sentier, il retira sa cagoule.

Nick vit clairement son visage, ses yeux. Et il comprit.

Morgan attendait patiemment à l'endroit même où Nick l'avait poussée. Elle avait l'impression que des heures s'étaient écoulées. Elle tentait de tromper son ennui en prêtant attention à chacun des bruits qui rompaient le silence de la nuit. Pourtant, malgré ses efforts, elle ne pouvait empêcher la petite pointe douloureuse qui lui vrillait le cœur chaque fois qu'elle pensait à Nick.

Plus jamais, se promit la jeune femme. Plus jamais elle n'accepterait de le laisser seul et d'attendre bras croisés, si impuissante que les larmes lui montaient aux yeux. Si quelque chose lui arrivait… Morgan repoussait cette idée de toutes ses forces, incapable d'envisager une telle éventualité. Rien ne pouvait arriver à Nick. D'ailleurs, il n'allait pas tarder à arriver.

Lorsque, enfin, il se laissa tomber à côté d'elle, elle réprima de justesse un cri de terreur. Elle ne l'avait même pas entendu s'approcher. Elle se blottit instantanément entre ses bras, sans même trouver la force de murmurer son nom.

— Il est parti, annonça Nick.

Il se pencha vers Morgan et l'embrassa passionnément, comme pour chasser de sa mémoire le moment pénible qu'il venait de vivre. Toutes les craintes de Morgan disparurent une à une avec ce baiser, jusqu'à ce qu'il ne reste plus que le bien-être que lui procurait cet amour partagé.

— Oh, Nicholas ! J'ai eu si peur pour toi ! Raconte-moi comment ça s'est passé.

— Le moins que l'on puisse dire, c'est que l'homme était furieux.

Dans un sourire il se leva et aida la jeune femme à se lever à son tour.

— Oui, il était même sacrément furieux. A mon avis, il ne manquera pas de participer à la livraison de demain.

— Mais as-tu pu voir qui…

— Ne me demande rien, Morgan, dit-il en scellant sa bouche d'un nouveau baiser. Je n'aimerais pas devoir te mentir une nouvelle fois.

Il éclata de rire et l'entraîna sur le sentier éclairé par la lune.

— Et maintenant, mon adorable ensorceleuse, je te ramène chez toi. Et tu verras que, demain, tu me maudiras pour les courbatures qui t'empêcheront de déplier tes jolies jambes.

Morgan sut qu'il était inutile d'insister. Il ne lui dirait rien de plus. Peut-être était-ce mieux ainsi, après tout.

— Alors reste encore un peu avec moi, implora-t-elle, câline. Juste une heure, et je promets de ne pas te maudire demain.

Nick passa un bras autour de sa taille et lui sourit tendrement.

— Quel homme pourrait résister à pareil ultimatum ?

Morgan se réveilla en entendant des coups discrets frappés à sa porte.

— Excusez-moi, madame, mais vous avez un appel d'Athènes.

— Oh… merci, Zena, je le prends tout de suite.

Morgan se leva précipitamment et alla prendre la communication dans la chambre de Liz tout en enfilant à la hâte un peignoir.

— Allô ?

— Morgan, je t'ai réveillée ? Il est pourtant plus de 10 heures.

— Liz ? balbutia Morgan, qui, n'ayant dormi que quelques heures depuis l'aube, essayait de rassembler ses idées.

— A moins que tu ne connaisses quelqu'un d'autre à Athènes…

— Pardonne-moi, je suis un peu sonnée ce matin.

Un sourire béat vint flotter sur ses lèvres au souvenir de la soirée de la veille.

— Je suis allée me baigner hier soir, précisa-t-elle. C'était merveilleux !

— Tu m'as l'air d'être sur un nuage, commenta Liz, songeuse. Nous en parlerons plus tard, Morgan. Je t'appelais juste pour te dire que cela m'ennuie terriblement, mais je vais devoir rester à Athènes jusqu'à demain. Bien que les médecins soient optimistes, Iona n'est toujours pas sortie du coma. Je ne peux pas laisser Alex gérer cela tout seul.

— Surtout, ne t'inquiète pas pour moi, Liz. La situation doit être si difficile pour vous tous !

Se rappelant soudain les révélations que Nick lui avait faites, elle éprouva un sentiment de compassion pour la jeune femme.

— Comment va Alex ? Il était si bouleversé quand il a quitté la maison.

— Ce serait plus facile si toute sa famille ne comptait pas sur lui pour tout régler. Oh, Morgan ! C'est tellement affreux !

Morgan sentit son amie tendue au bout du fil. Elle l'entendit inspirer profondément avant de poursuivre.

— Je ne sais pas comment la mère de Iona réagirait, si elle perdait sa fille. Un suicide… Cela rend les choses encore plus difficiles.

Morgan se rattrapa de justesse. Nick lui avait parlé sous le sceau du secret. Elle ne pouvait pas le trahir, même pour Liz.

— Tu viens de dire que les médecins étaient optimistes.

— Oui, ses organes vitaux ne sont pas touchés, mais…

— Et Dorian ? la coupa Morgan. Il va bien ?

— Pas très bien, non.

Morgan entendit une nouvelle fois son amie inspirer profondément.

— Je me demande comment j'ai pu être aussi

aveugle ! Il est fou amoureux de cette fille, c'est évident. Si tu le voyais ! Il ne quitte pratiquement pas son chevet. Alex a dû l'obliger à rentrer chez lui, sans quoi il aurait passé la nuit prostré sur sa chaise à côté du lit de Iona. Mais, vu sa tête ce matin, il n'a pas dû dormir beaucoup !

— S'il te plaît, transmets-lui mes amitiés, ainsi qu'à Alex. Oh, Liz, je me sens si impuissante ! Si seulement je pouvais faire quelque chose pour t'aider !

— Sois là quand je rentrerai, ce sera déjà beaucoup.

Liz avait parlé sur un ton qu'elle voulait désinvolte, mais que Morgan devinait tendu.

— Profite bien de la plage pour moi, ajouta-t-elle sur le même mode. Et pendant que tu y es, essaie de trouver ton berger. Ses moutons pourraient te tenir compagnie pendant que tu prends tes bains de minuit.

Remarquant que Morgan observait le silence le plus absolu, Liz avança prudemment :

— L'aurais-tu déjà trouvé ?

— Eh bien, en fait…

Morgan laissa sa phrase en suspens, ce qui eut pour effet de décupler la curiosité de Liz.

— Raconte ! Sur qui as-tu craqué ? Un berger, un poète ?

— Ni l'un ni l'autre, répondit laconiquement Morgan.

— Alors, ça ne peut être que Nick ! conclut victorieusement Liz. Tu te rends compte ! Je n'ai eu qu'à l'inviter à dîner et…

— Je ne vois pas de quoi tu veux parler, l'interrompit Morgan.

Pourtant elle souriait toujours à l'autre bout du fil.

« La vie est partout, pour peu qu'on se donne la peine de regarder autour de soi », se rappela-t-elle.

— Hum, eh bien, nous en reparlerons demain. Amuse-toi bien. Le numéro de l'hôpital a dû s'afficher, si jamais tu as besoin de me joindre. Ah, j'oubliais ! ajouta-t-elle, un sourire dans la voix, tu trouveras de merveilleuses bouteilles de vin à la cave, au cas où tu aurais envie d'une soirée… romantique à la maison. Et surtout, fais comme chez toi !

— Je te remercie, Liz, mais…

— Ne t'inquiète pas trop pour nous. Tout va bien se passer, je le sens. Embrasse Nick pour moi.

— Je n'y manquerai pas, répondit Morgan.

— Je n'en doute pas. A demain.

Toujours souriante, Morgan raccrocha le combiné.

— Et donc, conclut Stephanos en lissant attentivement sa moustache, Mikal est devenu plus loquace après quelques verres d'ouzo. Les deux derniers rendez-vous auxquels notre homme s'est rendu remontent à la dernière semaine de février et à la deuxième de mars.

Sourire aux lèvres, Nick feuilletait les rapports d'enquête étalés sur son bureau.

— Et entre fin février et début avril, il se trouvait à Rome, acheva-t-il.

— Qu'en pense Athènes ?

— Il est lavé de tout soupçon. Nous savons maintenant avec certitude qu'il n'a pris part à aucune livraison.

Nick se carra confortablement dans son fauteuil.

— Quant à notre homme masqué, maintenant qu'il sait que quelqu'un l'a volé, nul doute qu'il participera à la livraison qui aura lieu cette nuit. Il ne prendra pas le risque de voir une nouvelle cargaison lui filer entre les doigts. Et maintenant que j'ai les informations que j'attendais, ajouta-t-il en tapotant la pile de feuilles, je ne vais pas attendre le feu vert d'Athènes. Nous allons le coincer ce soir.

— Tu es rentré très tard la nuit dernière, commenta négligemment Stephanos en sortant de sa poche une pipe affreuse qu'il se mit à bourrer de tabac.

— Tu me surveilles, Stephanos ? s'enquit Nick, sourcils froncés. Je te rappelle que je n'ai plus dix ans depuis bien longtemps.

Le vieil homme fit mine de ne pas entendre et continua à tasser consciencieusement son tabac dans sa pipe.

— Tu m'as l'air d'excellente humeur, poursuivit-il. Cela fait des jours que je ne t'avais pas vu aussi heureux de vivre.

— Depuis le temps, tu devrais être habitué à mes sautes d'humeur, non ?

En guise de réponse, Stephanos haussa les épaules.

— La jeune Américaine adore se promener sur la plage la nuit. Peut-être l'as-tu rencontrée hier soir.

Nick gratta une allumette qu'il passa au-dessus du fourneau de la pipe.

— La sagesse semble te guetter avec l'âge, répliqua-t-il d'un ton moqueur.

— En tout cas, mon âge canonique ne m'empêche pas de reconnaître un homme satisfait par une nuit de plaisir. Très belle femme. Forte aussi.

Nick alluma une cigarette et regarda son ami en souriant.

— Tu te répètes, mon vieux Stephanos. Cela dit, je l'avais remarqué aussi. Mais dis-moi un peu, ton âge canonique ne t'empêcherait-il pas non plus de t'intéresser aux jolies femmes ?

Stephanos gloussa.

— Il n'y a que les morts pour ne plus rien ressentir. Et crois-moi, je n'ai pas l'intention de passer l'arme à gauche de sitôt.

— Garde tes distances, vieux fou. Elle est à moi.

— Elle est amoureuse de toi, lâcha laconiquement Stephanos.

La main de Nick resta en suspens. Le sourire qu'il affichait depuis le matin se figea sur ses lèvres. Stephanos, lui, ne se laissait pas impressionner par le regard perçant que Nick avait braqué sur lui.

— Pourquoi dis-tu ça ?

— Parce que c'est la vérité. Je l'ai bien vu dans la façon dont elle te regarde.

Il tirait sur sa pipe, heureux de la révélation qu'il venait de faire à son ami.

— Combien de temps encore va-t-elle rester seule ?

Nick attendit d'avoir repris ses esprits pour répondre.

— Je ne sais pas exactement. Un jour, peut-être deux. Cela dépendra de l'état de santé de Iona. Amoureuse de moi, répéta-t-il tout bas, pensivement.

Il s'était bien rendu compte de la tendresse qu'elle lui manifestait, mais de là à penser qu'elle était amoureuse de lui, il y avait un pas qu'il n'avait pas encore franchi.

— Elle sera seule ce soir, continua Stephanos, imperturbable. Il ne faudrait pas qu'elle ait la mauvaise idée de quitter la villa pour aller se promener sur la plage.

Il s'interrompit, tira sur sa pipe quelques secondes en silence.

— Il vaudrait mieux qu'elle reste en sécurité, barricadée chez les Theoharis.

— Je l'ai déjà prévenue. Je crois qu'elle est suffisamment consciente du danger pour suivre mes conseils à la lettre.

Nick secoua la tête. Aujourd'hui, plus que jamais, il avait besoin d'avoir les idées claires.

— Mon bon Stephanos, je crois qu'il est temps que nous invitions le capitaine Tripolos. Appelle Mitilini.

Morgan profitait pleinement du petit déjeuner tardif qu'elle était en train de prendre sur la terrasse. Elle évoqua l'idée d'aller ensuite marcher sur la plage. « Il pourrait me rejoindre, songea-t-elle. Oui, c'est ça, je vais l'appeler et lui demander de venir. » Mais elle changea aussitôt d'avis. Si la soirée qui s'annonçait était aussi importante qu'il le lui avait dit, il aurait besoin de rester seul. Elle aurait tant aimé en savoir plus ! Savoir ce qu'il avait prévu de faire. Si jamais il était blessé… Morgan refusa d'envisager le pire et souhaita ardemment être au lendemain. Elle sursauta à la voix de Zena, qui venait de faire son apparition.

— Madame, le capitaine Tripolos est là. Il souhaite vous parler.

— Quoi ?

Une panique, aussi soudaine que violente, s'empara

de la jeune femme. Qu'est-ce qu'il pouvait bien lui vouloir ?

— Dites-lui que je suis sortie, improvisa-t-elle nerveusement. C'est ça, dites-lui que je suis allée à la plage… ou au village.

— Très bien, acquiesça la domestique sans poser la moindre question, mais en regardant, intriguée, la jeune femme filer comme une flèche.

Pour la deuxième fois en l'espace de quelques heures, Morgan se retrouva sur le sentier qui longeait la falaise. Mais, cette fois, elle savait exactement où elle allait. Sitôt passé le premier coude, elle aperçut la voiture de Tripolos garée devant la villa. Elle accéléra le pas, courant comme une folle jusqu'à être certaine d'être hors de vue.

Parvenue devant chez Nick, elle put constater qu'ici aussi elle était attendue. A peine était-elle arrivée sur la dernière marche que les portes de la maison s'ouvraient à la volée sur Nick venu l'accueillir.

— Eh bien, tu m'as l'air d'être dans une sacrée forme pour attaquer la falaise à cette vitesse.

— Très drôle ! dit-elle en se jetant dans ses bras, hors d'haleine.

— Dois-je comprendre que tu ne peux pas te passer de moi, ou quelque chose de grave est-il arrivé ?

Il la tint serrée contre lui, puis s'écarta légèrement afin de trouver sur son visage les réponses à ses questions. Elle avait les joues rougies par sa course effrénée, mais aucune trace de crainte n'altérait son regard limpide.

— Tripolos est à la villa, dit précipitamment Morgan

en essayant de reprendre son souffle. Je me suis éclipsée parce que je ne savais pas ce que je devais lui dire. Nicholas, il faut que je m'asseye, je suis épuisée.

Nick l'observait en silence. Consciente de l'attention dont elle était l'objet, Morgan éclata de rire et repoussa ses cheveux en arrière.

— Pourquoi me regardes-tu ainsi ?

— J'essaie dc deviner quelle femme se trouve réellement devant moi.

Morgan rit de nouveau.

— Qui crois-tu ? C'est bien moi, Morgan James, mais je sens que je vais m'effondrer d'une minute à l'autre.

Dans un élan de tendresse infinie, Nick la souleva du sol pour la porter. Morgan noua ses bras autour de son cou tandis que le jeune homme se penchait vers elle pour l'embrasser.

— Nick ! Qu'est-ce que tu fais ? demanda-t-elle lorsque Nick lâcha ses lèvres et qu'il se mit à déambuler dans toute la maison.

— Je prends ce qui m'appartient.

Cette fois sa bouche s'attarda sensuellement puis, tout doucement, s'ouvrit pour chercher la langue de Morgan. Il se fit la promesse que lorsque tout serait fini, il passerait le plus clair de son temps à l'embrasser comme ça, sous le soleil, qui darderait ses rayons sur sa peau nue. Oui, dès que tout serait fini.

— Donc, reprit-il, toujours chargé de son précieux fardeau, le capitaine est venu te voir. Un homme tenace, décidément !

Morgan inspira profondément, tentant de reprendre pied avec la réalité.

— Tu m'as bien dit que tu allais lui parler aujourd'hui, mais je ne savais pas si tu étais prêt, ni si tu avais obtenu les informations que tu attendais. Et puis, je dois bien te l'avouer, je me suis enfuie par lâcheté. Je ne me sentais pas le courage d'affronter de nouveau ce type.

— Lâche, toi, Aphrodite ? Certainement pas !

Il frotta sa joue contre celle de la jeune femme, la faisant s'interroger sur l'idée qu'il avait derrière la tête.

— J'ai appelé Mitilini, continua-t-il. J'ai laissé un message pour Tripolos. Dès qu'il m'aura rappelé, je gage qu'il te fichera la paix.

— Dieu t'entende ! Voudrais-tu me poser par terre, Nick ? Nous ne pouvons pas avoir de vraie discussion dans de telles conditions.

— Tant mieux, dit Nick en pénétrant dans le salon. Stephanos, je crois que Morgan aimerait boire quelque chose de frais.

— Non, merci, vraiment, protesta cette dernière, embarrassée.

Stephanos lui adressa un large sourire qui découvrit sa denture à claire-voie, puis il s'éclipsa discrètement.

— Si tu connais l'identité de l'homme masqué, reprit Morgan, pourquoi ne pas en avertir Tripolos afin que lui et ses hommes l'arrêtent ?

— Ce n'est pas aussi simple. Nous voulons d'abord le prendre en flagrant délit. Il faudra aussi vider la cache de sa marchandise, et ça, ce sera le boulot de Tripolos.

— Nicholas, que comptes-tu faire ?

— Mon devoir.

— Nicholas…

— Morgan, l'interrompit-il.

Il la déposa doucement à terre et plaça des mains qui se voulaient rassurantes sur ses épaules.

— Je ne peux pas te faire un compte rendu détaillé de ce qu'il va se passer. Je t'en prie, Morgan, je t'ai déjà assez impliquée dans cette affaire.

Il l'embrassa avec une rare douceur, puis il la serra contre lui tout aussi délicatement, comme s'il tenait entre ses bras le plus précieux des cadeaux. Morgan sentit son corps se liquéfier.

— Tu as l'art de la diversion, mon chéri, lui murmura-t-elle à l'oreille.

— Et à partir de cette nuit, je jure de ne me consacrer qu'à cela. Morgan, je…

— Oh ! pardon, s'excusa Stephanos, de retour dans la pièce.

Nick agita impatiemment la main dans la direction du vieil homme.

— Laisse-nous, vieux fou !

— Nicholas ! s'écria Morgan sur un ton lourd de reproche. Stephanos, il est toujours aussi grossier avec vous ?

— Hélas, madame, depuis qu'il est en âge de parler.

— Stephanos…, commença Nick d'une voix menaçante.

Mais Morgan, d'un baiser, le fit renoncer.

— Le capitaine Tripolos réclame quelques minutes

de votre temps, monsieur Gregoras, ajouta Stephanos avec emphase. Il désire vous parler.

— Fais-le entrer et apporte les dossiers. Je vous rejoins dans un instant.

Morgan s'agrippa au bras de Nick.

— Nicholas, laisse-moi aller avec toi ! Je te promets de ne pas te gêner.

— Non.

Il avait parlé d'une voix tranchante qui n'entendait pas être discutée. Mais lorsqu'il vit le visage de Morgan s'assombrir, il se radoucit.

— Morgan, même si je pouvais, je ne le voudrais pas. Je ne veux pas qu'il t'arrive quelque chose, tu comprends ? C'est vital pour moi de te savoir en sécurité.

— Tu ne te débarrasseras pas de moi comme ça !

Nick fronça les sourcils, son visage se fit dangereusement menaçant.

— Morgan, je ne suis pas sous pression comme la nuit dernière et, cette fois, je ne te laisserai pas avoir le dernier mot.

— Nous verrons bien.

— Tu feras exactement ce que je te dirai de faire, gronda-t-il d'une voix sourde.

— Il n'en est pas question.

La colère qui avait commencé à s'emparer de Nick se dilua peu à peu pour disparaître tout à fait. La farouche détermination de Morgan le fit éclater d'un rire sonore.

— Tu es exaspérante, Aphrodite ! Et crois-moi, si je n'étais pas aussi pressé, je te flanquerais une bonne correction.

Pour preuve de ce qu'il avançait, il plaqua étroitement la jeune femme contre son torse.

— Mais comme je manque de temps, je te demanderai juste d'aller m'attendre sagement à l'étage.

— C'est si gentiment demandé, railla Morgan.

— Monsieur Gregoras, salua Tripolos, qui, de son pas pesant, venait d'entrer dans la pièce. Ah ! mademoiselle James, vous êtes là. J'étais justement chez les Theoharis pour prendre des nouvelles.

— Mlle James était sur le point de partir, annonça Nick. Vous serez d'accord avec moi que sa présence parmi nous n'est pas indispensable, n'est-ce pas ? M. Adonti, du bureau d'Athènes, m'a demandé de vous tenir informé d'un fait qui s'est produit.

— Adonti ? répéta Tripolos, sceptique. Auriez-vous un lien avec l'organisation de M. Adonti ?

— M. Adonti est en effet une vieille connaissance, répondit Nick d'un air dégagé. Nous avons eu à traiter pas mal d'affaires ensemble au cours des dernières années.

— Je vois, commenta Tripolos en observant attentivement son interlocuteur. Et… Mlle James ?

— Mlle James a choisi un très mauvais moment pour venir en vacances chez ses amis. D'ailleurs, si vous voulez bien m'excuser un instant, je vais reconduire cette charmante personne jusqu'à la porte.

Il prit Morgan par le bras et l'entraîna à sa suite vers le couloir.

— Si vous voulez vous servir un verre en attendant…, ajouta-t-il en quittant la pièce.

— Il a eu l'air impressionné par le nom que tu lui

as donné, dit Morgan dès qu'ils eurent tourné le dos au capitaine.

— Oublie ce que j'ai dit, ordonna sèchement Nick. Tu ne m'as jamais entendu prononcer ce nom, d'accord ?

— D'accord, acquiesça Morgan sans hésitation.

— Je me demande ce que j'ai bien pu faire pour mériter une telle confiance, interrogea Nick. Depuis que je te connais, je n'ai fait que te blesser. A tel point qu'une vie entière ne suffirait pas à me faire pardonner.

— Nicholas…

— Non, la coupa-t-il en secouant la tête.

Puis, dans un geste qui traduisait une nervosité inhabituelle, il passa la main dans ses cheveux.

— Nous n'avons plus le temps. Stephanos va te montrer où m'attendre.

Surgi comme par miracle derrière eux, Stephanos tendit un épais dossier à Nick.

— Si mademoiselle veut bien me suivre.

Livrée au vieux serviteur, Morgan lui emboîta le pas en silence. Elle ne pouvait exiger de Nick plus de temps qu'il ne lui en avait déjà consacré.

Stephanos lui ouvrit la porte d'un petit salon attenant à la chambre de Nicholas.

— J'espère que vous vous sentirez bien ici. Je vais vous chercher du café.

— Non, merci, Stephanos. Je n'en veux pas.

Comme elle le fixait, le vieil homme put lire dans son regard comme dans un livre ouvert.

— Tout va bien se passer, n'est-ce pas ? lui demanda-t-elle avec anxiété.

Il lui adressa un large sourire qui fit frémir sa moustache.

— Cela ne fait pas l'ombre d'un doute, affirma-t-il en refermant doucement la porte derrière lui.

Chapitre 12

Rien n'était plus frustrant que d'attendre, décida Morgan au bout de trente minutes d'isolement. Surtout pour quelqu'un qui ne supportait pas de rester inactif.

La petite pièce dans laquelle elle était consignée était douillette, décorée d'un mobilier de bois verni qui luisait sous l'effet du soleil se répandant généreusement par la fenêtre restée ouverte. Ici aussi, les nombreuses pièces de valeur témoignaient du goût du maître de maison pour les jolis objets. En d'autres circonstances, Morgan se serait extasiée sur les formes graciles et délicates de la bergère en porcelaine de Dresde qui semblait la fixer de ses yeux presque transparents. Mais, pour l'heure, elle lui apparaissait aussi inutile qu'elle-même pouvait l'être.

Elle trouva soudain ridicule cette volonté farouche qu'affichait Nick à vouloir la protéger à tout prix. Frémissante d'impatience, elle poussa un long soupir avant de se remettre à faire les cent pas. N'était-ce pas ce que Liz, elle aussi, reprochait à Alex ? Morgan ne méritait pas d'être traitée comme une petite chose fragile ; elle n'était pas une écervelée, incapable de gérer le moindre obstacle. Et même s'il lui était arrivé de se retrouver tremblante et à moitié morte de peur dans les bras de Nick, cela avait été exceptionnel. Ce souvenir amena sur ses lèvres un sourire d'autodérision.

Elle avait ensuite prouvé à Nick qu'elle était de taille à affronter n'importe quelle situation, pourvu qu'ils soient ensemble. S'il comprenait les sentiments qu'elle éprouvait... Mais avait-il seulement conscience de l'amour qu'elle lui portait ? Car si elle le lui avait montré de différentes façons, elle ne le lui avait jamais clairement dit.

Comment l'aurait-elle pu ? se demanda-t-elle en se laissant tomber sur une chaise. Lorsqu'un homme avait vécu, comme lui, plus de dix ans de sa vie en ne suivant que ses propres règles, en flirtant quotidiennement avec le danger, en n'acceptant que des liaisons sans avenir, pouvait-il seulement se lier à une femme et accepter les responsabilités et les concessions que l'amour impliquait forcément ?

Morgan savait qu'elle comptait pour lui. Et qu'il la désirait comme aucun homme ne l'avait jamais désirée. Mais l'amour, le véritable amour, ne viendrait pas facilement à un homme comme Nicholas. Et il n'était pas question qu'elle exerce sur lui une quelconque pression. Il avait d'autres chats à fouetter en ce moment ! Non, elle ne pouvait que continuer à se montrer attentionnée à son égard et à lui faire confiance. Mais même cela semblait le déstabiliser, songea-t-elle, un sourire attendri aux lèvres. C'était comme s'il craignait de se dévoiler, de se montrer tel qu'il était vraiment avec ses forces et ses faiblesses. Il faudrait bien qu'il s'habitue, trancha la jeune femme.

Il faudrait bien qu'il s'habitue, parce qu'elle n'avait pas l'intention de le laisser l'écarter de sa vie sans se battre.

Elle alla regarder par la fenêtre. La vue d'ici était si différente de celle qu'elle avait de sa chambre ! Vertigineusement haute. Fascinante. Plus dangereuse aussi, songea-t-elle avec un frisson d'effroi. A l'image de l'homme à qui elle avait ouvert son cœur.

Morgan se sentit soudain oppressée. Elle avait besoin d'air, de sentir la caresse du soleil sur sa peau. Elle se rendit dans la chambre de Nick et ouvrit grandes les portes qui donnaient sur sa terrasse. Elle entendit avec bonheur le tumulte que faisaient les vagues en venant se fracasser au pied de la falaise, plusieurs dizaines de mètres plus bas. Dans un éclat de rire, elle se pencha sur la rambarde.

Elle pourrait vivre ici, sans jamais se lasser d'une vue aussi exceptionnelle. Elle passerait des heures à regarder la mer accorder ses nuances à celles du ciel, à observer le ballet incessant des mouettes qui, après avoir frôlé la mer, regagnaient leurs nids dans la falaise en poussant des cris aigus. Elle épierait la villa des Theoharis, si raffinée, si élégante, mais si éloignée de ses goûts ! Elle lui préférait définitivement la roche grise et brute de la maison de Nick, perchée sur sa falaise.

Morgan rejeta la tête en arrière, souhaitant ardemment qu'un orage se produise. Le grondement du tonnerre, les éclairs, le vent sauvage qui, ici, soufflait de l'ouest, apportant avec lui des masses de nuages menaçants. Riant aux éclats, elle implora le ciel de l'exaucer.

— Dieu, que tu es belle !

Les yeux brillants d'excitation, Morgan se retourna vers Nick. Appuyé contre le chambranle, il la dévorait des yeux. Son regard sombre, sa bouche sensuelle, tout son visage exprimait la vague de passion qui déferlait à ce moment-là dans ses veines. Le désir lui allait bien, songeait la jeune femme. Elle se sentit soudain l'âme d'une femme fatale.

— Tu as envie de moi, Nick. Je le vois. Viens, montre-moi.

Nick découvrit brusquement que le désir pouvait se révéler douloureux. Mais peut-être était-ce tout simplement l'amour qui faisait mal. Combien de fois avaient-ils fait l'amour la veille ? Il ne pouvait le dire, mais, en revanche, il se souvenait parfaitement de la tempête qui, chaque fois, s'était déchaînée en lui. Il avait envie, cette fois, de lui faire l'amour autrement.

D'une démarche féline, il se dirigea lentement vers elle. Il prit ses mains entre les siennes et en embrassa doucement les paumes. Lorsque leurs regards se croisèrent, une lueur d'émotion vive s'alluma dans les yeux de Morgan. Quelque chose remua alors en lui, mélange d'amour et de culpabilité.

— T'ai-je témoigné si peu de tendresse, Morgan ?, murmura-t-il.

— Nicholas…, dit-elle dans un souffle, en proie à un désir dévastateur.

Elle s'interrompit, incapable de poursuivre.

— Tu veux savoir à quel point j'ai envie de toi ? demanda-t-il tendrement.

Il prit son visage entre ses mains, avec une douceur infinie qui donnait à la jeune femme l'impression d'être en porcelaine. Puis il se pencha vers elle et, de ses lèvres, effleura sa bouche avec dévotion. Le souffle de Morgan s'altéra.

— Eh bien, je vais te montrer.

Une nouvelle fois, il la souleva du sol et la porta dans ses bras, comme s'il s'agissait d'un trésor d'une valeur inestimable. Il l'allongea sur son lit.

— Mais ici, et en plein jour, ajouta-t-il.

De nouveau, il prit sa main, qu'il couvrit de petits baisers, puis il remonta jusqu'au poignet, là où pulsaient les battements désordonnés de son cœur. Leurs regards restaient rivés l'un à l'autre, disant tout l'émerveillement qu'ils éprouvaient l'un pour l'autre.

Comme elle était jeune et fragile ! Elle n'avait plus rien à présent d'une ensorceleuse ni d'une déesse. Elle était juste une femme. *Sa* femme. Il lui avait montré le feu, la glace, il voulait maintenant la noyer dans un océan de douceur. Il se mit à lui mordiller légèrement la lèvre, n'autorisant ses mains qu'à effleurer ses cheveux.

Morgan vivait un rêve éveillé, fragile et émouvant. Immobile, le souffle court, elle se livrait avec délice aux lèvres sensuelles de son amant, qui se promenaient sur ses paupières closes, son front, ses tempes, dessinaient le contour de ses pommettes. Aussi légères que les ailes d'un papillon. Les mots qu'elles lui murmuraient à l'oreille attisaient un peu plus le désir qui la submergeait. Incapable de bouger, elle jouissait avec intensité de la douce torture qu'il lui infligeait.

La bouche de Nick agaçait à présent le lobe velouté de son oreille, descendait le long de sa gorge. Morgan laissa échapper de petits gémissements de plaisir.

La touchant à peine, Nick déboutonna lentement son chemisier, dévoilant sa peau dorée. Il ignora le contact sur lui de ses seins tendus et enfouit son visage dans le creux de son épaule, là où grâce et force se confondaient. Puis il releva la tête pour reprendre possession de ses lèvres brûlantes. Son désir pour elle gonflait, grondait tandis que sa bouche happait tendrement les tétons durcis de ses mamelons joliment rosés. Morgan, vibrante de désir, se mit à onduler sous ce corps puissant qui la maintenait prisonnière. Mais, impitoyable, Nick continuait le délicieux supplice tout en lui susurrant des mots d'amour. Il se grisait de son odeur animale, de la douceur de sa peau et il réalisa avec douleur que l'amour serait lié à jamais au souvenir du moment magique qu'il était en train de vivre.

Pour la première fois, il autorisa ses mains à se poser sur Morgan. La jeune femme s'abandonnait à elles, réclamant toujours plus de plaisir, à mesure que les caresses se faisaient plus précises. Les mains de Nick, légères, aériennes, n'épargnaient aucune parcelle de ce corps incandescent, jouant de lui comme d'un violon.

Sa bouche, brûlante, exigeante, s'attardait avec une sensualité inouïe sur chaque centimètre de peau qui s'offrait à elle. Lorsque Nick, regard rivé à celui de Morgan, fit lentement glisser la fermeture Eclair de son jean, elle se mit à trembler. Il couvrit de baisers humides le tendre renflement de son pubis, entraînant la jeune femme dans un tourbillon de volupté sans fin.

Même lorsqu'elle fut complètement nue, il continua à vénérer son corps de ses lèvres, et de ses mains qu'il s'efforçait de garder légères. Il sentit Morgan se raidir, le patient désir devenir impatient.

— Nicholas, maintenant, murmura-t-elle dans un souffle.

— Tu as égratigné tes jolis pieds sur les rochers, dit-il en pressant ses lèvres sur les orteils de la jeune femme. C'est un péché de meurtrir une si jolie peau, mon amour.

Sans la quitter des yeux, il dessina du bout de la langue le contour de son pied. Il regardait Morgan chavirer d'un plaisir toujours plus intense.

— Depuis que je t'ai rencontrée, je rêve de te voir comme ça.

Il avait parlé d'une voix sourde qui traduisait à présent l'urgence de son désir.

— De te voir dans mon lit, tremblante de désir, frémissante de plaisir.

Sans cesser de murmurer, ses lèvres remontèrent vers la bouche de Morgan. Bien qu'au bord de la jouissance, Nick s'astreignait à se contrôler, incapable de se rassasier de son odeur.

Morgan noua ses bras autour du cou de Nick. Chacun des pores de sa peau, chacun de ses nerfs la reliait à lui. L'accord parfait, auquel ils n'auraient jamais osé croire, existait, se produisait même dans un miracle de chaque seconde.

— Tu veux savoir à quel point je te désire ?, murmura-t-il d'une voix rauque en se glissant en elle. Eh bien, regarde.

*
* *

Nick tenait Morgan serrée contre lui, lui caressant tendrement le dos pour apaiser les tremblements qui l'agitaient encore. La jeune femme s'agrippait à lui, éblouie, submergée d'amour. Au comble de l'émotion, elle refoula les larmes qui lui brûlaient les yeux et pressa ses lèvres sur la gorge de Nick.

— Je me sens si belle avec toi, murmura-t-elle.

— Tu *es* belle.

Nick rejeta la tête en arrière et lui sourit.

— Et fatiguée, ajouta-t-il en traçant du bout des doigts les cernes mauves qui soulignaient ses yeux. Tu devrais dormir maintenant, je ne voudrais pas que tu tombes malade.

— Je ne tomberai pas malade, assura-t-elle en se blottissant un peu plus entre ses bras, émerveillée de ce que leurs corps s'imbriquent si parfaitement. Et j'aurai tout le temps de dormir plus tard. Nick, tu avais raison, nous allons partir quelques jours seuls, toi et moi.

Nick fixait distraitement le plafond, une mèche des cheveux de la jeune femme enroulée autour de ses doigts. Quelques jours ne suffiraient pas à apaiser le feu qui couvait en lui.

— Où aimerais-tu aller ?

Morgan repensa à ses rêves de voyage romantique : Venise et ses gondoles, Paris et ses Champs-Elysées. Elle poussa un petit soupir et ferma les yeux.

— N'importe où. Ici.

Elle éclata de rire et alla se caler confortablement contre la poitrine de Nick.

— Peu importe car j'ai bien l'intention de te retenir au lit une bonne partie de nos journées.

Nick fit mine d'esquisser une petite moue contrariée et tira doucement sur la mèche toujours enroulée autour de son doigt.

— Vraiment ? Je vais finir par croire que tu ne vois en moi qu'un homme-objet.

— Un objet plutôt sexy, commenta Morgan en passant ses mains sur les épaules larges de son compagnon. Souple… musclé…

Elle s'interrompit en découvrant une fine cicatrice en haut de sa poitrine. Elle fronça les sourcils. La petite marque apparaissait presque comme un sacrilège sur un corps si parfait.

— Comment t'es-tu fait ça ? s'enquit-elle.

Nick baissa les yeux sur la fine zébrure.

— Oh, simple souvenir de guerre, répondit-il sur un ton qu'il voulait dégagé.

Morgan réalisa brutalement tout ce que cela signifiait d'horrible réalité. Une peur panique s'inscrivit sur ses traits tirés.

— Morgan…

— Non, s'il te plaît, chuchota-t-elle en enfouissant de nouveau son visage contre lui. Ne dis rien. Laisse-moi juste une minute.

Elle avait oublié. La douceur et la beauté de l'amour qu'ils venaient de faire lui avaient fait oublier les risques qu'encourait quotidiennement Nick. Comme il lui avait été facile d'occulter, l'espace d'un moment, le danger, les menaces ! C'était digne d'un enfant de dix ans. Mais Nick n'avait que faire d'un enfant. Il avait besoin d'une femme forte à ses côtés. Refoulant la peur qui l'étouffait, elle inspira profondément et pressa ses lèvres sur sa poitrine.

— Tout s'est passé comme tu voulais avec le capitaine Tripolos ?

Quelle femme extraordinaire ! songea Nick en prenant les mains de Morgan entre les siennes.

— Il a paru satisfait des informations que je lui ai données. Un fin psychologue, ce Tripolos, malgré les apparences.

— La première fois que je l'ai vu, il m'a fait penser à un bouledogue.

Nick rit de la comparaison et attira la jeune femme un peu plus contre lui.

— C'est vrai, la ressemblance est frappante, approuva-t-il en tendant le bras vers le paquet de cigarettes qui se trouvait sur sa table de chevet. Mais c'est l'un des rares policiers avec qui j'ai du plaisir à travailler.

— Pourquoi…

Morgan s'interrompit, fixant la fine cigarette noire que Nick venait d'allumer.

— J'avais oublié, murmura-t-elle. Comment ai-je pu oublier ?

Nick exhala une longue bouffée de fumée.

— Oublié quoi, mon amour ?

— Le mégot…

Elle s'assit brusquement et rejeta en arrière la masse de ses cheveux emmêlés.

— Oui, le mégot qui se trouvait près du cadavre, précisa-t-elle.

Nick fronça les sourcils puis, très vite, préféra

reporter son attention sur les seins fermes et laiteux de Morgan.

— Oui ? demanda-t-il distraitement.

— On voyait bien qu'il n'était pas là depuis longtemps. C'était une cigarette noire, comme celles que tu fumes. J'aurais dû t'en parler plus tôt, j'imagine que maintenant que tu sais qui a tué Stravos et donc qui est à la tête du trafic, cette information ne te sert pas à grand-chose.

— Je ne me souviens pas t'avoir dit cela.

— Ce n'est pas nécessaire, de toute façon.

— Pourquoi ?

— Parce que tu me l'aurais dit si tu n'avais pas vu son visage. Et comme tu as refusé de me répondre lorsque je t'ai posé la question…

Nick secoua la tête tandis qu'un sourire amusé venait flotter sur ses lèvres.

— *Diabolos*, heureusement que je ne t'ai pas connue plus tôt. Tu aurais sacrément nui à ma carrière, se moqua-t-il. Pour en revenir au mégot de cigarette, rassure-toi, je l'avais vu.

— Evidemment… j'aurais dû m'en douter, grommela la jeune femme.

— De même que Tripolos, d'ailleurs.

Morgan poussa un soupir exaspéré.

— Quand je pense que cette fichue cigarette m'a obsédée jour et nuit. J'en étais arrivée à suspecter tout le monde ! Dorian, Alex, Iona, Andrew… Même Liz, tu te rends compte ? J'en étais malade !

— Et moi ? s'enquit Nick en fixant le bout rougi de sa cigarette.

— Non, répondit-elle simplement. Je t'ai déjà expliqué pourquoi.

— Oui, murmura-t-il, je ne risque pas d'oublier un compliment pareil. J'aurais dû te parler plus tôt de mes activités. Cela t'aurait épargné toutes ces nuits sans sommeil.

Morgan s'allongea sur lui et l'embrassa.

— Cesse de t'inquiéter pour moi, veux-tu ? Je vais finir par croire que j'ai l'air d'une vieille chose usée.

Nick glissa une main sous la nuque de la jeune femme.

— Te reposeras-tu si je te dis qu'en effet…

— Arrête ou je te frappe !

— Alors tu vas m'obliger à mentir et à te dire que tu es fraîche comme une rose.

En guise de riposte, Morgan lui donna un petit coup de coude dans les côtes.

— Tu cherches la bagarre ? demanda Nick sur un ton lourd de sous-entendus.

Il écrasa sa cigarette dans un cendrier et fit rouler Morgan sous lui. Elle fit mine de se débattre puis le fixa d'un regard qui se voulait menaçant.

— As-tu la moindre idée du nombre de fois où tu m'as écrasée de la sorte ?

— Aucune.

— Je n'ai pas compté, et je dois même t'avouer que je commence à aimer ça, dit-elle dans un sourire faussement ingénu.

— Je vais te le faire aimer encore plus, promit-il en scellant ses lèvres d'un baiser.

Cette fois, il firent l'amour avec passion, unis tous les

deux dans la même crainte de s'aimer pour la dernière fois. Les mains de Nick s'empressaient là où, un peu plus tôt, elles s'étaient attardées ; sa bouche, devenue avide, se nourrissait fiévreusement de chaque parcelle de peau offerte. Morgan se jeta tête baissée dans les flammes de la passion. Son corps, qu'elle n'avait jamais connu aussi embrasé, la conduisait aux frontières de la folie. Elle sentait sous sa bouche exigeante le moindre frémissement, la moindre tension du corps de Nick. Leurs cœurs, leurs corps étaient à l'unisson.

Déchaînée par la vague de plaisir qui la submergeait, elle s'arc-bouta, exigeant plus de plaisir encore. Elle se grisait du pouvoir qu'elle exerçait sur son amant et découvrait, émerveillée, des trésors de volupté jusque-là inconnus.

Mais elle refusait de se satisfaire de son propre plaisir. Ses mains semblaient voler sur la peau nue de Nick, sa bouche mordillait avant de lécher. Elle l'entendit gémir de plaisir tandis que son souffle s'altérait. Un sourire victorieux aux lèvres, elle plongea alors avec lui dans un océan de volupté qui les emporta loin, très loin des rivages de la terre.

Plus tard, et alors qu'il ne lui restait que très peu de temps à passer avec Morgan, Nick embrassa la jeune femme avec passion.

— Tu t'en vas ? demanda Morgan en luttant pour ne pas s'accrocher à lui.

— Bientôt. Il va falloir que je te raccompagne à la villa, Morgan.

Il s'assit et l'attira tendrement à lui.

— Je veux que tu restes bien à l'intérieur. Ferme toutes les portes à clé et dis aux domestiques de n'ouvrir à personne. Personne, tu m'entends ?

Incapable de prononcer un mot, Morgan grommela une vague promesse.

— Tu reviendras dès que ce sera terminé ?

D'un geste d'une infinie tendresse, il repoussa une mèche de cheveux derrière l'oreille de Morgan.

— Je suppose que je suis encore capable d'escalader le mur de ta chambre.

— Ce ne sera pas la peine. Je resterai debout et je viendrai t'ouvrir la porte d'entrée.

— Aphrodite, lui reprocha doucement Nick en lui embrassant le poignet, où est passé ton sens du romantisme ?

— Oh, mon Dieu ! s'écria la jeune femme en lui jetant les bras autour du cou. Je ne voulais pas te le dire… je m'étais juré de ne pas te le dire, mais… je t'en supplie, Nick, sois prudent.

Dans un effort qui lui était surhumain, elle parvint à refouler les larmes qui lui brouillaient la vue.

— S'il te plaît, Nicholas, répéta-t-elle dans un souffle, s'il te plaît, fais attention à toi. J'ai si peur qu'il t'arrive quelque chose !

— Il ne faut pas, Morgan. Ne pleure pas.

— Excuse-moi, hoqueta-t-elle. Je sais bien que cela ne t'aide pas de me voir pleurer.

Nick s'écarta légèrement d'elle pour regarder, attendri, ses yeux humides, ses joues rouges.

— Ne me demande pas de rester, Morgan.

— Je ne te le demanderai pas, Nicholas, mais toi, ne me demande pas de ne pas m'inquiéter.

— C'est la dernière fois.

— Oui, je sais.

— Je vais revenir, Morgan, lui assura-t-il en l'attirant de nouveau contre lui. Attends-moi.

— Oui, je vais t'attendre, lui dit-elle d'une voix qu'elle voulait forte. Avec une bonne bouteille de champagne !

Nick effleura ses tempes d'un baiser.

— Nous avons juste le temps d'en boire une coupe ici. Nous allons porter un toast à toutes les merveilleuses journées que nous partagerons à partir de demain.

— Oui, dit-elle, légèrement réconfortée. Buvons à demain.

Un nouveau baiser, puis il la repoussa doucement contre les oreillers.

— Repose-toi un instant. Je descends chercher la bouteille.

Morgan attendit qu'il referme la porte sur lui pour enfouir son visage en larmes dans l'oreiller.

Chapitre 13

Il faisait nuit lorsqu'elle ouvrit les yeux. Où donc se trouvait-elle ? Elle ne connaissait pas cette pièce, pleine d'ombres et de silence. Quelqu'un avait posé sur son corps nu une couverture aussi douce et légère que de la soie.

« Nicholas ! » se rappela-t-elle brusquement, paniquée. Elle s'était endormie, avait raté son départ. Elle poussa un grognement de contrariété puis s'assit et remonta ses genoux sur sa poitrine. Comment avait-elle pu les priver d'un moment aussi précieux ? Depuis combien de temps était-il parti ? D'une main tremblante, elle tâtonna à la recherche d'un interrupteur.

La lumière jaillit, chassant momentanément ses angoisses. Elle avisa sur la table de chevet le mot que lui avait laissé Nick. « Rendors-toi », avait-il écrit d'une écriture appuyée.

Comme cela lui ressemblait, songea Morgan en souriant. La feuille de papier dans une main, comme pour se donner l'illusion que Nick était près d'elle, elle se leva et se mit à la recherche de ses vêtements. Il ne lui fallut que quelques secondes pour réaliser qu'ils n'étaient plus dans la pièce.

— Le salaud ! jura-t-elle, oubliant les mots tendres murmurés quelques minutes plus tôt.

Ah, il n'avait rien laissé au hasard pour s'assurer qu'elle resterait bien sagement à l'attendre ! Nue, les mains sur les hanches, Morgan inspecta la pièce dans l'espoir d'y trouver une idée lumineuse. Mais de quoi donc l'avait-il soupçonnée pour prendre de pareilles précautions ? Elle ne savait pas où il devait se rendre, ni même quelle était sa mission.

Attendre. Il ne lui restait plus qu'à attendre. Elle alla s'envelopper de la couverture et, assise sur son lit, laissa s'écouler d'interminables minutes. Elle se leva, se mit à faire les cent pas, retourna s'asseoir. D'ici quelques heures il ferait jour. Et l'attente prendrait fin.

Elle ne pourrait jamais patienter jusque-là, se dit-elle avec désespoir. Pour se persuader, la seconde d'après, que c'est ce qu'elle avait de mieux à faire. Le jour ne se lèverait donc jamais ? D'un geste rageur, Morgan se débarrassa de sa couverture et alla fouiller dans l'armoire de Nick. Si elle devait attendre, elle le ferait habillée, foi de Morgan !

Nick bougea ses épaules endolories et refoula l'envie d'une cigarette qui pourrait trahir sa présence. La lune baignait la petite crique de sa lumière laiteuse. Le chuchotement d'un policier qui parlait à un collègue lui parvint de derrière un rocher. La nuit allait bientôt livrer ses secrets. Nick régla ses jumelles et scruta la mer encore une fois.

— Vous voyez quelque chose ? s'enquit Tripolos à voix basse.

Accroupi lui aussi derrière un rocher, il semblait parfaitement à l'aise. Il prit un bonbon à la menthe qu'il fit aussitôt croquer sous ses dents. Nick secoua la tête et passa les jumelles à Stephanos.

— Ils seront là dans trente minutes, affirma ce dernier tout en mâchouillant le tuyau de sa pipe. Le vent apporte le bruit de leur moteur.

— Je n'entends rien, moi, répliqua Tripolos en lançant au vieil homme un regard dubitatif.

Nick ressentit l'habituel frisson d'excitation lui parcourir l'échine.

— Vous pouvez lui faire confiance. Stephanos entend toujours ce que personne d'autre ne peut entendre. Dites à vos hommes de se tenir prêts.

— Mes hommes sont *déjà* prêts, fit-il remarquer tandis qu'il étudiait attentivement le profil de Nick. Vous semblez adorer votre métier, monsieur Gregoras.

— Ce n'est pas toujours le cas. Mais là, oui.

— Mais bientôt ce sera fini, ajouta la voix de Stephanos derrière lui.

Nick tourna la tête pour chercher le regard de son vieux complice. Il savait que ce dernier voulait parler de l'ensemble de sa carrière et pas seulement de cette mission. Pourtant il ne lui en avait pas touché un mot. Etonnant Stephanos...

— Oui, dit-il simplement avant de scruter de nouveau la mer.

Il pensa à Morgan, souhaita qu'elle dorme encore. Lorsqu'il était remonté avec la bouteille de champagne et deux coupes, il l'avait trouvée profondément endormie. Il n'avait pas eu le cœur de la réveiller. Lâchement, il avait préféré ne pas affronter ses yeux rougis par les larmes.

En outre, il la pensait plus en sécurité chez lui que chez les Theoharis. L'imaginer endormie lui épargnerait des heures d'angoisse et d'inquiétude. Il avait caché ses vêtements sur une impulsion, s'assurant ainsi qu'elle ne céderait pas à l'envie de vouloir le rejoindre.

Cette pensée le fit sourire. Si par malheur elle s'était réveillée, elle devait le maudire ! Il l'imaginait, nue au milieu de la pièce, pestant après lui. Il ressentit un petit frisson au creux des reins et se fit la promesse, sitôt qu'il aurait rejoint Morgan, de la garder ainsi jusqu'au prochain coucher de soleil.

Il interrompit ses douces divagations pour, une fois encore, observer la mer.

— Ils arrivent, annonça-t-il soudain.

La lune captait le bateau dans son faisceau lumineux. Elle dévoila la douzaine d'hommes qui étaient à bord et qui ramaient en silence. Aucun d'eux n'osait parler en présence de l'homme masqué. Nick reconnut cette odeur caractéristique que seuls des hommes terrorisés exsudaient : l'odeur de la peur. Un nouveau frisson d'excitation le parcourut. Leur chef était là. Et Nick allait l'avoir.

L'équipage quitta l'embarcation et se rassembla sous la couverture des arbres. L'homme masqué les rejoignit. C'est alors que Nick donna le signal : les puissants projecteurs braqués sur la crique l'éclairèrent comme en plein jour, les hommes de Tripolos encerclèrent ceux de l'homme masqué.

— Déposez vos armes à terre et rendez-vous !, s'écria Tripolos. Ce bateau doit être perquisitionné.

Un désordre indescriptible suivit l'annonce du

capitaine. Des cris fusèrent, des hommes tentèrent de s'enfuir tandis que d'autres restaient pétrifiés sur place. Des coups de feu retentirent. Des hurlements de douleur et de colère s'élevèrent.

Nick vit l'homme masqué profiter de la confusion générale pour tenter de s'esquiver. Il rengaina son arme, puis, jurant, se rua aux trousses du fuyard. Il fut arrêté dans sa course par un solide gaillard qui, en tentant d'échapper aux policiers, le heurta violemment. Les deux hommes roulèrent à terre. Une lame de couteau brilla, menaçante, dans la semi-obscurité. Nick n'eut que le temps d'agripper la main qui s'apprêtait à la lui plonger dans la gorge.

Le bruit des coups de feu avait fait violemment sursauter Morgan. Elle s'était levée d'un bond, le cœur battant. Avait-elle rêvé ou venait-elle d'entendre des coups de feu ? Se pouvait-il qu'ils soient si près de la maison ? Tandis qu'elle tentait de percer l'obscurité de la nuit, elle entendit très nettement un troisième coup de feu. Son sang se glaça dans ses veines.

« Il va bien, dit-elle tout haut, comme pour s'en convaincre. Je sais qu'il va bien. Bientôt tout sera fini et il sera là. »

Elle n'avait pas fini de prononcer le dernier mot que déjà, elle dévalait les marches qui menaient à la crique. Elle suivait son instinct qui lui dictait que Nick se trouvait là-bas. Elle allait le retrouver, sain et sauf. Le jean qu'elle lui avait emprunté glissait sur ses hanches, manquant de la faire trébucher à chaque pas. Mais elle n'en avait cure, volant au secours de l'homme qu'elle aimait. Le silence était retombé, et elle en arrivait presque à souhaiter entendre de nouveaux coups de feu : ils lui indiqueraient la direction à prendre. Parvenue en haut du sentier, hors d'haleine, elle le vit enfin qui traversait la plage. Un sanglot s'étrangla dans sa gorge, elle courut à sa rencontre.

Mais Nick continuait à marcher, semblant trop préoccupé pour noter sa présence. Morgan s'apprêtait à crier son nom lorsqu'elle s'arrêta net. Elle se figea sur place. Ce n'était pas Nicholas. Nicholas n'avait aucune raison de s'affubler de cette ridicule cagoule. Tandis qu'elle réfléchissait à toute allure, l'homme retira son masque, dévoilant ses cheveux blonds.

Comment avait-elle été assez stupide pour ne pas comprendre ? Ce regard impassible, dénué de toute émotion. Morgan fit un pas en arrière au moment où l'homme se retournait. Son visage se durcit lorsque, enfin, il la vit.

— Morgan ! Qu'est-ce que tu fiches ici ?

— J'avais… j'avais besoin de marcher, improvisa-t-elle d'une voix qu'elle souhaitait désespérément être calme. La nuit est si belle !

Tandis qu'il avançait dangereusement vers elle, elle se mordit la lèvre, consciente qu'il lui fallait continuer à parler.

— Je ne m'attendais pas à te trouver ici. Tu m'as fait peur. Je croyais…

— Tu croyais que j'étais à Athènes, acheva Dorian en souriant. Eh bien, comme tu peux le voir, je n'y suis pas. Et je crains bien, ma chère Morgan, que tu n'en saches trop désormais.

Il laissa sa cagoule tomber sur le sable.

Morgan sentait bien qu'il serait vain de chercher à nier.

— C'est ce qu'il semble, en effet.

— Dommage. Mais, finalement, tu vas pouvoir m'être utile, dit-il en la dévisageant de ses yeux perçants. Quelle belle aubaine, n'est-ce pas ? Un otage américain. Une femme, qui plus est.

Dorian l'attrapa par le bras pour l'entraîner à sa suite. D'un mouvement, Morgan parvint à se libérer de son emprise.

— Je ne viendrai pas avec toi !

— Tu n'as pas le choix, rétorqua-t-il en jouant avec la lame du couteau qu'il venait de sortir de la poche de sa veste. A moins que tu ne préfères finir comme ce pauvre Stravos.

Morgan avala péniblement sa salive. Il parlait de meurtre de façon si détachée. Elle se rappela les paroles qu'il lui avait dites et qu'elle avait mises sur le compte de Iona : « Certaines personnes sont incapables de la moindre émotion. L'amour, la haine, ils ne sauront jamais ce que c'est. »

Morgan réalisa soudain que c'était de lui qu'il parlait. Elle le devina aussi dangereux que pouvait l'être un animal aux abois.

— C'est toi aussi qui as tenté d'assassiner Iona, n'est-ce pas ?

— Elle était devenue trop casse-pieds. Elle en voulait toujours plus. Il lui fallait non seulement de l'argent, mais aussi le mariage. Elle pensait me faire chanter, la pauvre ! (Il laissa échapper un rire sinistre.) Ça n'a pas été très difficile de la faire replonger. Que veux-tu, elle n'a jamais su résister à l'héroïne ! Mais j'ai fait l'erreur de penser que la dose que je lui avais administrée était suffisante.

Dans l'espoir insensé de gagner un peu de temps, Morgan fit mine de trébucher et se laissa tomber sur les genoux.

— Et tu aurais fini ton sale travail, si je ne l'avais pas trouvée à temps.

— En effet. Je dois dire que tu as la désagréable manie de toujours te trouver là où il ne faut pas.

D'un geste brutal, Dorian remit la jeune femme sur pied.

— Il a fallu que je joue les amoureux éplorés, que je fasse des navettes incessantes entre Lesbos et Athènes. Tout cela était très contrariant. Malheureusement, je n'ai jamais pu rester seul avec elle à l'hôpital.

Il haussa négligemment les épaules, signifiant ainsi à quel point la mort d'une personne avait peu d'importance à ses yeux.

— Tant pis ! Elle vivra, mais nous serons obligés de régler certaines choses. De toute façon nous ne pouvions pas continuer comme ça.

— Tu as perdu ta dernière livraison, dit Morgan à brûle-pourpoint.

Il lui fallait absolument trouver un moyen de ralentir leur marche vers le sentier qui bordait la falaise ! Car une fois là, à l'abri des regards indiscrets…

Les traits de Dorian se durcirent.

— Comment es-tu au courant ?

— J'ai participé au vol, dit-elle sur une impulsion. Je connais ta cache, la grotte dans les collines…

Ecumant de rage, Dorian saisit la jeune femme à la gorge.

— Tu as pris quelque chose qui m'appartenait. Où l'as-tu caché ?

Morgan secoua la tête, signifiant par là qu'elle ne dirait rien.

— Où ? répéta Dorian tandis que ses doigts s'enfonçaient douloureusement dans la chair de Morgan.

Un dieu, pensa la jeune femme en regardant son visage éclairé par la lune. Il ressemblait à un dieu de l'Antiquité. Pourquoi ne lui était-il pas revenu à la mémoire que les dieux étaient de dangereux sanguinaires ? Elle posa une main sur le poignet qui lui enserrait la gorge et profita d'un léger relâchement pour siffler :

— Va au diable !

La main de Dorian s'abattit si violemment sur sa joue qu'elle chancela et tomba à terre. Ses yeux étaient implacables tandis qu'il les abaissait sur elle.

— Tu parleras, assura-t-il d'une voix glaciale. Tu parleras avant que j'en finisse avec toi aussi.

Morgan sentit le sang affluer à ses tempes. Elle rampa à quelques centimètres de lui.

— Je ne dirai rien, s'obstina-t-elle. La police sait qui tu es. Elle ne te laissera pas une chance de t'en sortir.

Ivre de colère, Dorian fondit sur elle et, la tirant par les cheveux, la força à se lever.

— Si tu préfères mourir…

Un coup de poing s'abattit sur lui, qui le fit tomber sur le dos, bras en croix. Tout à coup, Morgan fut libre.

— Ce vieux Nick, railla Dorian en essuyant du

revers de la main le sang qui coulait de sa lèvre fendue. Quelle surprise !

Morgan cria son nom en se précipitant sur lui.

— Nicholas !

Le bras qui tenait le revolver pointé sur Dorian était aussi rigide que l'acier.

— Lève-toi, ordonna Nick à Dorian d'une voix tranchante. Lève-toi avant que je ne te colle une balle dans la tête.

— Nick, tu n'es pas blessé ? demanda la jeune femme, morte d'inquiétude. Quand j'ai entendu les coups de feu…

Nick la repoussa sans ménagement, les yeux toujours baissés sur Dorian.

— Lâche ton arme et envoie-la par ici, ordonna-t-il. Si tu bouges, je t'envoie respirer ailleurs pour l'éternité.

Dorian leva lentement son arme et la jeta de côté.

— Je dois reconnaître que tu me surprends, Nick. Ainsi, c'est toi qui étais à mes trousses depuis des mois.

— Comme tu vois.

— Dire que je croyais que tu étais un homme d'affaires bien tranquille, juste obsédé par ses bibelots de prix et ses contrats juteux ! Je dois d'ailleurs dire que j'ai toujours admiré ta force et ta détermination dans ce domaine. Dommage que je n'aie pas soupçonné que tu t'étais lancé dans un autre genre d'affaires. Un flic ! Tu es donc devenu flic ?

Nick lui adressa un sourire faussement amical.

— Il n'y a qu'un homme à qui je dois des comptes. C'est Adonti.

Nick vit avec satisfaction la peur se peindre sur les traits de Dorian.

— Toi et moi allons bientôt régler tout ça. Nous avons bien failli déjà la nuit dernière.

Une ombre passa sur le visage de Dorian.

— La nuit dernière ?

— Tu pensais vraiment qu'il n'y avait que cette pauvre chèvre qui te surveillait ? questionna Nick en éclatant d'un rire forcé.

— Non, j'ai bien pensé qu'il y avait quelqu'un. Mais j'ai eu la mauvaise idée de renoncer.

— Grossière erreur, Dorian ! Tu n'aurais pas dû baisser ta garde ! Ça t'aurait peut-être évité de te faire piquer une de tes livraisons.

— C'était toi…, murmura Dorian dans un souffle.

— Joli coup, d'ailleurs, selon mes associés d'Athènes. On aurait pu te coincer plus tôt, mais j'ai préféré avoir la confirmation qu'Alex n'avait rien à voir dans tout ça.

— Alex ! s'étonna Dorian.

L'incongruité d'une telle éventualité amena un sourire mauvais sur ses lèvres.

— Mais ce pauvre Alex n'a aucune envergure ! A part sa femme, ses bateaux et son sacré sens de l'honneur, il n'y a pas grand-chose qui retienne son intérêt.

Il s'interrompit pour observer attentivement Nick.

— Il semblerait que je t'aie sous-estimé. Félicitations ! Je tiens à saluer ton sens de l'escroquerie et… (Son regard se porta sur Morgan)… et tes goûts.

— *Efkharisto.*

Morgan le regarda avec terreur jeter son arme sur celle de Dorian.

— Il est de mon devoir de te livrer au capitaine Tripolos et aux autorités grecques. Néanmoins… (Il sortit de sa poche un couteau dont il fit étinceler la lame)… je vais me faire un plaisir de te régler ton compte moi-même pour avoir osé lever la main sur une femme.

— Non ! Nicholas, non.

Nicholas stoppa l'élan de Morgan en lançant un ordre sur un ton impérieux.

— Retourne à la villa et restes-y.

— Allons, laisse-la assister au dernier acte, dit Dorian en se relevant.

Son sourire mauvais s'élargit tandis qu'il dégainait à son tour le couteau qu'il avait pris soin de prendre.

— Ça commence à devenir intéressant. On n'a qu'à dire qu'elle est la récompense du vainqueur.

— Va-t'en, répéta Nick d'une voix blanche.

Le sang grec qui coulait dans ses veines n'avait fait qu'un tour lorsqu'il avait vu Dorian frapper Morgan. Cette dernière croisa son regard et comprit.

— Nicholas, tu ne peux pas faire ça. Je ne suis même pas blessée.

Mâchoires contractées, il fit tourner le manche de son couteau entre ses doigts.

— Il a laissé des marques sur ton visage. Ecarte-toi de mon chemin, Morgan.

La jeune femme n'eut que le temps de lui effleurer furtivement la joue de la main avant de se rejeter en arrière.

Face à face, les deux hommes se regardèrent comme deux bêtes sauvages. Les lames effilées dont ils se menaçaient mutuellement miroitaient dangereusement au clair de lune.

A la première tentative de Dorian pour atteindre Nick, Morgan couvrit sa bouche de ses mains pour réprimer le cri qui lui était monté à la gorge. L'affrontement des deux hommes n'avait rien de fictif. Leurs regards exprimaient la haine sans borne que chacun vouait à l'autre. Une odeur forte de sang et de sueur parvint à Morgan.

La pâle clarté de la lune sur leur visage leur donnait l'air de fantômes. Elle entendait pêle-mêle le bruit de leur respiration, celui que faisaient les vagues en venant mourir sur le sable et le sifflement des lames qui zébraient l'air. Nick cherchait à entraîner son adversaire vers la mer, loin de Morgan. Il offrait un visage impassible qui ne laissait rien deviner de sa colère. Dorian, lui, n'avait pas à simuler son manque d'émotion.

— Je vais me faire un plaisir de m'occuper de ta femme avant la fin de la nuit, fanfaronna ce dernier tandis que les lames se croisaient.

Une lueur de rage passa dans les yeux de Nick.

Morgan vit avec horreur la lame de Dorian déchirer la manche de Nick avant de s'enfoncer dans la chair. Elle aurait voulu hurler, mais aucun son ne sortait de sa bouche. Elle aurait voulu prier, mais aucun ordre ne parvenait à son cerveau pétrifié.

La rapidité avec laquelle leurs corps se mouvaient la stupéfiait. Fascinée, elle ne pouvait détacher les yeux de cette danse macabre. Ils roulèrent sur le sable, bras et jambes enchevêtrés. Morgan les entendit jurer et souffler. Lorsqu'elle vit Dorian prendre l'avantage, et se mettre à califourchon sur Nick, son cœur s'arrêta de battre. Ivre de terreur, elle le vit abattre son couteau. La lame se planta dans le sable, à un millimètre du visage de Nick. Sans réfléchir une seconde de plus, elle se rua sur un des revolvers que les hommes avaient jetés par terre. A peine s'en était-elle emparée que l'arme, trop lourde, lui glissa des doigts. Elle serra les dents et la reprit, l'agrippant cette fois à deux mains. Elle s'agenouilla, pointa le canon vers les corps enlacés. Froidement, elle se préparait à accomplir le geste qu'elle avait toujours le plus méprisé dans la nature humaine : tuer un homme.

Un cri déchira le silence de la nuit. Le cri primaire d'un animal blessé. Une forme s'écroula, immobile, tandis qu'une autre se relevait. Morgan se mordit la lèvre, ses doigts tremblaient sur la détente.

— Repose ce fichu revolver ou tu vas finir par me tuer.

Morgan laissa l'arme lui tomber des mains.

— Nicholas, dit-elle dans un souffle.

Nick s'approcha d'elle en boitant légèrement et lui tendit la main pour l'aider à se relever.

— Qu'est-ce que tu faisais avec cette arme, Aphrodite ? demanda-t-il d'une voix douce tandis qu'elle tremblait comme une feuille entre ses bras. Tu sais bien que tu n'aurais jamais pu appuyer sur la détente.

— Si, affirma-t-elle en le regardant droit dans les yeux. J'aurais pu.

Nick comprit qu'elle disait la vérité. Submergé d'émotion, il la tint un long moment serrée contre lui.

— Bon sang, Morgan, pourquoi n'es-tu pas restée à la maison ? Je ne voulais pas que tu assistes à pareil spectacle.

— Je ne pouvais pas. Pas après avoir entendu les coups de feu.

— Bien sûr, j'aurais dû m'en douter. Tu entends des coups de feu donc tu te précipites dehors, railla-t-il gentiment. C'est d'une logique implacable.

— Qu'aurais-je pu faire d'autre ?

Nick s'apprêtait à riposter vertement, mais il y renonça. Il ne pouvait pas être en colère contre elle. Pas maintenant. Pas en cet instant où elle avait besoin de réconfort. Mais plus tard… Plus tard, se promit-il, elle allait voir de quel bois il se chauffait !

— Tu m'as piqué un jean.

— C'est ta faute, tu n'aurais pas dû cacher mes vêtements.

Il n'aurait su dire si le petit bruit qu'elle émit était un sanglot ou un rire étouffé.

— Je pensais…

Morgan s'interrompit net. Un liquide chaud et gluant poissait sous la paume de ses mains. Elle baissa les yeux sur ses doigts tachés de sang.

— Mon Dieu ! Nicholas, tu es blessé !

— Ce n'est rien, je…

— Arrête de te comporter en macho stupide ! coupa-t-elle. *Tu es blessé.*

Nick éclata de rire, resserra un peu plus son étreinte.

— Je ne suis ni macho ni stupide, dit-il, et si tu tiens vraiment à jouer les infirmières, tu auras tout le loisir de le faire, mais plus tard. Pour le moment, c'est d'un autre genre de soins que j'ai besoin.

Morgan fit passer dans le baiser qu'elle lui donna tout l'amour qu'elle éprouvait pour lui. La peur, l'angoisse étaient désormais loin derrière elle. Elle sentit ses forces lui revenir tandis qu'elle se liquéfiait de désir à son contact.

— Je crois que je vais avoir besoin de soins pendant encore très longtemps, lui murmura-t-il contre ses lèvres. J'aurais pu m'en tirer moins bien. Non, Morgan, s'il te plaît, ajouta-t-il en voyant les larmes rouler sur ses joues. Ne pleure pas. Ce soir, c'est la seule chose que je ne pourrai pas supporter.

— Je ne pleure pas, affirma crânement la jeune femme en redoublant de sanglots. Je ne pleure pas. Oh, Nicholas ! Je t'en supplie, ne t'arrête pas, continue à m'embrasser.

Sitôt que les lèvres de Nick se furent posées sur les siennes, elle cessa de trembler et de pleurer. L'homme qu'elle aimait était bien là, palpitant de vie entre ses bras.

— Hum, hum. Eh bien, monsieur Gregoras, à ce que je vois, vous avez réussi à coincer notre homme.

Nick jura entre ses dents puis, sans relâcher son étreinte, regarda Tripolos par-dessus l'épaule de Morgan.

— Et vous, avez-vous réussi à coincer tous ses complices ?

— Oui.

Il fixa le corps qui gisait à terre et, d'un geste de la main, il fit signe à deux de ses hommes de le transporter.

— Il m'a l'air mal en point, mes hommes vont se charger de lui.

Puis, avisant les revolvers sur le sable, il tira ses propres conclusions :

— Il semble que vous ayez eu quelques problèmes. Dommage que cette vermine échappe au tribunal.

— Dommage, en effet, commenta laconiquement Nick.

Tripolos se baissa pour ramasser le revolver de Nick et le lui tendit.

— J'imagine que vous l'avez perdu dans le feu de l'action.

— C'est possible, oui.

— Alors ça y est ? Vous décrochez ?

— Oui.

Tripolos esquissa une légère courbette.

— Merci pour les services rendus, monsieur Gregoras. Et félicitations, ajouta-t-il en lui adressant un sourire complice, dans le dos de Morgan.

Nick leva un sourcil amusé.

— Si vous voulez bien m'excuser. Il est temps que je raccompagne Mlle James maintenant. En cas d'urgence, vous pourrez encore me joindre demain. Bonne nuit, capitaine.

— Bonne nuit, murmura Tripolos en regardant le couple, tendrement enlacé, s'éloigner.

Morgan cala la tête contre l'épaule de Nick tandis qu'ils se dirigeaient vers les marches qui menaient à la falaise. Ces marches qu'elle avait dégringolées comme une folle un moment auparavant et qui, maintenant, avaient un avant-goût de paradis. Elle poussa un léger soupir. Toutes ses craintes, ses angoisses, ses doutes s'étaient évanouis.

— Regarde les étoiles. On dirait qu'elles brillent rien que pour nous. Oh, Nick ! Je suis si heureuse ! J'ai l'impression de n'avoir vécu jusque-là que pour connaître ce moment de bonheur.

— Pourtant, j'ai entendu dire que tu voulais aller à Venise, te promener en gondole.

Morgan le regarda, surprise, puis éclata de rire.

— C'est Andrew qui te l'a dit, n'est-ce pas ?

— Il a aussi mentionné Paris et les Champs-Elysées.

— Il va falloir que j'apprenne à tenir ma langue, dit la jeune femme, le cœur gonflé de joie.

C'était l'heure magique où l'aube le disputait à la nuit.

— Je te préviens, Morgan, j'ai mauvais caractère.

— Ah bon ? ironisa celle-ci.

Nick s'arrêta au bas des marches et la fixa intensément. Ce qu'il avait à lui dire n'était pas facile. Il avait été stupide de croire le contraire.

— Tu connais déjà le pire me concernant, attaqua-t-il. Comme tu as pu le voir, je manque souvent de douceur et je suis exigeant. En outre, je suis en proie à des variations d'humeur qui ne sont pas faciles à supporter.

Morgan étouffa un bâillement et lui adressa un petit sourire ingénu.

— Ce n'est pas moi qui te contredirai.

Nick se sentait stupide avec ses déclarations. Mais il avait peur aussi. Une femme pouvait-elle aimer un homme qui venait d'en tuer un autre sous ses yeux ? Et lui, avait-il le droit de l'aimer ? Il la regarda, fragile et menue dans ses vêtements trop grands. Juste ou pas, il ne pourrait plus se passer d'elle.

— Morgan…

— Oui ?

Une ombre passa dans son regard.

— Qu'y a-t-il ?

Nick fixait sur elle son regard sombre, intense, presque désespéré.

— Ton bras…

— *Diabolos !* tonna-t-il. Au diable, mon bras ! Et écoute-moi !

— Très bien. Qu'est-ce qui ne va pas ?

— Ceci.

Il prit la bouche de Morgan dans un baiser plein de passion. Il avait besoin du goût fruité de ses lèvres. Lorsqu'il releva la tête, ses yeux étincelaient enfin d'un bonheur sans nuage.

— Nicholas, protesta Morgan en riant, si nous rentrions à présent, que je m'occupe de ta blessure ?

— Je me fiche de ma blessure, Aphrodite.

— Pas moi.

— Morgan…

Nick lui prit la main, l'empêchant de mettre le pied sur la première marche.

— Je sais bien que je ferai un mari difficile et exaspérant, mais je jure qu'avec moi tu ne t'ennuieras jamais. Et je t'aime assez pour te laisser escalader tes montagnes si tu en as envie. Et aussi pour les escalader avec toi si tu me le demandes.

Toute trace de fatigue s'était miraculeusement envolée. Morgan ouvrit la bouche, mais aucun son n'en sortit.

— Bon sang, Morgan, ne me regarde pas comme ça ! Dis-moi oui. Je te préviens, je n'admettrai pas de refus.

Sans même s'en rendre compte, il avait lâché ses mains pour s'agripper désespérément à son bras. Une lueur d'inquiétude s'alluma au fond de ses yeux de braise. Un regard dans lequel Morgan devinait encore des traces de peur, d'angoisse, de fatigue.

Un torrent d'amour la submergea.

— Vraiment ?

Les doigts de Nick s'incrustèrent dans sa chair.

— Tu as pris mon cœur, Morgan. Tu ne peux plus partir sans lui.

Dans un geste infiniment tendre, Morgan lui caressa la joue.

— Tu crois vraiment que je pourrais escalader des montagnes sans toi, Nicholas ?

Elle se blottit contre lui et l'entendit pousser un immense soupir de soulagement.

— Viens. Rentrons à la maison.

Dès le 1er Juin,
4 romans à découvrir dans la

collection Nora Roberts

L'île des secrets

Lorsque des amis lui présentent Nicholas Gregoras, le célèbre milliardaire grec, Morgan retient une exclamation de surprise. Ces yeux sombres, cette silhouette… Ils appartiennent à l'inconnu qui, la nuit précédente, alors qu'elle venait de prendre un bain de minuit, s'est jeté sur elle et l'a gardée quelques instants prisonnière tandis que des bruits de voix mystérieux s'élevaient sur la plage. Menace ou protection ? Morgan ne saurait le dire. Et voilà que celui qu'elle pensait ne jamais revoir se tient de nouveau en face d'elle, ténébreux, dangereusement séduisant. Troublée par le souvenir de leur étrange étreinte, paralysée par ce regard brûlant qui semble lui intimer le silence, Morgan s'interroge : doit-elle se méfier de Nicholas ou, contre toute raison, obéir à l'incroyable attraction que cet homme exerce sur elle ?

Une rebelle chez les MacGregor

Orpheline à six ans, Diana s'est toujours sentie infiniment reconnaissante envers sa tante qui l'a recueillie, au point de se conformer en tout à ce que cette dernière attendait d'elle. Jusqu'au jour où elle apprend que celle qui l'a élevée lui ment depuis toujours. Bouleversée, révoltée, Diana décide de rompre avec sa famille adoptive et de démissionner du prestigieux cabinet d'avocats où elle travaille à Boston. Avec un seul but : se construire une nouvelle vie, une vie à elle, sans personne pour lui dicter ses choix. Et une vie dans laquelle Caine MacGregor, le brillant avocat qu'elle vient de rencontrer, charmeur, irrésistible, n'a pas de place. Car pour Diana, il est désormais hors de question de faire de nouveau confiance à quiconque, ni de risquer son indépendance, et son cœur, auprès d'un homme…

collection NORA ROBERTS

Un sentiment interdit

Si Jillian Baron n'a aucun doute sur ses capacités à diriger Utopia, le ranch que ses aïeux ont fondé et fait prospérer depuis des générations, elle sait en revanche qu'elle va devoir travailler deux fois plus que si elle était un homme pour prouver à tous qu'elle est à la hauteur de la tâche. A tous, et surtout à l'insupportable Aaron Murdock, qui ne cesse de la provoquer depuis qu'il est revenu dans le Montana pour reprendre les rênes de la propriété voisine. Car, malgré la haine ancestrale qui oppose les Baron et les Murdock, cet homme arrogant semble décidé à la séduire coûte que coûte. Furieuse devant son insistance, et plus encore devant la fascination et le désir irrépressible qu'elle ressent pour lui, Jullian se jure de lui résister. Par tous les moyens…

La promesse de l'été

Venue chercher en Floride le calme et la concentration dont elle a besoin pour écrire, Jackie tombe immédiatement sous le charme de la sublime maison d'architecte que son cousin propose de lui sous-louer en l'absence du propriétaire : des murs inondés de soleil, d'immenses fenêtres ouvertes sur le paysage et sur la lumière, et des fleurs magnifiques partout. Aussi s'installe-t-elle sans attendre dans la villa de ses rêves, certaine qu'elle trouvera ici l'inspiration. Sauf que le rêve vire au cauchemar quand un homme incroyablement séduisant, mais à l'évidence furieux, la surprend en train de se baigner dans la piscine, dans le plus simple appareil : Nathan Powell, le propriétaire des lieux. Qui ne sait manifestement rien du contrat de sous-location qu'elle a signé, et exige qu'elle s'en aille sur-le-champ…

Best-Sellers n°470 • suspense

Ombres sur Black Falls - Carla Neggers

Hannah Shay est enfin parvenue à montrer aux habitants de Black Falls, le petit village de montagne où elle est née, ce dont elle est capable : le café qu'elle y a ouvert est un succès et elle va bientôt devenir magistrate. Mais quand son établissement se retrouve au cœur d'une enquête sur une série de crimes violents perpétrés dans le domaine montagneux des Cameron, Hannah est pétrifiée d'angoisse. D'autant plus que Bowie, son ami d'enfance est soupçonné par la police d'être mêlé à ce cauchemar… Hannah refuse d'y croire, et les soupçons de Sean Cameron, revenu à Black Falls pour tenter de démasquer l'assassin de son propre père, l'une des victimes, n'y changeront rien. Sean… Un homme intrépide qu'adolescente, elle aimait en secret, et qui tente aujourd'hui de la convaincre de participer à ses recherches. Que faire ? Car tout comme Sean, Hannah sent que le tueur va bientôt frapper… et il pourrait bien se trouver plus près d'eux qu'ils ne le pensent.

Best-Sellers n°471 • suspense

Face au danger - Brenda Novak

Traumatisée par la violente agression dont elle a été victime trois ans auparavant, Skye Kellerman a mis du temps à surmonter ses angoisses. Ce n'est que depuis peu qu'elle reconstruit son existence autour de l'association d'aide aux victimes qu'elle a créé en Californie avec deux amies. Mais quand elle apprend que son agresseur, Olivier Burke, est sur le point d'être libéré pour bonne conduite, bien avant la fin de sa peine, toutes ses peurs ressurgissent brutalement : comment oublier que c'est son propre témoignage qui a permis d'envoyer cet homme derrière les barreaux ? Lui n'a certainement pas oublié qu'il a tout perdu par sa faute. Le temps presse et Skye n'a qu'une solution : faire ce qu'il faut pour que Burke ne sorte pas de prison, en commençant par prouver son implication dans trois affaires de meurtres survenues à l'époque de son agression, et qui n'ont jamais été résolues... Heureusement, elle peut compter sur l'aide et le soutien inconditionnel de l'inspecteur David Willis, qui est venu la trouver. Car lui aussi en est convaincu : Burke n'en restera pas là.

Best-Sellers n°472 • thriller

La proie du silence - Karen Rose

L'incendie criminel de Minneapolis dans lequel Tracey, une adolescente atteinte de surdité, a trouvé la mort en pleine nuit, est un véritable choc. Ecœurée par le sort de cette toute jeune fille que son handicap a sans doute empêché de fuir suffisamment tôt, l'inspectrice Olivia Sutherland se sent prête à tout pour retrouver les coupables. D'autant plus que ses recherches l'orientent rapidement vers d'autres agissements sinistres : ceux d'un maître chanteur qui n'hésite pas à tuer les proies qui lui résistent. Perturbée par son enquête, Olivia l'est encore plus quand elle doit interroger David Hunter, le pompier qui a risqué sa vie lors de l'incendie pour tenter de sauver Tracey. David, un homme secret et mystérieux qu'elle a aimé autrefois, et qui lui a brisé le cœur. Elle accepte pourtant l'aide qu'il lui propose pour mettre la main sur ce criminel cynique et calculateur. Un criminel toujours proche mais jamais visible – et qui sème la mort sur son passage.

Best-Sellers n°473 • roman

Le printemps des rêves - Debbie Macomber

Séparée de son mari depuis peu, Rosie a bien du mal à prendre un nouveau départ. Non seulement Zach revendique la garde de ses enfants, mais les deux adolescents tumultueux lui mènent la vie dure. Heureusement, son métier d'institutrice la passionne et elle peut compter sur l'aide et la compréhension de son entourage. D'autant qu'elle n'est pas la seule à traverser une période de doute et de remise en question : Grace, qui habite non loin de là, essaye elle aussi de prendre un nouveau départ, même si elle a encore du mal à s'y retrouver dans sa vie sentimentale depuis la disparition brutale de son mari. Elle-même sait pouvoir compter sur sa meilleure amie Olivia, qui semble vouloir donner une nouvelle chance à sa relation avec Jack. Ainsi que sur sa fille aînée Maryellen qui, après des relations houleuses avec Jon, vient de mettre au monde une merveilleuse petite Katie. Bref, c'est tout un univers chaleureux qui aide Rosie à prendre en main son avenir et celui de ses enfants. Un univers où les gens finissent toujours par se retrouver car, à Cedar Cove, on n'est jamais très loin les uns des autres…

Best-Sellers n°474 • paranormal

Le papillon des ténèbres - Gena Showalter

Gideon, ténébreux guerrier mi-ange mi-démon, possède le pouvoir de détecter le mensonge et la tromperie. Pourtant, quand l'immortelle Scarlet se présente à lui, couronnée de sa chevelure d'ébène, il perd tous ses moyens. Envouté par son parfum d'orchidée, captivé par tant de beauté, il écoute son incroyable histoire, incapable de savoir si elle lui dit la vérité. Mais comment la croire quand elle lui affirme qu'elle a un jour été sa femme alors qu'il n'a aucun souvenir d'elle ? Et surtout, comment la protéger sans mettre en danger ses compagnons et sans se détourner de sa propre quête, celle qu'il poursuit comme prince des seigneurs de l'ombre ? Une force irrésistible le pousse néanmoins à vouloir connaître la vérité et comprendre ce qui l'attire en elle. Car bien au-delà du désir, Gideon sent qu'un lien très particulier l'unit à Scarlet. Un lien qui, s'il le découvrait, pourrait détruire celle qu'il commence à aimer…

Best-Sellers n°475 • thriller

Piège de neige - Lisa Jackson

Prisonnière du criminel pervers qu'elle traque depuis des semaines dans l'hiver glacial du Montana, l'inspecteur Regan Pescoli n'a plus qu'une obsession : s'échapper coûte que coûte. Aussi essaie-t-elle, dans le cachot obscur et froid où elle est enfermée, de dominer la terreur grandissante qui menace de la paralyser. Car ce n'est pas seulement sa vie qui est en jeu, mais également celle d'autres captives, piégées comme elles et promises à la mort.

Pour les sauver, autant que pour retrouver ses enfants et Nate Santana, l'homme qu'elle aime, Regan est déterminée à découvrir le point faible du tueur. Pour cela, il lui faudra aller au bout de son courage, de sa résistance physique… Et vaincre définitivement ce maniaque, avant qu'il ne soit trop tard.

Best-Sellers n°476 • historique

Lady Secret - Nicola Cornick

Angleterre, Yorkshire, 1805.

A la seconde où elle est entrée dans la somptueuse salle de bal de Cole Court, Marina a senti son regard posé sur elle. Le regard d'un homme sûr de lui, déterminé à percer ses secrets. Et, dès qu'il s'est avancé, elle a su que cet homme sombre et arrogant était le mystérieux inconnu de Londres. Celui qu'elle a embrassé dans la taverne, quelques mois plus tôt. Un baiser enivrant dont le seul souvenir suffit à faire naître en elle un délicieux frisson.

Pourquoi est-il ici ? A-t-il découvert sa véritable identité ? Les questions fusent dans l'esprit de Marina tandis que l'inconnu approche, un sourire prédateur aux lèvres. Car si cet homme venait à découvrir les raisons de son séjour à Londres, il ne tarderait pas à déchirer le voile de mensonges derrière lequel elle se cache depuis des années…

Best-Sellers n°477 • roman

L'été des secrets - Susan Wiggs

Quand elle aperçoit les premiers rayons du soleil scintiller sur le lac des Saules, Claire Turner, une jeune infirmière, est envahie par un sentiment de bien-être presque irréel. Venue pour prendre soin de George Bellamy, un vieux monsieur qu'elle adore, elle ne s'attendait pas un instant à se retrouver, le temps d'un été, dans ce cadre enchanteur. Malgré tout, sa mission s'avère délicate. Elle a en effet promis à George de l'aider à réaliser son rêve de toujours : se réconcilier avec son frère sur les lieux de leur enfance, là où, cinquante ans plus tôt, s'est joué le drame qui les a conduits à se perdre de vue. Heureusement pour Claire, Ross Bellamy, le petit-fils de George, semble prêt à tout pour aider son grand-père à réaliser ses souhaits les plus chers. Ross qui hante ses rêves depuis le jour de leur rencontre. Même si, hélas, elle sait que de terribles obstacles liés aux secrets de son passé se dresseront, quoiqu'il arrive, entre elle et lui.

Composé et édité par les
éditions Harlequin
Achevé d'imprimer en France (Malesherbes)
par Maury-Imprimeur
en mai 2011

Dépôt légal en juin 2011
N° d'imprimeur : 163786